Sobre Política

Sobre Política

Textos breves de autores clásicos.

Introducción, Selección y Notas

Oscar Reyes Retana Márquez Padilla

Jorge Pinto Books Inc.
New York

Sobre Política

Textos breves de autores clásicos.

Introducción, Selección y Notas
Oscar Reyes Retana Márquez Padilla

Diseño de la portada: Martha Elena Leon

Composición tipográfica: Cox-King Multimedia, www.ckmm.com.

Textos de la antología

El mundo Antiguo: Herodoto. *Historias*. UNAM. México 1976. Pgs. 50-53 y Pgs. 54-55; Platón. *La República*. UNAM. México 1959. Pgs. 23-28, 297-311; Platón. *Las Leyes*. Editorial Porrúa. México 1998. Pgs. 98-99; Platón. *La República*. UNAM. México 1971. Pgs. 86-87; Aristóteles. *Política*. UNAM. México. 1963. Pgs. 1-5; Aristóteles. Ética. UNAM. México. 1983. Pgs. 1-11; Cicerón. La Republica. UNAM. México 1984. Pgs. 20,22-23, 33-34 y Pgs 97-98; San Agustín. La Ciudad de Dios. Editorial Porrúa. México 2006. Pgs. 45-46, 52-55. **La Edad Media:** Dante Alighieri. La Monarquía. Obras Completas. Biblioteca de Autores Cristianos. Madrid 1973. Pgs. 698-742ʲ Niccoló Machiavelli. Opere. Ugo Murzia. Milán 1983. Pgs. 437-457. **El Renacimiento:** Nicolás Maquiavelo. Obras. Editorial Vergara. Barcelona 1965. Pgs. 329-333; Nicolás Maquiavelo. Ídem Pgs. 175-218: Baltasar Castiglione. El Cortesano. UNAM. México 1975, Pgs. 433-464; Francis Bacon. Ensayos sobre moral y política. UNAM. 1974, Pgs. 79-84. **La ilustración:** Thomas Hobbes. Leviatán Fondo de Cultura Económica. México 2006. Pgs.86-102; John Locke. Ensayo Sobre el Gobierno Civil. Ediciones Gernika. México 2005. Pgs. 3,77, 85-89, 93; Montesquieu. *El Espíritu de las Leyes*. Editorial Porrúa. México 2003. Pgs. 40, 143-144, 146; *Voltaire. Cartas Filosóficas*. Centro editor de América Latina. Buenos Aires 1968. Pgs. 56-60; Juan Jacobo Rousseau. *El Contrato Social*. Editorial Aguilar. Madrid 1970. Pgs. 16-21, 27-35, 38-41, 59-65. **Hacia el mundo Moderno:** *The Life and Selected Writings of Thomas Jefferson*. Random House. Nueva Cork. 1993 Pgs. 23-29; Alexis de Tocqueville. *La Democracia en América*. Fondo de Cultura Económica. México 2002 Pgs.139-148

ISBN: 1-934978-01-9
978-1-934978-01-6

Jorge Pinto Books Inc.
New York

Indice

II. EDAD MEDIA

III. EL RENACIMIENTO

IV. LA ILUSTRACION

V. HACIA EL MUNDO MODERNO

Introducción

En esta selección de textos he incluido a los más conocidos autores de obras sobre política. Dos mil quinientos años de tradición y de preocupación por un tema central en las relaciones humanas. Estos autores han intentado explicar la razón de la vida en común de los seres humanos, sus propósitos, la mejor manera de realizarlos, las formas de gobierno que pueden hacerlos posibles; han propuesto, además, métodos para organizar los gobiernos.

Hacer la selección me obligó a releer autores que, por conocidos, parecen obvios; esta obviedad aparente lleva a que se les cite con una frase o el título de alguna de sus obras, pero no a que sean leídos. Esta antología tiene por objetivo invitar a la lectura de estos libros, pues mantienen su vigencia y calidad y, además, son entretenidas y aun divertidas. Estos autores son parte de los programas de formación de la mayor parte de los sistemas educativos en el mundo occidental, y su lectura es de obligación a edad temprana. Por ser obligatorios y leerse sin experiencia previa, resultan con frecuencia aburridos. Releerlos en edad madura resulta instructivo y placentero.

Agrupé los textos en cinco épocas que a mi juicio representan modos de pensamiento y métodos de análisis similares. Todo agrupamiento es arbitrario y puede ser impreciso. Este lo es, pero respeta algunas convenciones aceptadas para el estudio de la historia en el mundo occidental.

El mundo antiguo

Inicia la selección un fragmento de las *Historias* de Herodoto, cuyo carácter es descriptivo. El autor no analiza, pero nos permite darnos cuenta de que la preocupación por las formas de gobierno y su ejercicio era relevante ya en el siglo V A.C. Platón sigue siendo fundamental para entender a la cultura occidental. En la *Política* y en las *Leyes*, analiza cuidadosamente, con profundidad e inteligencia, todos los elementos o partes esenciales de la vida social y propone cómo mejorarlos, cómo llegar a la ciudad ideal. Muchas de sus propuestas y de sus preocupaciones mantienen actualidad. Aristóteles nos enseña a pensar, a distinguir el fondo de la forma, a buscar el fin último, que en el caso de la *Política* y la *Ética*, es la felicidad. Cicerón hereda las propuestas de los filósofos griegos, a los que conoce y respeta. Su propia práctica de la política y del ejercicio del derecho, lo llevan a estructurar sus propuestas con mayor realismo y juridicidad, como podemos leer en la *República*. San Agustín, en *La ciudad de Dios*, emprende la difícil tarea de combatir a la filosofía pagana, aún cuando encuentra en ella ideas rescatables y valiosas.

La Edad Media

La Edad Media se caracteriza por un silencio casi absoluto en lo que se refiere a la filosofía y a la política como temas de tratados o de libros. La destrucción del Imperio Romano, a finales del siglo V, y las convulsiones y reacomodos que siguieron, provocaron que se descuidaran las ocupaciones culturales e hicieron de la política una situación de hecho, en la que el dominio por la fuerza de las armas o por el poder del dinero, prevaleció sobre cualquier idea de libertad, justicia, igualdad o felicidad. En el campo intelectual, la teología ocupo el lugar preponderante. La *Summa Theologica* de Santo Tomás de Aquino se puede considerar la obra cumbre de esta época. Ante la escasez de ideas políticas, opté por ilustrar el pensamiento y la acción política con una pequeña obra de Dante, *La monarquía*, escrita a principios del siglo XIV, y un relato poco conocido de Nicolás Maquiavelo que se refiere a Castruccio Castracani, un personaje del mismo siglo; ambos textos dan una idea de cómo se vivía la política al concluir el medioevo.

El Renacimiento

A finales del siglo XIII y durante el XIV ocurren fenómenos, sobre todo en Italia, que darán nuevo curso al pensamiento y la actividad de intelectuales y artistas. Dante Alighieri recupera ideas filosóficas para el mundo político; San Francisco de Asís humaniza la religión; se establece la Universidad de Bolonia, fuera de la autoridad de la Iglesia. Esta liberación de los espíritus va a dar fruto a partir del siglo XV, que ve nacer la imprenta, ampliar, para el conocimiento, la dimensión del mundo y el surgimiento de la Reforma en la práctica de las religiones cristianas. Maquiavelo y Castiglione en Italia, Bacon en Inglaterra, crean una disciplina política, autónoma de la religión y la filosofía; un arte de gobernar que confía en las cualidades del gobernante, y que, siguiendo sus propuestas, llevará a algunos monarcas al esplendor del absolutismo.

La Ilustración

El predominio de la razón sobre la fe, siglo de las luces, edad de la razón, de la inteligencia, de las propuestas que se atreven a cuestionar la autoridad de la iglesia y de los monarcas; de exageraciones y horror al vacío, que se expresa en el arte barroco. A los valores del Renacimiento se agrega el rigor de la ciencia, del método lógico y el resultado en todos los campos del saber es sorprendente: una dinámica que desde entonces no se detiene. Inglaterra ofrece un buen terreno para apreciar esta fertilidad exuberante. Hobbes trabaja con Bacon y más tarde, exiliado en Italia, hace amistad con Galileo. El resultado de esta amistad –humanismo con rigor científico– puede verse en *El Leviatán*, un análisis novedoso del Estado. Las propuestas de Hobbes recuerdan a un teorema, aunque no exento de pasión.

Revolución industrial, que aniquila al sistema feudal y transforma las relaciones sociales, lo que lleva a la revolución política, a la preeminencia del Parlamento y a la sujeción de la Iglesia. Este cambio se encuentra en Locke, quien anuncia el contrato social y la división de poderes. Montesquieu recoge ésta última idea y la perfecciona. Inglaterra recibe perseguidos políticos del continente, donde reina el absolutismo. Voltaire, con sus *Cartas filosóficas*, también conocidas como *Cartas inglesas*, difunde en Europa y América la idea de libertad. Rousseau hace del contrato social la base de la soberanía popular.

Hacia el mundo moderno

Desde Inglaterra se coloniza el norte de América y se exportan, junto con los colonos, las ideas del parlamentarismo, de las decisiones tomadas en asamblea. Se siembra en América la democracia y ésta fructifica. Thomas Jefferson lo manifiesta con claridad en el borrador que redacta para declarar la Independencia de los Estados Unidos de América. Alexis de Tocqueville, unos años más tarde, constata el éxito de la nueva forma de gobierno, de los beneficios de la igualdad en la vida social. La libertad, la justicia, la igualdad y el derecho a la búsqueda de la felicidad son motores de cambio en todo el mundo occidental. El absolutismo perece, primero en Francia, después en las colonias españolas en América y en breve, en todo el mundo occidental. Es el fin del dominio como razón de la actividad política y surge, como nuevo paradigma, el Estado de Derecho.

Los autores

Quienes escribieron los textos que aquí se presentan, son de sobra conocidos y han resistido el paso del tiempo. No hay librería medianamente importante que no venda sus obras o biblioteca que no las conserve.

Herodoto (480-425 a.c.), nos hace llegar un debate sobre la mejor forma de gobierno que, con 2 500 años de antigüedad, no ha perdido vigencia. Platón (427-347 a.c.), filósofo total, crea –de acuerdo a las ideas que expone en sus diálogos–, un sistema escolar, al fundar la Academia, y no se inmiscuye en tareas políticas. Aristóteles (384-322 a.c.), se acerca a la política real, como maestro del príncipe Alejandro de Macedonia, más tarde Magno, primer conquistador de la historia occidental y difusor de la cultura griega en el mediterráneo oriental. Marco Tulio Cicerón (106-43 a.c.) fue abogado postulante, ocupó el cargo más importante al que un romano de su época podía aspirar –Cónsul– y escribió tanto que se puede decir que, de todos los autores aquí citados, antiguos o modernos, es de quien más libros se conservan. Su participación en la política activa lo llevó a la muerte. San Agustín (354-430) fue obispo en una época en que éstos poseían auténtico poder, pues aun no se había establecido la supremacía del obispo de Roma y el desmoronamiento de las instituciones imperiales, aunado al surgimiento del cristianismo como religión apoyada por el Estado, daba a los obispos un poder regional indiscutible. Dante Alighieri (1263-1321) a pesar de su dedicación a la literatura, a la filosofía y a la teología, tomó partido, acorde a sus ideas, y fue expulsado de su patria, Florencia, por razones políticas. Murió exiliado en Ravena. Nicolás Maquiavelo (1469-1527) sufrió los altibajos de la vida política: de los cargos importantes pasaba al desempleo, de acuerdo a las luchas por el poder y los triunfos de sus amigos o adversarios. Baltasar Castiglione (1478-1529) fue más prudente y afortunado que Maquiavelo, pues logró mantener su posición con la familia gobernante de Urbino, que a su vez logró mantenerse en el poder. Sir Francis Bacon (1561-1626) construyó, paso a paso, una exitosa carrera hasta alcanzar el puesto de Lord del Gran Sello y ser ennoblecido como vizconde. Sin embargo, fue acusado de corrupción en su función judicial, obligado a pagar una fuerte multa y separado de la actividad pública. Thomas Hobbes (1588-1679) fue amanuense de Bacon, pero no su discípulo. La firmeza de sus ideas en tiempos convulsionados alguna vez lo hizo quedar mal con los triunfadores y entonces optó por alejarse e ir al continente, enriqueciendo su visión científica. John Locke (1632-1704), al igual que Hobbes y que Charles Louis de Secondat, Montesquieu (1698-1755), Francois Marie Arouet, Voltaire (1694-1788) y Jean Jacques Rousseau (1712-1778), fueron creadores de ideas. Los tres últimos tuvieron problemas para publicar y Voltaire y Rousseau debieron exiliarse con cierta frecuencia o buscar protectores para no sufrir problemas. Thomas Jefferson (1743-1826), además de fundar con sus ideas un nuevo concepto de gobierno y de política, fue un político exitoso. Presidente de su país entre 1800 y 1808, lo engrandeció territorialmente al adquirir de Francia la Luisiana. Alexis de Tocqueville (1805-1859) además de estudioso de la democracia, ocupó puestos importantes en el gobierno de Francia y fue uno de los redactores de la constitución de la Segunda República. El golpe de Estado de Luis Napoleón Bonaparte lo alejó definitivamente de la acción política.

Como puede verse, de los dieciséis autores seleccionados, nueve fueron intelectuales puros, a veces víctimas de las luchas por el poder, pero que no se mezclaron en su ejercicio. Los otros siete fueron actores políticos más o menos relevantes, y se nota en sus propuestas un pragmatismo que resulta de la observación de los usos del poder. Dos de ellos, que ocuparon el más alto cargo político de su patria, se acercaron a la política para salvaguardar sus ideas: Cicerón fracasó en la defensa de los valores de la República Romana; Jefferson con enorme éxito en la creación de una nueva forma de gobierno.

Las ideas

La lectura de los textos que se incluyen en esta antología, permite observar cómo, a lo largo de más de dos mil años, la política, como expresión de la vida en sociedad, ha ocupado un lugar preponderante en la actividad intelectual de los seres humanos. La lectura de los textos sugiere la posibilidad de dos enfoques que, a mi juicio, se complementan, aunque parezcan distintos por poner el acento en la forma o en el fondo. Como veremos, muchos autores se ocupan de manera preponderante en las formas de gobierno, describiendo las características de cada una de ellas, sus ventajas comparativas y las deformaciones que pueden sufrir. Herodoto las señala, Platón las analiza en el contexto de la búsqueda de la mejor de ellas para lograr que impere la justicia. Incorpora la propuesta de una educación general para hacer mejor la vida social, propuesta que hasta el siglo XX nadie había considerado, pero además sugiere una educación que armonice las habilidades intelectuales y corporales destinada a los "guardianes de la ciudad", es decir al grupo del que saldrán los gobernantes. Maquiavelo, Castiglione y Bacon, en su momento, darán consejos al príncipe para gobernar mejor, destacando, sin duda, Maquiavelo. Aristóteles trata el fondo del asunto, utilizando una lógica implacable, un método que volveremos a encontrar en Hobbes y propone a la política como ciencia principal, ya que su objetivo es lograr la felicidad de los seres humanos. La felicidad reaparecerá con Jefferson. Cicerón vuelve a analizar las formas de gobierno para proponer una mixta, que incluya a las tres: Monarquía, Aristocracia y Democracia, explicando la función que a cada una correspondería, anticipando la división de poderes de Locke y Montesquieu. Propone también un "Derecho que sirva a todos por igual" como elemento de unión del Estado, dando así los componentes que las definiciones modernas de Estado consideran. Con estos filósofos tenemos ya planteados los temas que serán motivo de las propuestas y debates por venir. En la forma: Monarquía, Aristocracia o Democracia; sus vicios o contrarios: Tiranía, Oligarquía y Anarquía. En el fondo: Libertad, Justicia, Igualdad y Felicidad. Los textos que aquí se incluyen tratan esencialmente estas ideas que, a lo largo de los siglos, han sido el hilo conductor del debate político.

Los textos

Herodoto, Platón, Aristóteles y Cicerón están muy bien traducidos y presentados en la colección Biblioteca Mexicana de Escritores Griegos y Romanos, de la Universidad Nacional Autónoma de México. *La ciudad de Dios* de San Agustín está publicada por la Editorial Porrúa, de México, sin mencionar al traductor. El texto de Dante, *La monarquía*, lo encontré en la Biblioteca de Autores Cristianos, editada en España. La vida de Castruccio Castracani la traduje directamente del italiano y para los otros textos de Maquiavelo debí consultar frecuentemente y corregir la traducción española, que me pareció defectuosa. Para *El cortesano*, aproveché la traducción de Boscán, pero también tuve que acudir al texto original para modernizarla y sustituir algunas palabras en desuso. El *Leviatán*, de Hobbes, lo consulté en sus versiones inglesa y española para afinar algunos términos. Los textos de Bacon, Montesquieu, Voltaire y Rousseau fueron tomados directamente de ediciones en español, que, compulsando con sus originales, me parecieron fieles. Traduje el *Borrador para la Declaración de Independencia de los Estados Unidos de América*, de Jefferson, ya que no lo encontré en español, y a la *Introducción de la democracia en América* debí hacerle varias correcciones, por erratas en la edición que consulté, teniendo a la vista la edición en francés.

Al final del libro incluí una bibliografía que contiene los datos precisos de los libros utilizados y consultados. La bibliografía no solo cumple con requisitos de metodología, sino que pretende ser una invitación a la lectura de libros que mantienen su vigencia, Por algo se han leído durante tanto tiempo y se siguen publicando.

I. EL MUNDO ANTIGUO

Herodoto

(484 a.c.-425 a.c.)

Y fueron pronunciados discursos,
ciertamente increíbles para algunos
de los griegos.
Y sin embargo, fueron pronunciados.

Historias

Herodoto escribió nueve libros de historia, cada uno de ellos dedicado a una musa. Su método fue el de la experiencia directa, viajar y reunir relatos que escuchaba en las diferentes ciudades a las que llegaba. En el tercer libro de sus Historias relata la derrota de los persas por los medos. En la última batalla en que se enfrentaron, el rey persa Cambises resulto muerto. Ahora los persas se encuentran sin rey y sus principales caudillos discuten como resolver la situación. He aquí lo que ocurre.

Formas de gobierno

Otanes, pues, exhortaba a que se propusieran en público a los persas los acontecimientos, diciendo esto: Me parece que de nosotros ya no quedó un solo monarca; ciertamente no es agradable, ni bueno; pues visteis la insolencia de Cambises hasta dónde se levantó y también habéis participado de la insolencia del mago. Pero, ¿cómo podría ser cosa ordenada una monarquía, a la que, sin dar cuentas, está permitido hacer lo que quiera? Pues al mejor de los hombres instalado en ese poder, se lo instalaría fuera de los criterios acostumbrados. En efecto, se origina en él el orgullo a raíz de todos los bienes presentes y desde el principio se produce en el hombre el odio; y teniendo esas dos cosas tiene toda la maldad; pues saturado por el orgullo ejecuta muchas y presuntuosas cosas, otras por odio. Pero se ha hecho al contrario de esto para con los ciudadanos, pues odia a los mejores que hay y que viven, y con los peores de los ciudadanos se complace y es muy bueno para acoger calumnias. Y lo más absurdo de todo: si en gobernando una multitud, tiene en primer lugar el nombre más hermoso de todos, isonomía; y en segundo lugar, nada hace de aquellas cosas que un monarca hace. Pues por sorteo domina los poderes y tiene un poder que rinde cuentas y todas las deliberaciones corresponden a la comunidad. Pongo, pues, una opinión: Que nosotros, habiendo dejado aparte de monarquía, ensalcemos a la multitud; pues en lo mucho todo es posible. Así pues, Otanes aportaba esa opinión.

Pero Megabyzo exhortaba a entregarse a la oligarquía, diciendo esto: Lo que Otanes dijo haciendo cesar la tiranía, eso también quede dicho por mí; pero lo que aconsejaba: conferir el poder a la multitud, se ha apartado de la mejor opinión, pues nada hay más necio, ni más insolente que una multitud inútil. Y ciertamente, de ninguna manera es aceptable que unos hombres, huyendo de la insolencia de un tirano, caigan en la insolencia de un irresponsable populacho. Pues si aquél hace algo lo hace dándose cuenta; pero a éste ni siquiera es posible darse cuenta. Pues, ¿cómo podría darse cuenta quien no ha sido instruido, ni ha visto ningún bien (ni) doméstico, y se precipita, lanzándose sin inteligencia sobre los acontecimientos, semejante a un tormentoso río? Así pues, válgase del pueblo aquellos que piensan hacer daño a los persas; pero nosotros, habiendo elegido a un grupo de los mejores hombres, revistamos a éstos del poder, ya que en ellos estaremos nosotros mismos y es natural que de los mejores hombres sean las mejores deliberaciones. Así pues, Megabyzo aportaba esa opinión.

Y Darío exponía el tercero su opinión, diciendo: Lo que dijo Megabyzo acerca de la multitud me parece haberlo dicho correctamente, pero no correctamente lo concerniente a la oligarquía. Pues propuestas tres cosas y siendo todas muy buenas en principio, un pueblo muy bueno y una oligarquía y un monarca, afirmo que esto aventaja en mucho. Pues nada mejor podría aparecer que un solo hombre, el mejor; ya que utilizando tal criterio, administraría intachablemente a la multitud; así también se mantendrían más en silencio los planes contra los hombre malévolos. Mas en la oligarquía, por lo común, en los muchos que cultivan una virtud, suelen originarse violentos odios particulares; pues cada uno queriendo él mismo ser el corifeo y triunfar con sus opiniones, llegan a grandes rencores unos con otros; por lo que se originan sediciones y de las sediciones muerte y de la muerte se llega a la monarquía, y en eso se demostró cuánto mejor es esto. Y a la vez, gobernando el pueblo, es imposible que no se origine la maldad. Ahora bien, originada la maldad, en los malvados no se originan odios hacia las cosas públicas, sino violentas amistades. Pues quienes dañan las cosas públicas, lo hacen habiendo conspirado; y tal cosa existe hasta que alguno, habiéndose puesto al frente del pueblo, calma a los tales. Y de entre ellos éste es entonces admirado por el pueblo; y siendo admirado, aparece siendo monarca. Y en esto demuestra también él que la monarquía es lo mejor. Y para, resumiendo todo, decirlo en una palabra: ¿De dónde ha habido libertad para nosotros y habiéndola otorgado quién? ¿Acaso de parte (del) pueblo o de la oligarquía o del monarca? Tengo, por tanto, la opinión de que nosotros, habiendo sido libertados por un solo hombre, cuidemos tal cosa; y aparte de esto, que, estando bien, no disolvamos las costumbres patrias. Pues no hay cosa mejor.

Por tanto, se habían propuesto esas tres opiniones y los cuatro de los siete hombres se adhirieron a ésta. Y como Otanes por su opinión fue vencido, afanándose por establecer la isonomía para los persas, díjoles esto al medio: Hombres conspiradores, está claro, por tanto, que se necesita que uno de nosotros sea rey, bien habiéndolo obtenido por sorteo, o, habiendo encargado a la multitud de los persas, y a quien ella elija, o por cualquier otro medio. Ahora bien, yo no contenderé entre vosotros, pues no quiero ni mandar, ni ser mandado; pero a condición de esto renuncio al poder: a condición de que no seré mandado por ninguno de vosotros, ni yo mismo, ni, por siempre, quienes de mí procedan. Habiendo dicho él esto, como los seis estaban de acuerdo en ello, él, en efecto, no contendió con ellos, sino que del medio fuese a sentar. Y de los persas esa sola casa continúa ahora siendo libre y está sometida tanto, cuanto ella quiere, no transgrediendo las leyes de los persas.

Y los restantes de los siete decidieron que constituirían muy justamente un rey. Y les pareció que a Otanes y, por siempre, a los que de Otanes procedieran, en caso de que el reino tocara a algún otro de los siete, concederle como distinciones una veste meda cada año y todo regalo que entre los persas fuera muy estimado. Y decidieron darle esas cosas a causa de esto: porque fue el primero que proyectó la empresa y los sublevó. Así pues, esos privilegios para Otanes; pero para el grupo éstos: sin anunciador dejar pasar al palacio a todo el que quisiera de los siete, si el rey no se encontraba acostado con una mujer. Y que al rey no le estuviera permitido tomar mujer de otra parte, sino de los conspiradores. Y así deliberaron acerca del reino: Que aquel, cuyo caballo, habiendo surgido el sol, relinchara primero en el suburbio, estando ellos montados, ése tendría el reino.[1]

---

[1] Herodoto. Historias. UNAM. México 1976. Pgs. 50-53

Elección del rey

Y Darío tenía como palafrenero un hombre avisado, quien tenía por nombre Oibares. Una vez que se separaron, dijo Darío a ese hombre esto: Oibares, acerca del reino nos ha parecido obrar conforme a esto: Que aquél cuyo caballo, estando montados nosotros mismos, relinche el primero junto con el sol levante, que éste tenga el reino. Pues si alguna sabiduría tienes, urde ahora cómo hemos de obtener nosotros ese privilegio y no otro alguno. Y Oibares responde así. Oh soberano, pues si en esto está para ti o ser rey o no, cálmate por esto y ten buen ánimo, que ningún otro será rey con preferencia a ti. Yo tengo estas drogas. Darío dice: Pues si tienes una argucia tal, es hora de actuar y no diferir, porque despuntando el día tendremos la competencia. Habiendo escuchado eso Oibares, hace esto: En cuanto se hizo de noche, a una de las yeguas, la que más quería el caballo de Darío, habiendo llevado ésa hasta el suburbio, la amarró; y condujo el caballo de Darío y muchas veces lo llevó alrededor cerca de la yegua, acosando a la hembra, y finalmente dejó que el caballo la montara.

Y al esclarecer el día, los seis, conforme habían convenido, se presentaron en sus caballos; y cabalgando por el suburbio, cuando estaban en aquel lugar donde la pasada noche había sido amarrada la yegua, entonces el caballo de Darío, desbocado, relinchó y en haciendo esto el caballo, hubo del cielo sereno un relámpago y un trueno. Y esas cosas sobrevenidas a Darío lo consagraron, como que habían sucedido por un convenido. Ellos, bajando de los caballos, reverenciaban a Darío.

Así pues, unos dicen que Oibares urdió eso y otros que esto (pues en ambos sentidos se refiere por los persas), que habiendo palpado con su mano los genitales de la yegua, la tenían, habiéndola ocultado entre los anaxires. Y que cuando los caballos iban a partir juntamente con el sol levante, extendiendo este Oibares la mano, la acercó hasta las narices del caballo de Darío y que éste, habiendo percibido, reparó y también relinchó. Por tanto, Darío el de Hystaspes había sido aceptado como rey. Y en Asia todos eran súbditos de él.[2]

---

[2] Herodoto. Idem. Pgs. 54-55

Platón

(427 a.c.-347 a.c.)

En realidad, todo exceso en el obrar
produce generalmente, como compensación,
un cambio considerable en sentido contrario,
ya sea en las estaciones, en las plantas y en los cuerpos,
y no menos en los regímenes políticos.

La República

Esta obra de Platón, es no solo una de las más importantes que nos legó, sino que aun hoy contiene conceptos de actualidad en la cultura occidental. Es uno de sus diálogos más largos, con diez libros y en él trata temas muy variados, como la educación, los oficios y actividades necesarios en la vida social, las formas de gobierno, la justicia y la injusticia y aún otros. En el dialogo, Sócrates lleva la voz, con la propuesta inicial de que la justicia es mejor que la injusticia, lo que da lugar a analizar todos los aspectos de la vida en sociedad. Trasímaco se opone, como se verá y otros que participan, apoyan a uno u otro. Para facilitar la lectura, he trascrito las opiniones de Sócrates y no los diálogos completos, salvo el que sostiene con Trasímaco respecto a la justicia.

Formas de gobierno

Edifiquemos con palabras una ciudad desde sus cimientos. La construirán, por lo visto, nuestras necesidades. ...Será preciso hacer la ciudad todavía mayor, pero no un poco mayor, sino tal que pueda dar cabida a todo un ejercito capaz de salir a campaña para combatir contra los invasores en defensa de lo que poseen.

Cuanto más importante sea la misión de los guardianes, tanto más preciso será que se desliguen absolutamente de toda otra ocupación y realicen su trabajo con la máxima competencia y celo. Es misión nuestra el designar, si somos capaces de ello, las personas y cualidades adecuadas para la custodia de la ciudad. Tendrá que ser filósofo, fogoso, veloz y fuerte por naturaleza quien haya de desempeñar a la perfección su cargo de guardián de nuestra ciudad. Tal será su carácter ¿pero con que método lo criaremos y educaremos? ¿no será difícil inventar otra mejor que la que largos siglos nos han transmitido? La cual comprende, según creo, la gimnástica para el cuerpo y la música para el alma.

Es preciso que la música encuentre su fin en el amor a la belleza. Mi opinión acerca de la gimnástica es la siguiente: yo no creo que por el hecho de estar bien constituido, un cuerpo sea capaz de infundir bondad al alma con sus excelencias, sino lo contrario, que es el alma buena la que puede dotar al cuerpo de todas las perfecciones posibles por medio de sus virtudes.

Por consiguiente, el que mejor sepa combinar gimnástica y música y aplicarlas a su alma con arreglo a la más justa proporción, ese será el hombre a quien podamos considerar como el más perfecto y armonioso músico. ¿No será necesario que rija constantemente nuestra ciudad un gobernante de tales condiciones? Habrá, pues, que elegir entre los guardianes a los hombres que, examinada su conducta a lo largo de toda su vida, nos parezcan más inclinados a ocuparse con todo celo en lo que juzguen útil para la ciudad y que se nieguen en absoluto a realizar aquello que no lo sea. Afirmo que una manera de gobierno es aquella de que hemos discurrido, la cual puede recibir dos denominaciones; cuando un hombre solo se distingue entre los gobernantes, se llamará reino y cuando son muchos, aristocracia. A esto lo declaro como una sola especie, porque, ya sean muchos, ya uno solo, nadie tocará las leyes importantes de la ciudad si se atiene a la crianza y educación que hemos referido.

Recapitulemos aquello en que hemos convenido sobre el régimen de la ciudad que aspira a ser eminentemente bien gobernada: comunidad de mujeres, comunidad de hijos y de la educación toda entera; comunidad asimismo en las actividades, así en la guerra como en la paz; y la realeza, en fin, en aquellos que hayan acreditado su superioridad en la filosofía y en la guerra.

Nos hemos explicado ya sobre el hombre correspondiente a la aristocracia y de él podemos con razón decir que es bueno y justo.

Después de lo cual, ¿no será menester pasar revista a los caracteres inferiores, comenzando por el ambicioso de triunfos y de honores, de conformidad con el régimen establecido en Lacedemonia, y prosiguiendo con el hombre oligárquico, el democrático y el tiránico? Y una vez que hayamos identificado al más injusto, podremos entonces contraponerle al más justo y darnos así exacta cuenta de la relación que guardan la justicia pura y la injusticia pura con la felicidad o infelicidad del individuo. De este modo seguiremos o bien el camino de la injusticia, o por el contrario el de la justicia.

Y ya que hemos comenzado por examinar primero el carácter de los gobiernos antes que el de los particulares, por ser cosa más clara, así también debemos considerar ahora en primer lugar el gobierno basado en la ambición del honor, al cual habrá que llamar, a falta de otro nombre que no conozco en nuestra lengua, timocracia o timarquía y luego pondremos en parangón con él al hombre de semejante índole. En seguida pasaremos a la oligarquía y al hombre oligárquico, y dirigiremos luego nuestras miradas a la democracia y al hombre democrático. En cuarto lugar vendremos a la ciudad tiranizada, y así que la hayamos visto, pondremos a su vez ante nuestros ojos el alma tiránica. ¿No es así como trataremos de llegar a ser jueces competentes en la cuestión que nos hemos planteado?

Pero este régimen político (la timarquía), proseguí, ¿no será intermediario entre la aristocracia y la oligarquía? De este modo se hará, pues, el cambio; pero el régimen resultante, ¿cómo gobernará? ¿No es evidente que, como medianero entre ambos, imitará en parte al régimen precedente y en parte a la oligarquía, pero que tendrá también algo de propio?

En el respeto de los gobernantes, en la aversión de la gente de guerra por la agricultura, por las artes manuales y los oficios lucrativos, así como en la organización de las comidas en común y la práctica de la gimnástica y los ejercicios militares, ¿no imitará en todos estos rasgos al gobierno precedente?

Mas por otra parte, en lo de no atreverse a llevar a los sabios a las magistraturas, por no tener ya a su disposición a hombres de esta especie, en su simplicidad y rectitud de intención, sino revueltos; y por otro lado la inclinación a los caracteres ardientes y unilaterales, nacidos más para la guerra que para la paz, con la estima de los engaños y ardides militares, como que se está siempre en pie de guerra, ¿no serán éstos, por lo general, los rasgos propios de este régimen? Tenemos así, dije yo, el segundo gobierno y el segundo hombre.

A mi parecer, es la oligarquía la que viene después de aquel gobierno.

¿A qué constitución, preguntó, llamas tú oligarquía?

Al gobierno, respondí, basado en el censo de la renta, en el cual mandan los ricos, sin que los pobres tengan parte en el gobierno.

¿Y no habrá que decir cómo empieza a pasarse de la timarquía a la oligarquía?

Hasta para un ciego, añadí, está claro cómo opera este tránsito.

¿Cómo?

Aquel depósito, contesté, en el que cada cual acumula su oro, es el que pierde a tal gobierno. Porque primeramente se dan a descubrir nuevos dispendios, y para satisfacer a ellos tuercen las leyes y dejan de obedecerlas, tanto los hombres como las mujeres.

Y después, a lo que pienso, cada uno mira al otro queriéndolo emular hasta acabar por hacer al pueblo semejante a sí mismo.

Desde este punto, proseguí, avanzan por el camino del enriquecimiento, y su desprecio por la virtud estará en razón directa de su aprecio por la riqueza. ¿O no es la diferencia entre la virtud y la riqueza comparable a la de los pesos en los platillos de la balanza, cada uno de los cuales inclina al otro en sentido contrario?

Pues bien, continué, ¿no se producirá del modo siguiente el tránsito de la oligarquía a la democracia, por efecto, es decir, de la insaciabilidad con que se proponen, como un bien, el hacerse cada cual lo más rico posible?

¿Cómo, pues?

En tanto que, según pienso, los gobernantes de esta ciudad no deben su autoridad sino a los grandes bienes que detentan, por lo cual no quieren reprimir, mediante una ley, a los jóvenes que han caído en el libertinaje, ni les impiden que gasten y dilapiden su patrimonio, y todo con el fin de comprar los bienes de tales personas y prestarles con garantía, con lo que los primeros se hacen aún más ricos y más considerados.

Pero al presente, continué, y por las razones indicadas, los gobernantes mantienen a los gobernados en semejante situación en la ciudad. ¿Y qué será en cuanto a ellos mismos y a sus hijos? Que los jóvenes se abandonan a la molicie y se vuelven incapaces de ejercitar ni su cuerpo ni su alma, flojos y enervados para resistir lo mismo el placer que el dolor.

Y los mayores por su parte, sin otra preocupación que la del dinero, no se preocupan tampoco de la virtud más de lo que lo hacen los pobres.

Ahora bien, cuando en esta disposición recíproca se encuentre juntos gobernantes y gobernados, ya sea en un viaje por tierra o por cualquier otra coincidencia, como en una embajada o en una expedición militar en que son compañeros de navegación o compañeros de armas, no es entonces, al verse unos a otros en el momento del peligro, cuando los pobres sufren el desprecio de los ricos ¡de ninguna manera! A menudo, por el contrario, un pobre diablo, enjuto y tostado por el sol, en línea de combate al lado de un rico criado a la sombra y desbordante de carnes superfluas, le ve jadeante y en grandes apuros, y es entonces cuando piensa, ¿no lo crees así?, que sólo por la cobardía de los pobres son los otros ricos. Y después, al conferir entre ellos en privado, ¿no se pasarán entre sí la siguiente consigna: En nuestro poder están gentes que nada valen?

Nace, pues, la democracia, creo yo, cuando los pobres, victoriosos de sus contrarios, matan a unos, destierran a otros, y comparten igualitariamente con los que quedan el gobierno y las magistraturas, que en este régimen, además, suelen cubrirse por sorteo.

Así es, en efecto, dijo, como se establece la democracia, ya sea que se origine por las armas, ya por el miedo que obliga a los ricos a retirarse.

¿De qué manera pues, continué, se administran estas gentes, y cuál es, a su vez, la naturaleza de este régimen? Porque está claro que el hombre que se corresponda con él se nos presentará como el hombre democrático.

En primer lugar, ¿no es verdad que los hombres son allí libres, y que la ciudad está inundada de libertad y de franqueza, con licencia para cada uno de hacer lo que se le antoje?

Pero donde hay esta licencia, es claro que cada cual podrá ordenar su vida privada según el orden que más le agrade.

Pudiera incluso ser, proseguí, que esta constitución fuese la más bella entre todas. A la manera de un manto abigarrado y recamado con flores de toda especie, puede parecer por extremos bella esta república con su abigarramiento de todos los caracteres. Y habrá muchos tal vez, añadí, de las mujeres y niños que se extasían ante lo artificioso, que la tengan efectivamente por la más bella.

Y muy apropiada además, para buscar en ella cualquier régimen político.

Porque contiene en sí, gracias a la licencia reinante, todo género de constituciones. Tal parece como si a quien quisiera organizar una ciudad (como nosotros mismos acabamos de hacerlo) le fuera imprescindible trasladarse a un Estado democrático para elegir allí, como en un bazar de constituciones, el régimen que más le agrade, y una vez elegido, asentarse de conformidad.

Nos queda sólo por tratar, proseguí, de más bello régimen político y del hombre más bello, como son la tiranía y el tirano.

Veamos entonces, mi querido amigo, cuál es el carácter con que se presenta la tiranía, ya que, por lo demás parece estar claro que proviene de la transformación de la democracia.

¿Pero no será prácticamente del mismo modo como la democracia nace de la oligarquía y la tiranía de la democracia?

¿De qué modo?

¿No era la riqueza desmedida, repuse, el bien que presidía a la oligarquía y el motivo de su constitución?

Sí.

Y su ruina, a su vez, tuvo por causa la insaciable avidez de riquezas y la incuria de los demás asuntos, producida por la codicia.

Es verdad, dijo.

¿Y no será también el deseo insaciable de lo que la democracia define como su propio bien lo que acarrea su disolución?

¿A qué bien te refieres como al definido por la democracia?

A la libertad, contesté. He ahí, en efecto, lo que oirás decir en la ciudad gobernada democráticamente: que la libertad es lo más hermoso de todo y que, por esta razón, sólo en esta ciudad puede habitar dignamente el hombre libre por naturaleza.

Ahora bien, añadí (y es esto lo que iba a decir hace un instante), el deseo insaciable de la libertad, juntamente con la indiferencia por todo lo demás, ¿no es lo que ocasiona la mudanza del régimen, al punto de obligarlo a recurrir a la tiranía?

A mi juicio, cuando una ciudad gobernada democráticamente y sedienta de libertad, se encuentra con que la dirigen unos malos escanciadores y, sobrepasando la medida, se embriaga de libertad pura, castiga entonces a sus gobernantes si no son enteramente condescendientes y no le sirven copiosamente la libertad, tachándolos en este caso de villanos y oligárquicos.

Y a quienes se someten a los gobernantes, añadí, se les cubre de oprobio como si fueran esclavos voluntarios y hombres de nada; y por el contrario, se ensalza y reverencia, así en público como en privado, a los gobernantes que semejan a los gobernados y a los gobernados que semejan a los gobernantes. ¿O no es fatal que a todo, en tal ciudad, le afecte la expansión del espíritu literario?

¿Cómo podrá ser de otro modo?

Y que tal espíritu, mi querido amigo, penetre en el interior de las familias, y que finalmente arraigue hasta en las bestias la rebeldía a la autoridad.

Pues considera ahora, proseguí, como aquello que corona el compacto conjunto de todos estos desórdenes, la susceptibilidad que se produce en el alma de los ciudadanos, los cuales, cuando alguien trata de imponerles la menor sujeción, se irritan y la sacuden. Y por último, como creo que lo sabes, acaban por no preocuparse más de las leyes, escritas o no escritas, a fin de no tener de ningún modo ningún señor.

Tal es pues, amigo mío, proseguí, el principio, tan bello y juvenil, de donde, en mi opinión, nace la tiranía.

Juvenil en efecto, replicó; pero ¿qué hay después de él?

Que la misma enfermedad, repuse, que, nacida en la oligarquía, la llevó a su ruina, esta misma, como proviene esta vez de la licencia ilimitada, se desarrolla aquí con mayor fuerza hasta llegar a esclavizar a la democracia. En realidad, todo exceso en el obrar produce generalmente, como compensación, un cambio considerable en sentido contrario, ya sea en las estaciones, en las plantas y en los cuerpos, y no menos en los regímenes políticos.

El exceso de libertad, por tanto, no puede traer otra cosa consigo, a lo que parece, que el exceso de esclavitud, y lo mismo para el particular que para la ciudad.

Pues lo mismo pasa cuando el jefe del pueblo, disponiendo de una multitud totalmente sumisa, no sabe abstenerse de la sangre de su misma tribu, sino que, levantando a los suyos acusaciones calumniosas (método predilecto de estas gentes), los lleva ante los tribunales y mancha su conciencia con la supresión de vidas humanas, abrevándose con lengua y boca impías en la sangre que corre del homicidio de sus parientes. Tan pronto destierra y mata como deja entrever la abolición de las deudas y un nuevo reparto de tierras. Para un hombre tal es una necesidad, o su destino mismo, o perecer a mano de sus enemigos o ejercer la tiranía y convertirse de hombre en lobo.

He ahí el sujeto, dije, que fomenta la disensión contra las gentes acaudaladas.

Y que al volver del destierro, a pesar de sus enemigos, vuelve como tirano consumado.

Y si sus enemigos son imponentes para enemistarlo con el pueblo, y de este modo echarlo o darle muerte, en este caso conspiran en la sombra para asesinarlo.

Es en este punto cuando todos los que han llegado a esta situación inventan la famosa demanda del tirano, consistente en pedir al pueblo una guardia personal para seguridad del defensor del pueblo y en interés de este último.

Y se la dan, según pienso, por el temor que tienen de la seguridad de aquél, pero muy tranquilos por ellos mismos.

Y cuando ve esto el hombre acaudalado y que, por razón de su fortuna, se siente acusado de ser enemigo del pueblo, es entonces, camarada, cuando este hombre, apegándose al oráculo dado a Creso, "huye a lo largo del Hermos pedregoso sin detenerse ni avergonzarse de ser cobarde".

En efecto, dijo, no tendría ocasión de avergonzarse por segunda vez.

Al que cogen, dije, tengo para mí que le dan muerte.

Y en cuanto a este protector del pueblo, es evidente que no es él quien está abatido, "grande y en gran espacio", antes por el contrario, después de haber abatido él a otros muchos, se mantiene firme en el carro del Estado y pasa de protector a convertirse en tirano consumado.[3]

Justicia e Injusticia

Este dialogo se encuentra en la República y es el que da lugar al desarrollo de la obra. Lo dejé tal cual, por su actualidad. Trasímaco, cual personaje de Maquiavelo, expresa una opinión que sigue vigente.

Trasímaco, en lugar de contestar, me preguntó: Dime, Sócrates, ¿no tuviste nodriza?

¿Qué?, le dije ¿no sería mejor que me contestaras, y no hacerme tales preguntas?

Es, dijo, porque te dejó un mocoso, cuando lo que necesitabas era que te hubieran exprimido bien las narices; y ni siquiera aprendiste lo que son las ovejas ni el pastor.

¿Cómo es esto, por favor?, le dije.

Pues porque te imaginas que los pastores o los ganaderos tienen en mira el bien de las ovejas o los bueyes, y que cuando los engordan y los cuidan, se fijan en otro bien que el de los dueños y el suyo propio. Del mismo modo supones que los que gobiernan en las ciudades, los que en verdad gobiernan, tienen con respecto

[3] Platón. La República. UNAM. México 1959. Pgs. 23-28, 297-311

a sus súbditos otras intenciones que el ganadero con respecto a las ovejas, y que puedan preocuparse de otra cosa, día y noche, que de cómo podrán aprovecharse de ellos. Con tu conocimiento tan avanzado de lo justo y la justicia, y de lo injusto y la injusticia, ignoras que la justicia y lo justo son, en realidad, el bien ajeno, ya que es el interés del más fuerte y del que manda, y que el daño, a su vez, es lo propio del que obedece y que sirve, y la injusticia lo contrario; porque es el injusto el que manda a los que son verdaderamente tan tontos como justos, y como súbditos, tienen que trabajar en interés del que es más fuerte, cuya felicidad realizan ellos con su servicio, pero de ningún modo la suya propia. Lo que debías tú ver, Sócrates, si no fueras tan ingenuo, es que el varón justo lleva dondequiera la peor parte en comparación del injusto. En las convenciones, en primer lugar, en que se asocian el uno con el otro, nunca encontrarás, en la disolución de la sociedad, que el justo reciba más que el injusto, sino menos; y en las relaciones públicas, si se trata del pago de contribuciones, y suponiendo igual el capital, es justo contribuye con más y el otro con menos; y al contrario, si se trata de recibir, aquél no recibe nada, en tanto que ésta gana harto. Y si uno y otro ejercen alguna magistratura, lo que al justo le pasará, suponiendo que no reciba ningún otro perjuicio, será que sus negocios privados, por no poder atenderlos, irán de mal en peor, y tampoco podrá él, por ser justo resarcirse con los fondos públicos. Fuera de esto, será visto con malos ojos por sus familiares y conocidos, al no querer servirles en nada que no sea justo. Y lo contrario de todo esto le sucederá al hombre injusto, entendiendo por él, como lo dije hace poco, el que es capaz de usurpar mayores bienes que los otros. Este tipo de hombre es el que debes tener presente, si es que quieres percibir cómo está en su interés personal el ser injusto antes que justo. Y lo más fácil para que así lo entiendas, será el llegar, en esta consideración, a la extrema injusticia, a la que hace del injusto el más feliz de los hombres, y los más infelices, a su vez, a quienes, sobre ser víctimas de la injusticia, no consentirían tampoco el practicarla. Esta situación es la de la tiranía, que no por pasos contados, sino de un golpe, se apodera de todo lo ajeno por fraude y la violencia, lo mismo de lo sagrado que de lo profano, del dominio privado como del público. Si un particular es cogido en la comisión de una cualquiera de estas injusticias, se le castiga y caen sobre él los mayores oprobios; se le llama sacrílego, traficante de hombres, allanador de moradas, expoliador o bandido, de acuerdo con estas calificaciones delictivas. Si, por el contrario, a más de despojar de sus bienes a sus conciudadanos, los reduce a estos mismos a la esclavitud, en lugar de recibir él aquellos nombres ignominiosos, oye que le ensalzan como a feliz y augusto, no solamente sus conciudadanos, sino todos aquellos que vienen a saber la injusticia integral que ha cometido; porque no es por el temor de cometer la injusticia, sino por el de sufrirla, por lo que los hombres acostumbran vituperar la injusticia. Es así, Sócrates, cómo la injusticia, con sólo que sea llevada a cierto grado de desarrollo, es más fuerte, más propia de un espíritu libre más señoril que la justicia; de suerte que, tal como lo dije desde el principio, la justicia resulta ser el interés del más fuerte, y la injusticia, por su parte, lleva consigo su provecho e interés.

Respondió Sócrates:

Es porque ignoras cuál es el salario por cuya consideración gobiernan los más virtuosos y excelentes, cuando se resuelven a hacerlo. ¿O no sabes que el amor de los honores y de las riquezas pasa por ser, y lo es realmente, algo vergonzoso?

Lo sé, dijo.

Pues a causa de esto, proseguí, los hombres de bien no quieren gobernar ni por riquezas ni por honores. Ni quieren cobrar ostensiblemente el salario de su función, por no ser llamados mercenarios, ni tampoco que les llamen ladrones por lucrar del gobierno a escondida. Y como tampoco quieren encargarse del gobierno por los honores, ya que no son ambiciosos, es preciso emplear con ellos la coacción y la amenaza del castigo, para inducirles a aceptar; de lo contrario, hay el peligro de que quien toma el gobierno espontáneamente, sin esperar a que se le constriña, pueda pensar que se le tiene en bajo concepto. Ahora bien, el castigo más grave, en caso de repulsa del gobierno, es el de ser gobernado por otro más indigno; y por temor de esto, a lo que me parece, se deciden los hombres de bien a gobernar cuando lo hacen. Es así como llegan al mando, no como a la conquista de un bien, o para su propio placer, sino por necesidad; por no serles posible confiar el gobierno a otros mejores, o siquiera iguales, que ellos mismos. Porque si hubiere, en hipótesis, un Estado compuesto por hombres de bien, la lucha en él sería por no mandar, como ahora lo es por mandar; y entonces se tornaría claro que quien es en realidad genuino gobernante, no atiende a su propio interés, sino al de los gobernados; y todo hombre sensato preferiría tener que reconocer a otro el beneficio, antes que darse la molestia de procurárselo a éste. De ninguna manera, por lo tanto, concuerdo en este punto con Trasímaco, es decir, en que la justicia sea el interés del más fuerte.[4]

Las Leyes

Esta es otra extensa obra del filósofo, más aun que la Republica, pues consta de doce libros. En ella retoma varios de los temas tratados con anterioridad, específicamente en la Republica. De este dialogo seleccioné el tema de Leyes y Justicia. Como en el capítulo anterior, procuré dar continuidad a las ideas de Platón, evitando, en lo posible, las interrupciones que un dialogo ocasiona.

Leyes y justicia

Aquí tenéis en lo que consiste la justicia política, a la que debemos tender, mi querido Clinias, teniendo siempre fija nuestra mirada en esta especie de igualdad, al establecer nuestra nueva colonia. Cualquiera que intente fundar un Estado debe proponerse el mismo fin en su plan de legislación, y no el interés de uno o de muchos tiranos o la autoridad de la multitud, sino siempre la justicia, que, como acabamos de decir, no es otra cosa que la igualdad establecida entre las cosas desiguales conforme a la naturaleza de las mismas. Sin embargo, es indispensable en todo Estado, si se quiere estar libre de sediciones, hacer también uso de otras especies de justicia, llamadas así abusivamente, porque los miramientos y la condescendencia son brechas que se abren en la rigurosa justicia. Ésta es la razón por que, para no exponerse al malhumor de la multitud, se recurre por necesidad a la igualdad de la suerte, y entonces debe suplicarse a los dioses y a la buena fortuna, que dirijan las decisiones de la suerte en el sentido de lo más justo. Se ve así uno obligado a hacer uso de estas dos especies de igualdad; pero la que está sometida a la suerte debe escasearse todo lo posible.

El Estado, el gobierno y las leyes, que es preciso colocar en primera línea son aquellos donde se practica más a la letra y en todas partes que constituye el Estado el antiguo proverbio, que dice, que entre amigos verdaderos todo es común. En cualquier punto, pues, en que suceda o pueda llegar a suceder, que las mujeres sean

---

[4] Platón. La República. UNAM. México 1971. Pgs. 86-87

comunes, y que se hagan los mayores esfuerzos para quitar del comercio de la vida hasta el nombre de propiedad; de suerte que las cosas mismas que la Naturaleza ha dado a cada hombre, se hagan en cierta manera comunes a todos en cuanto sea posible como los ojos, los oídos, las manos, y que todos los ciudadanos se imaginen que ven, oyen y obran en común; que todos aprueben y desaprueben de concierto las mismas cosas; que sus goces y sus penas recaigan sobre los mismos objetos; en una palabra, que las leyes se propongan con todo su poder hacer el Estado perfectamente uno, puede asegurarse que esto es el colmo de la virtud política, y que nadie podría en este concepto dar a las leyes una dirección mejor ni más justa. En una ciudad de tales condiciones, ya tenga por habitantes a dioses, y a hijos de los dioses, que sean más que uno, la vida es completamente dichosa. Por esta razón, no hay necesidad de buscar en otra parte el modelo de un gobierno, sino que es preciso fijarse en éste, aproximándose a él cuanto sea posible.[5]

---

[5] Platón. Las Leyes. Editorial Porrúa. México 1998. Pgs. 98-99

Aristóteles

(384 a.c.-322 a.c.)

El hombre es, por naturaleza,
un animal político.

La Política

Aristóteles propone la felicidad como motivo de la vida en sociedad y a la política como ciencia superior, precisamente porque su objetivo es lograr la felicidad, que, como se verá, es la aspiración suprema de los seres humanos. La Política y la Ética se complementan perfectamente y muestran la grandeza e importancia del pensamiento de Aristóteles.

La comunidad política

Toda ciudad se ofrece a nuestros ojos como una comunidad; y toda comunidad se constituye a su vez en vista de algún bien (ya que todos hacen cuanto hacen en vista de lo que estiman ser un bien). Si pues todas las comunidades humanas apuntan a algún bien, es manifiesto que al bien mayor entre todos habrá de estar enderezada la comunidad suprema entre todas y que comprende a todas las demás; ahora bien, ésta es la comunidad política a la que llamamos ciudad. Así pues, no se expresan con acierto quienes creen ser lo mismo el poder político que el poder real, y lo mismo uno y otro que el poder que se tiene sobre la familia o sobre los esclavos. Quienes son de esta opinión consideran que todos estos poderes difieren entre sí no específicamente, sino por el mayor o menor número de los sujetos pasivos del poder, de tal modo que si son pocos tendremos el poder del amo, y si más, el del jefe de familia, y si más aún, el del gobernante o del monarca. Con arreglo a esta concepción, no hay diferencia alguna entre una gran casa y una pequeña ciudad; y en lo que hace a la distinción entre el poder político y el poder real, estimase que será real cuando se trate de un poder personal, y que, por el contrario, será político cuando el mismo sujeto es alternativamente gobernante y gobernado, conforme a las normas de la ciencia política. Todo esto, empero, no es verdad; y nuestro punto de vista se tornará manifiesto con sólo que consideremos la cuestión de acuerdo con el método que suele guiarnos. En efecto, y del mismo modo que en otros campos es menester disolver lo compuesto hasta llegar a sus elementos no compuestos (ya que éstos son las partes más pequeñas del todo), así también habrá que examinar los elementos de que consta la ciudad con lo cual veremos mejor las diferencias recíprocas entre los poderes y comunidades de que estamos hablando, y si es posible alcanzar conclusiones científicas sobre cada una de las cosas que quedan dichas.

La mejor manera de ver las cosas, en esta materia al igual que en otras, es verlas en su desarrollo natural y desde su principio. En primer lugar, pues, la necesidad ha hecho aparearse a quienes no pueden existir el uno sin el otro, como son el varón y la mujer en orden a la generación (y esto no por elección deliberada, ya que en el hombre, no menos que en los demás animales y en las plantas, hay un deseo natural de dejar tras de sí otro ser a su semejanza). Es también de necesidad, por razones de seguridad, la unión entre los que por naturaleza deben respectivamente mandar y obedecer. (Quien por su inteligencia es capaz de previsión, es por naturaleza gobernante y por naturaleza señor, al paso que quien es capaz con su cuerpo de ejecutar aquellas providencias, es súbito y esclavo por naturaleza, por lo cual el amo y el esclavo tienen el mismo interés.) Por otra parte, la mujer y el esclavo difieren por naturaleza (pues la naturaleza no hace nada mezquinamente, como lo hacen con sus cuchillos los herreros de Delfos, sino que acomoda cada cosa a un fin particular, y de este modo cada instrumento alcanza su perfección mayor al servir no a muchas cosas, sino a una sola). Entre los bárbaros, sin embargo, la mujer y el esclavo tienen el mismo rango; y la causa de esto es que no tienen ellos nada que por naturaleza pueda mandar, sino que la misma sociedad conyugal es en ellos entre esclava y esclavo. Por esto dicen los poetas: "Está puesto en razón que los griegos manden a los bárbaros", dando a entender que por naturaleza es lo mismo ser bárbaro que ser esclavo.

De estas dos asociaciones resultaron los primeros hogares, por lo cual Hesíodo estuvo en lo justo al escribir:

"Lo primero de todo es la casa y la mujer y el buey labrador,"

El buey, en efecto, suple al esclavo en la casa de los pobres. La familia es así la comunidad establecida por la naturaleza por la convivencia de todos los días. A sus miembros los llama Carondas comensales, y Epiménides de Creta compañeros de pesebre.

La primera comunidad a su vez que resulta de muchas familias, y cuyo fin es servir a la satisfacción de necesidades que no son meramente las de cada día, es el municipio. Con mucha razón se podría llamar al municipio, si se entiende a su naturaleza, una colonia de la familia, constituido como está –a dicho de algunos– por quienes han mamado la misma leche, por sus hijos y por los hijos de sus hijos. Esta es la razón por la cual nuestras ciudades fueron primero gobernadas por reyes, y lo son aún las naciones extranjeras; en su formación, en efecto, concurrieron elementos sometidos a autoridad real –ya que toda familia es regida por el más viejo como por un rey–; y así lo fueron las colonias a causa de la consanguinidad entre sus miembros. Y esto es lo que quiere dar a entender Homero cuando dice que "cada uno da la ley a sus hijos y a sus esposas".

Las familias ciclópeas, en efecto, estaban dispersas, y así se vivía en lo antiguo. Por esto mismo también todos hablan de los dioses como sometidos a un rey, porque los que así hablan son ahora o fueron en lo antiguo súbditos de rey; y como los hombres se representan a su imagen la forma de los dioses, otro tanto ha hecho con su vida.

La asociación última de muchos municipios es la ciudad. Es la comunidad que ha llegado al extremo de bastarse en todo virtualmente a sí misma, y que si ha nacido de la necesidad de vivir, subsiste porque puede proveer a una vida cumplida. De aquí que toda ciudad exista por naturaleza, no de otro modo que las primeras comunidades, puesto que es ella el fin de las demás. Ahora bien, la naturaleza es fin; y así hablamos de la naturaleza de cada cosa, como del hombre, del caballo, de la casa, según es cada una al término de su generación. Por otra parte, aquello por lo que una cosa existe y su fin es para ella lo mejor; en consecuencia, el poder bastarse a sí mismo es un fin y lo mejor. De lo anterior resulta manifiesto que la ciudad es una de las cosas que existen por naturaleza, y que el hombre es por naturaleza un animal político; y resulta también que quien por naturaleza y no por casos de fortuna carece de ciudad, está por debajo o por encima de lo que es el hombre. (Es como aquel a quien Homero reprocha ser "sin clan, sin ley, sin hogar".)

El hombre que por naturaleza es de tal condición es además amante de la guerra, como pieza aislada en el tablero. El por qué sea el hombre un animal político, más aún que las abejas y todo otro animal gregario es evidente. La naturaleza –según hemos dicho– no hace nada en vano; ahora bien, el hombre es entre los animales el único que tiene palabra. La voz es señal de pena y de placer, y por esto se encuentra en los demás animales (cuya naturaleza ha llegado hasta el punto de tener sensaciones de pena y de placer y comunicarlas entre sí). Pero la palabra está para hacer patente lo provechoso y lo nocivo, lo mismo que lo justo y lo injusto; y lo propio del hombre con respecto a los demás animales es que él solo tiene la percepción de lo bueno y de lo malo, de lo justo y lo injusto y de otras cualidades semejantes, y la participación común en estas percepciones es lo que constituye la familia y la ciudad.

La ciudad es asimismo por naturaleza anterior a la familia y a cada uno de nosotros. El todo, en efecto, es necesariamente anterior a la parte. Destruido el todo corporal, no habrá ni pie ni mano a no ser en sentido equívoco, como cuando se habla de una mano de piedra; algo semejante será la mano de un cuerpo en corrupción. Todas las cosas de definen por su obra y su potencia operativa, de modo que cuando éstas no son ya lo que eran, no deben las mismas cosas decirse tales, a no ser que queramos hablar en sentido equívoco. Es pues manifiesto que la ciudad es por naturaleza anterior al individuo, pues si el individuo no puede de por sí bastarse a sí mismo, deberá estar con el todo político en la misma relación que las otras partes lo están con su respectivo todo. El que sea incapaz de entrar en esta participación común, o que, a causa de su propia suficiencia, no necesitase de ella, no es más parte de la ciudad, sino que es una bestia o un dios.

En todos los hombres hay pues por naturaleza una tendencia a formar asociaciones de esta especie; y con todo, el primer fundador de ciudades fue causa de los mayores bienes. Pues así como el hombre, cuando llega a su perfección, es el mejor de los animales, así también es el peor de todos cuando está divorciado de la ley y la justicia. La injusticia más aborrecible es la que tiene armas; ahora bien, el hombre, dotado como está por la naturaleza de armas que ha de emplear en servicio de la sabiduría y la virtud, puede usarlas precisamente para lo contrario. Por esto es el hombre sin virtud el más impío y salvaje de los animales, y el peor en lo que respecta a los placeres sexuales y de la gula. Por otro lado la justicia es algo que se da en la ciudad, ya que la administración de justicia, o sea el juicio sobre lo que es justo, es el orden de la comunidad política.[6]

---

[6] Aristóteles. Politica. UNAM. México. 1963. Pgs. 1-5

Ética

Este libro lo dedicó Aristóteles a su hijo Nicómaco. En él, el filósofo propone que todo aquello que los seres humanos desean o ambicionan, se explica por un fín ultimo: la felicidad.

La felicidad

Todo arte y toda investigación científica, lo mismo que toda acción y elección parecen tender a algún bien; y por ello definieron con toda pulcritud el bien los que dijeron ser aquello a que todas las cosas aspiran.

Cierta diferencia, con todo, es patente en los fines de las artes y ciencias, pues algunos consisten en simples acciones, en tanto que otras veces, además de la acción, queda un producto. Y en las artes cuyo fin es algo ulterior a la acción, el producto es naturalmente más valioso que la acción.

Siendo como son en gran número las acciones y las artes y ciencias, muchos serán por consiguiente los fines. Así, el fin de la medicina es la salud; el de la construcción naval, el navío; el de la estrategia, la victoria, y el de la ciencia económica, la riqueza.

Cuando de las ciencias y artes algunas están subordinadas a alguna facultad unitaria –como por ejemplo la fabricación de los frenos y de todo lo demás concerniente al arreo de los caballos está subordinada al arte de la equitación, y ésta a su vez, juntamente con las acciones militares, está sometida a la estrategia, hallándose de la misma manera otras artes sometidas a otras– en todos estos casos los fines de todas las disciplinas gobernadoras son preferibles a los de aquellas que les están sujetas, pues es en atención a los primeros por lo que se persiguen los demás. Y nada importa a este respecto que el fin de la acción sea tan sólo la misma actividad u otra cosa a más de ella, como en las ciencias sobredichas.

Si existe un fin de nuestros actos querido por sí mismo, y los demás por él; y si es verdad también que no siempre elegimos una cosa en vista de otra –sería tanto como remontar al infinito, y nuestro anhelo sería vano y miserable–, es claro que ese fin último será entonces no sólo el bien, sino el bien soberano. Con respecto a nuestra vida, el conocimiento de este bien es cosa de gran momento, y teniéndolo presente, como los arqueros el blanco, acertaremos mejor donde conviene. Y si así es, hemos de intentar comprender en general cuál pueda ser, y la ciencia teórica o práctica de que depende.

A lo que creemos, el bien de que hablamos es de la competencia de la ciencia soberana y más de todas arquitectónica, la cual es, con evidencia, la ciencia política. Ella, en efecto, determina cuáles son las ciencias necesarias en las ciudades, y cuáles las que cada ciudadano debe aprender y hasta dónde. ¿O no vemos que las facultades más preciadas están debajo de ella, como la estrategia, la economía doméstica y la retórica?

Desde el momento que la política se sirve de las demás ciencias prácticas y legisla sobre lo que debe hacerse y lo que debe evitarse, el fin que le es propio abraza los de todas las otras ciencias, al punto de ser por experiencia el bien humano. Y por más que este bien sea el mismo para el individuo y para la ciudad, es con mucho cosa mayor y más perfecta la gestión y salvaguarda del bien de la ciudad. Es cosa amable hacer el bien a uno solo; pero más bella y más divina es hacerlo al pueblo y las ciudades. A todo ello, pues, tiende nuestra indagación actual, incluida de algún modo entre las disciplinas políticas.

Su contenido lo explicaremos suficientemente si hacemos ver con claridad la materia que nos proponemos tratar, según ella lo consiente. No debemos, en efecto, buscar la misma precisión en todos los conceptos, como no se busca tampoco en la fabricación de objetos artificiales. Lo bueno y lo justo, de cuya consideración se ocupa la ciencia política, ofrecen tanta diversidad y tanta incertidumbre que ha llegado a pensarse que sólo existen por convención y no por naturaleza. Y los bienes particulares encierran también por su parte la misma incertidumbre, ya que para muchos son ocasión de perjuicio: hay quienes han perecido por su riqueza, y otros por su valentía. En esta materia, por tanto, y partiendo de tales premisas, hemos de contentarnos con mostrar en nuestro discurso la verdad en general y aun con cierta tosquedad. Disertando sobre lo que acontece en la mayoría de los casos, y sirviéndonos de tales hechos como de premisas, conformémonos con llegar a conclusiones del mismo género.

Con la misma disposición es menester que el estudiante de esta ciencia reciba todas y cada una de nuestras proposiciones. Propio es del hombre culto no afanarse por alcanzar otra precisión en cada género de problema sino la que consiente la naturaleza del asunto. Igualmente absurdo sería aceptar de un matemático razonamientos de probabilidad como exigir de un orador demostraciones concluyentes.

Cada cual juzga acertadamente de lo que conoce, y de estas cosas es buen juez. Pero así como cada asunto especial demanda una instrucción adecuada, juzgar en conjunto sólo puede hacerlo quien posea una cultura general. Esta es la causa de que el joven no sea oyente idóneo de lecciones de ciencia política, pues no tiene experiencia de las acciones de la vida, de las cuales extrae la ciencia política sus proposiciones y a las cuales se aplican estas mismas. Y además, como el joven es secuaz de sus pasiones, escuchará estas doctrinas vanamente y sin provecho, toda vez que el fin de esta ciencia no es el conocimiento, sino la acción.

Ninguna diferencia existe a este respecto entre el adolescente por la edad y el de carácter pueril, pues no es el tiempo la causa de su incapacidad, sino la vida que lleva conforme a sus pasiones y dispersa en la pesquisa de todo lo que se le ofrece. Para estos tales el conocimiento es estéril, como para los incontinentes. Mas para los que ordenan por la razón sus deseos y sus acciones, de gran utilidad será el saber de estas cosas.

He ahí lo que teníamos que decir, a manera de exordio, sobre las disposiciones del discípulo, el estado de espíritu que esta ciencia reclama y lo que con ella nos proponemos.

Puesto que todo conocimiento y toda elección apuntan a algún bien, declaremos ahora, reasumiendo nuestra investigación, cuál es el bien a que tiende la ciencia política, y que será, por tanto, el más excelso de todos los bienes en el orden de la acción humana.

En cuanto al nombre por los menos, reina acuerdo casi unánime, pues tanto la mayoría como los espíritus selectos llaman a ese bien la felicidad, y suponen que es lo mismo vivir bien y obrar bien que ser feliz. Pero la esencia de la felicidad es cuestión disputada, y no la explican del mismo modo el vulgo y los doctos.

Los hay que la hacen consistir en algo manifiesto y visible, como el placer o la riqueza o el honor. Otros, en cambio dicen otra cosa, y aun se da frecuentemente el caso de que el mismo individuo mude de opinión según su estado, y así, si adolece, dirá que el bien supremo es la salud, y la riqueza si se halla en la inopia. Y si tienen conciencia de su ignorancia, quédanse pasmados ante quienes pueden decir algo sublime y por encima de su comprensión. Ahora bien, algunos han llegado a pensar que además de la multitud de bienes particulares existe otro bien en sí, el cual es origen de la bondad de todos los demás bienes.

Proceder al examen de todas esas opiniones sería una ocupación por demás inútil; bastará con atender a las que más preponderan o que parezcan tener cierto color de razón.

No se nos pase por alto, sin embargo, el hecho de que los razonamientos diferirán según que se parta de los primeros principios o que se tienda a ellos como a término final. Con razón Platón andaba perplejo en este punto, inquiriendo si el mejor método sería el de partir de los principios o el de concluir en ellos, al modo como si en el estadio los atletas hubieran de correr desde los jueces hasta la meta o viceversa.

Sea de ello lo que fuere, lo incuestionable, es que es preciso comenzar partiendo de lo ya conocido. Pero lo conocido o conocible tiene un doble sentido: con relación a nosotros unas cosas, en tanto que otras absolutamente; y siendo así, habrá que comenzar tal vez por lo más conocible relativamente a nosotros.

Esta es la razón por la cual es menester que haya sido educado en sus hábitos morales el que quiera oír con fruto las lecciones acerca de lo bueno y de lo justo, y en general de todo lo que atañe a la cultura política. En esta materia el principio es el hecho, y si éste se muestra suficientemente, no será necesario declarar el porqué: Aquel que esté bien dispuesto en sus hábitos, posee ya los principios o podrá fácilmente adquirirlos. Más aquel que ni los posee ni los adquiere, que escuche las palabras de Hesíodo:

"El varón superior es el que por sí lo sabe todo;
Bueno es también el que cree al que habla juiciosamente;
Pero el que ni de suyo sabe ni deposita en su ánimo
Lo que oye de otro, es un tipo inservible."

Pero nosotros continuemos nuestro discurso en el punto de que nos apartamos con la anterior digresión.

No sin razón el bien y la felicidad son concebidos por lo común a imagen del género de vida que a cada cual le es propio. La multitud y los más vulgares ponen el bien supremo en el placer, y por esto aman la vida voluptuosa.

Tres son, con efecto, los tipos más salientes de vida, a saber: el que queda dicho, la vida política, y en tercer lugar la vida contemplativa.

La mayoría de los hombres muestran tener decididamente alma de esclavos al elegir una vida de bestias, justificándose en parte con el ejemplo de los que están en el poder, muchos de los cuales conforman sus gustos a los de Sardanápalo. Los espíritus selectos, en cambio, y los hombres de acción identifican la felicidad con el honor: éste es, puede decirse, el fin de la vida política.

El honor, sin embargo, puede ser un bien harto superficial para ser el que buscamos nosotros, pues manifiestamente está más en quien da la honra que en el que la recibe, en tanto que, según podemos presentir desde ahora, el verdadero bien debe ser algo propio y difícil de arrancar de su sujeto. A más de esto, los que persiguen los honores lo hacen al parecer para persuadirse a sí mismos de su propia virtud; y así procuran ser honrados por los hombres prudentes de que pueden hacerse conocer, y que el honor se les discierna precisamente por su virtud, con todo lo cual dejan ver claro que aun en su propia estimativa la virtud es un bien superior a la honra.

Por lo dicho podría creerse que la virtud es el fin de la vida política. Mas parece, con todo, que se trata de un bien aún deficiente, pues cabe la posibilidad de que el hombre virtuoso pase la vida durmiendo u holgando; y, allende de esto, que padezca los mayores males y desventuras. Nadie diría, a no ser por defender a todo trance una paradoja, que quien vive de esta suerte es feliz. Y baste con lo dicho sobre este tópico, del cual hemos hablado largamente en nuestros escritos en circulación.

En tercer lugar, como dijimos, está la vida contemplativa, cuya consideración haremos en lo que después vendrá.

En cuanto a la vida de lucro, es ella una vida antinatural, y es claro que no es la riqueza el bien que aquí buscamos, porque es un bien útil, que por respecto de otro bien se desea. Por tanto, más bien los fines antedichos podrían considerarse como los fines finales del hombre, toda vez que son queridos por sí mismos. Más no lo son tampoco, con toda evidencia, por más que en su favor hayan podido aducirse muchos argumentos. Dejemos, pues, esta materia.

Volvamos de nuevo al bien que buscamos, y preguntémonos cuál pueda ser. Porque el bien parece ser diferente según las diversas acciones y artes, pues no es lo mismo en la medicina que en la estrategia, y del mismo modo en las demás artes. ¿Cuál será, por tanto, el bien de cada una? ¿No es claro que es aquello por cuya causa se pone en obra todo lo demás? Lo cual en la medicina es la salud; en la estrategia, la victoria; en la arquitectura, la casa; en otros menesteres otra cosa, y en cada acción y elección el fin, pues es en vista de él por lo que todos ejecutan todo lo demás. De manera que si existe un solo fin para todo cuanto se hace, éste será el Bien practicable; y si muchos, éstos serán los bienes. Y he aquí cómo nuestro razonamiento, paso a paso, ha venido a parar a lo mismo; y con todo debemos intentar esclarecerlo más aún.

Puesto que los fines parecen ser múltiples, y que de entre ellos elegimos algunos por causa de otros, como la riqueza, las flautas, y en general los instrumentos, es por ello evidente que no todos los fines son fines finales; pero el bien supremo debe ser evidentemente algo final. Por tanto, si hay un solo fin final, éste será el bien, que buscamos; y si muchos, el más final de entre ellos.

Lo que se persigue por sí mismo lo declaramos más final que lo que se busca para alcanzar otra cosa; y lo que jamás se desea con ulterior referencia, más final que todo lo que se desea al mismo tiempo por sí y por aquello; es decir, que lo absolutamente final declaramos ser aquello que es apetecible siempre por sí y jamás por otra cosa.

Tal nos parece ser, por encima de todo, la felicidad. A ella, en efecto, la escogemos siempre por sí misma, y jamás por otra cosa; en tanto que el honor, el placer, la intelección y toda otra perfección cualquiera, son cosas que, aunque es verdad que las escogemos por sí mismas −si ninguna ventaja resultase elegiríamos, no obstante cada una de ellas−, lo cierto es que las deseamos en vista de la felicidad, suponiendo que por medio de ellas seremos felices. Nadie, en cambio, escoge la felicidad por causa de aquellas cosas, ni en general, de otra ninguna.[7]

---

[7] Aristóteles. Etica. UNAM. México. 1983. Pgs. 1-11

Cicerón

(106 a.c.-43 a.c.)

La ley es el vínculo de la sociedad civil.

La República

Marco Tulio Cicerón fue senador romano, político, abogado y filosofo, nos legó una basta obra, que se conserva y ha sido traducida y puesta al alcance de todos aquellos que se interesan en Roma, su historia, su derecho, su política y en general en como veían los romanos la vida en el momento que decae la república y se inicia el imperio. En La República, Cicerón hace participar a Escipión el Africano, cien años antes de la época en que vive Cicerón, en un dialogo con otros ciudadanos romanos que, en vista del prestigio del Africano, lo interrogan sobre la mejor forma de gobierno. El dialogo se desarrolla en seis jornadas, en la ultima de las cuales, Escipión les relata un sueño que se ha vuelto famoso. (Mozart escribió una opera con ese tema) El texto que se conserva de La república tiene lagunas, pues faltan hojas y ello se nota pues en algunas ocasiones no se entiende bien la continuidad del argumento.

Formas de gobierno

"Es, pues –dijo Africano–, la 'república' la 'cosa del pueblo', y el pueblo, no toda agrupación de hombres congregada de cualquier manera, sino la agrupación de una multitud, asociada por un consenso de derecho y la comunidad de intereses. Y su primer motivo de agruparse es no tanto la debilidad como, por así decir, la propensión natural de los hombres a congregarse. En efecto, este género no es solidario ni aislado, sino que de tal manera ha sido generado, que ni siquiera en medio de la afluencia de todos los bienes...

"En breve, una multitud dispersa y errante se había convertido en un Estado por medio de la concordia...

..."Así pues, estas agrupaciones, formadas por ese motivo que expuse, establecieron su sede primeramente en un lugar determinado por motivo de domicilios. Habiéndola fortificado con base en su situación natural y por medio del trabajo, a semejante conjunto de techos, adornado con santuarios y plazas públicas, lo llamaron fortaleza o urbe. Por consiguiente, todo pueblo, que es la agrupación de una multitud, tal cual la expuse; todo Estado, que es la organización de un pueblo; toda 'república', que, como dije, es la 'cosa del pueblo', debe ser regida por alguna autoridad para que sea diuturna. Mas esta autoridad, en primer lugar, debe siempre referirse al motivo que engendró al Estado.

"En segundo lugar, debe ser concedida o a uno solo, o a algunos selectos, o ser asumida por la multitud y por todos. Por ello, cuando la suma de todos los poderes está en las manos de uno solo, a este solo lo llamamos rey, y 'reino', a su tipo de gobierno; y cuando está en las manos de los selectos, entonces se dice que el Estado es regido por el arbitrio de los optimates, en cambio, es un Estado popular (así, en efecto, lo llaman) aquel en el cual todos los poderes están en el pueblo. Y cualquiera de estos tres géneros, aunque mantenga el vínculo que originariamente unió a los hombres entre si en la sociedad de la república, ciertamente no sería, en mi opinión, perfecto ni óptimo, mas, sin embargo, tolerable, si bien uno puede ser más prestante que otro. Pues parece que o un rey justo y sabio, o unos ciudadanos selectos y principales, o el pueblo mismo, aunque esto es lo menos recomendable, sin embargo, si no se interponen las injusticias o las pasiones, pueden hallarse en una situación no incierta.

"Pero, por una parte, en los reinos los demás están demasiado privados del derecho común y de la deliberación; por otra parte, en la dominación de los optimates apenas puede la multitud ser partícipe de la libertad, pues carece de toda deliberación común y de potestad; y cuando todos los poderes son ejercidos por el pueblo, aunque éste sea justo y moderado, sin embargo, la igualdad misma es injusta cuando no tiene ningunos grados de dignidad. Y así, aunque el persa Ciro fue un rey muy justo y muy sabio, sin embargo, aquella 'cosa del pueblo' (ésta es, en efecto, como dije antes, la 'república') me parece que no fue muy deseable, pues era regida según el antojo y el modo de uno solo. Aunque los marselleses, clientes nuestros, sean regidos con suma justicia por ciudadanos selectos y principales, hay, sin embargo, en esa condición del pueblo cierta semejanza con la servidumbre. Aunque los atenienses, en ciertos tiempos, eliminado el Areópago, no hacían nada si no era con base en las decisiones y decretos del pueblo, el Estado no mantenía su ornato, puesto que no tenía distintos grados de dignidad.

"Además, esto lo digo de estos tres géneros de gobierno, no confusos y mezclados, sino que mantienen su propia forma. Cada uno de estos géneros, en primer lugar, se halla en esos vicios que antes dije; en segundo lugar, tiene otros vicios perniciosos, pues no hay ningún género de esos gobiernos que no tenga un camino, escarpado y resbaladizo, hacia un mal cercano. Pues dentro de aquel tolerable o, si queréis, también amable rey Ciro –para referirme a él de preferencia– está oculto, en cuanto a la posibilidad de cambiar su ánimo, aquel crudelísimo Falaris, a cuya semejanza, con un curso descendente y con facilidad, baja la dominación de uno solo. Y cercanas a la administración de la ciudad por parte de pocos y principales marselleses están la conspiración y la facción de los treinta varones que hubo en cierto tiempo entre los atenienses. En fin, la potestad del pueblo ateniense en todos los asuntos, para no buscar otros ejemplos, convertida en furor y desenfreno de la multitud...

...,"y son admirables los ciclos y, por decirlo así, los circuitos de los cambios y vicisitudes en las formas de gobierno. Conocerlos es propio del sabio; pero preverlos cuando amenazan, al gobernar a la república moderando su curso y manteniéndolos bajo su control, es propio de un gran ciudadano y varón casi divino. Y así, considero que es la más aceptable una especie de cuarta forma de gobierno, moderada y mixta, que se origina de estas tres que llamé primarias."

En ningún Estado, a no ser en el que el poder del pueblo es sumo, tiene algún domicilio la libertad, más dulce que la cual ciertamente nada puede ser; y ella, si no es igual, ni siquiera es libertad. Mas ¿cómo puede ser igual, no digo en un reino en donde la servidumbre ni siquiera es disimulada o dudosa, sino en esos Estados en los cuales todos son libres de palabra? En efecto, emiten sufragios, conceden mandos militares, magistraturas, se les busca, se les solicitan sus votos, pero dan lo que, aunque no quisieran, tendrían que dar, y lo que ellos mismos no tienen, otros se lo piden; en efecto, están privados del mando militar, de la deliberación pública, del tribunal de los jueces escogidos, los cuales cargos son sopesados por la antigüedad o las riquezas de las familias.

"Pero dicen que, si los pueblos mantienen su derecho, nada es más prestante, más libre, más dichoso, puesto que son ellos los amos de las leyes, de los juicios, de la guerra, de la paz, de los tratados, de la vida de cada ciudadano, del dinero. Piensan que sólo ésta se llama con justicia 'república', esto es 'cosa del pueblo', y que así la 'cosa del pueblo' suele pasarse de la dominación tanto de los reyes como de los nobles, a la libertad; que los reyes o el poder y asistencia de los optimates no son requeridos por los pueblos libres.

"Y, por cierto, dicen que no es oportuno que, con base en el vicio de un pueblo indómito, se repudie toda esta forma del pueblo libre; que nada es más inmutable, nada más firme que un pueblo concorde y que todo lo encamina a su incolumidad y a su libertad; y que es muy fácil la concordia en aquella república en la cual todos tienen los mismos intereses; que de la variedad de intereses nacen las discordias, puesto que una cosa es ventajosa para unos, otra para otros; y que, así, cuando los nobles tenían el poder, nunca fue permanente la situación del Estado, y esto mucho menos en los reinos de los cuales, como dice Enio, no es propia 'ninguna santa asociación ni lealtad'. Por lo cual, dado que la ley es el vínculo de la sociedad civil, y el derecho que emana de la ley es igual, ¿con base en qué derecho puede mantenerse la sociedad de los ciudadanos, cuando la condición de los ciudadanos no es idéntica? En efecto, si no se quiere igualar las fortunas, si los ingenios de todos no pueden ser idénticos, ciertamente deben ser idénticos entre sí los derechos de los que son ciudadanos en una misma república, pues ¿qué es un Estado sino una sociedad de derecho?...

...cuando diga lo que pienso acerca de aquel género de gobierno que especialmente apruebo, tendré que hablar, en general, más cuidadosamente acerca de las mutaciones de los géneros de gobierno, aunque considero que de ninguna manera ocurrirán fácilmente en ese género de gobierno. Pero de este regio la mutación primera y certísima es ésta: cuando el rey ha empezado a ser injusto, al instante perece este género, y él mismo es un tirano; el peor género de gobierno y muy cercano al óptimo. Si a éste lo derriban los optimates, lo cual acontece casi siempre, la república tiene el segundo de los tres tipos de gobierno; en efecto, es una especie de consejo regio, esto es paternal, de hombres principales que velan bien por el pueblo. Pero si el pueblo por sí mismo mata o echa al tirano, es bastante moderado mientras tiene sensibilidad y juicio, y se alegra de su hazaña y quiere proteger por sí mismo a la república constituida.

"Siendo esto así, de los tres géneros primarios es superior con mucho, en mi opinión, el regio, mas al regio mismo lo superará el que esté equilibrado y formado de los tres óptimos tipos de gobierno. En efecto, parece bien que haya en la república algún elemento prestante y regio, que haya otra cosa concedida y otorgada a la autoridad de los principales, que haya algunos asuntos reservados al juicio y a la voluntad de la multitud. Esta organización tiene primeramente una gran igualdad, de la que difícilmente pueden carecer los hombres libres por mucho tiempo; en segundo lugar, estabilidad, pues, por una parte, aquellos primarios fácilmente se convierten en los vicios contrarios, de modo que de un rey surge un tirano, de los optimates una facción, del pueblo el desorden y la confusión; y, por otra parte, los géneros mismos de gobierno a menudo son remplazados por nuevos géneros; sin grandes vicios de los dirigentes por lo común no sucede esto en esta forma de gobierno compuesta y moderadamente mezclada. En efecto, no hay causa de revolución donde cada cual está colocado firmemente en su grado y no hay nada por debajo a donde se precipite y caiga.[8]

El sueño de Escipión

En la última jornada, Escipión relata a sus amigos un sueño que tuvo la noche anterior, en el que se le aparecen su padre adoptivo, a quien llama Africano y su padre natural Paulo. He aquí parte de lo que cuenta.

"'Más, a fin de que seas, Africano, más activo para proteger la república, has de saber esto: para todos los que hayan conservado, ayudado, acrecentado su patria, hay en el cielo un lugar cierto y definido donde disfruten de una vida sempiterna de dicha. En efecto, para ese dios supremo, que rige el mundo entero, nada, al menos de lo que se hace en la tierra, es más aceptable que las comunidades y agrupaciones de hombres asociadas por el derecho, que se llaman Estados. Sus rectores y conservadores, habiendo partido de aquí, regresan acá.'

"Entonces yo, aunque estaba muy aterrorizado, no tanto por el miedo de la muerte, como por el de las insidias de los míos, le pregunté, sin embargo, si vivían él mismo y mi padre Paulo y otros a quienes nosotros considerábamos extintos.

"'Sí dijo–, viven éstos, que salieron volando de las cadenas de sus cuerpos como de una cárcel; en cambio, vuestra vida, que es

---

[8] Cicerón. La Republica. UNAM. México 1984. Pgs. 20,22-23, 33-34

llamada así, es muerte. ¿No miras tú a tu padre Paulo viniendo hacia ti?'

"En cuanto lo vi, de verdad derramé un caudal de lágrimas; mas él, abrazándome y besándome, me prohibía llorar.

"Y yo, tan pronto como, reprimido el llanto, empecé a poder hablar, dije: 'Pregunto, padre santísimo y óptimo, puesto que ésta es la vida, como oigo que dice Africano, ¿por qué me demoro en la tierra? ¿Por qué no me apresuro a venir acá, a vosotros?'"

"'No es así –dijo él–. En efecto, si el dios, cuyo templo es todo esto que miras, no te libera de estas prisiones del cuerpo, no puede abrirse para ti la entrada a este lugar. En efecto, los hombres fueron engendrados bajo esta ley: que protegieran aquella esfera, que ves en medio en este templo, la cual es llamada tierra; y a ellos les fue dada un alma de aquellos sempiternos fuegos que llamáis astros y estrellas, los cuales, esféricos y redondos, animados por mentes divinas, realizan sus revoluciones y órbitas con celeridad admirable. Por lo cual, tanto tú, Publio, como todos los piadosos debéis retener el alma en la prisión del cuerpo, y, sin la orden de aquel por quien ella os fue dada, no debéis partir de entre la vida de los hombres, para que no parezca que habéis rehuido la función humana asignada por el dios.

"'Pero tal como este tu abuelo, tal como yo que te engendré, cultiva tú, Escipión, la justicia y la piedad, la cual es, por una parte, grande para con la patria. Tal vida es el camino para el cielo y para esta asamblea de los que ya vivieron y que, desatados del cuerpo, habitan aquel lugar que ves (y era éste un círculo que brillaba entre las flamas con una blancura muy resplandeciente), al que vosotros, como aprendisteis de los griegos, le dais el nombre de Orbe Lácteo.'[9]

---

[9] Cicerón. Ídem Pgs 97-98

San Agustín

(354-430)

Siempre que el hombre no sirve a Dios ¿Qué hay en él de justicia? Pues no sirviendo a Dios de ningún modo puede el alma justamente mandar al cuerpo, o la razón humana a los demás vicios y si en este hombre no hay justicia, sin duda que tampoco la podrá haber en la congregación que consta de tales hombres. Luego no hay aquí aquella conformidad o consejo del derecho que hace pueblo a la muchedumbre, lo cual se dice ser la República.

La Ciudad de Dios

El fin de la República Romana, que Cicerón anuncia, y la instauración del Imperio, coinciden con la aparición de la religión cristiana y su llegada a Roma, hasta que en el siglo IV D.C., el emperador Constantino la hace oficial. Algunos pensadores de la época culpan a los cristianos de la decadencia del Imperio y de las invasiones bárbaras. San Agustín se propone, con su libro, *La Ciudad de Dios*, demostrar que no es así, y para ello analiza exhaustivamente las costumbres y formas de gobierno anteriores a la aparición del cristianismo, así como las ideas de Platón y de Cicerón. Con este texto, San Agustín mezcla religión y política y quizás esto explica que durante casi mil años los pensadores se ocuparan de temas religiosos y el silencio sobre la política, hasta que, al final de la Edad Media, Dante Alighieri, recupera el tema con su ensayo sobre la Monarquía, en el contexto del conflicto que enfrentó al Papado con el Emperador.

Religión y Política

De la libertad natural y de la servidumbre, cuya primera causa es el pecado al cual el hombre que es de perversa voluntad, aunque no sea esclavo de otro hombre, lo es de su propio apetito

Esto prescribe la ley natural, y así crió Dios al hombre. <Sea señor, dice, de los peces del mar, de las aves del aire y de todos los

animales que andan sobre la tierra>. El hombre racional, que crió Dios a su imagen y semejanza, no quiso que fuese señor sino de los irracionales; no quiso que fuese señor el hombre del hombre, sino de las bestias solamente. Y así, a los primeros hombres santos y justos más los hizo Dios pastores de ganados que reyes de hombres, para daros a entender de esta manera qué es lo que exige el orden de las cosas criadas y que son mérito del pecado.

Porqué la condición de la servidumbre con derecho se entiende que se impuso al pecador, y por eso no vemos se haga mención del nombre de siervo en la Escritura hasta que el justo Noé castigó con él el horrible pecado de su hijo. Aunque este nombre tuvo su origen en la culpa; ella le mereció, y no la naturaleza.

Así, pues, la primera causa de la servidumbre es el pecado; que se sujetase el hombre a otro hombre con el vínculo de la condición servil, lo cual no sucede sin especial providencia y justo juicio de Dios, en quien no hay injusticia y sabe repartir diferentes penas conformes a los méritos de las culpas. Y, según dice el soberano Señor de nuestras almas: Que cualquiera que peca es siervo del pecado, así también muchos que son piadosos y religiosos sirven a señores inicuos, aunque no libres, <porque todo vencido es esclavo de su vencedor>. Y, sin duda, con mejor condición servimos a los hombres que a los apetitos, pues advertimos cuán tiránicamente destruye los corazones de los mortales, por no decir otras cosas, el mismo apetito de dominar. Y en aquella paz ordenada con que los hombres están subordinados unos a otros, así como aprovecha la humildad a los que sirven, así daña la soberbia a los que mandan y señorean.

Pero ninguno en aquella naturaleza en que primero crió Dios al hombre es siervo del hombre o del pecado. Y aun la servidumbre penal que introdujo el pecado está trazada y ordenada con tal ley, que manda que se conserve el orden natural y prohíbe que se perturbe, porque si no se hubiera traspasado aquella ley no habría que reprimir y refrenar con la servidumbre penal. Por lo que el Apóstol aconseja a los siervos y esclavos que estén obedientes y sujetos a los señores y los sirvan de corazón con buena voluntad, para que, si no pudieren hacerlos libres los señores, ellos en algún modo hagan libre su servidumbre, sirviendo, no con temor cauteloso, sino con amor fiel, hasta que pase esta inequidad y calamidad y se reforme y deshaga todo el mando y potestad de los hombres, viniendo a ser Dios todo en todas las cosas>.

Lo que sintió Cicerón de la república romana

Pero si no hicieron caso del erudito escritor que llamó a la República romana mala y disoluta, ni cuidan de que esté poseída de cualesquiera torpezas y costumbres abominables y corrompidas, con tal que exista y persevere; digan cómo no sólo se hizo procaz y disoluta, como dice Salustio, sino que, según enseña Cicerón, en aquella época había ya perecido del todo la República, sin quedar rastro ni memoria de ella. Introduce, pues, en el raciocinio este sabio orador al valeroso Escipión, aquel mismo que destruyó Cartago, disertando sobre la República en un tiempo en que ya sé sospechaba y advertía que estaba vacilante y expuesta a ser destruida con los vicios y corrupción de costumbres, sobre lo que elegantemente habla Salustio. Suscitóse, pues, esta controversia en el tiempo en que ya uno de los Gracos había muerto, en cuyo gobierno –como escribe Salustio– tuvieron principio graves discordias, y de cuya muerte se hace mención en los mismos libros; y habiendo dicho Escipión al fin del libro segundo, que <así como se debe guardar en la cítara, en la flauta y en la canción una cierta consonancia de distintas y diferentes voces, la cual, si se muda, disuena, ofende y no la puede sufrir un oído delicado, y esta misma consonancia, aunque de diferentes voces, con sólo contemplarlas y arreglarlas a una perfecta modulación, se hace grata y suave al oído: así también una ciudad compuesta de diferentes órdenes y estados, altos, medios y bajos, como voces bien templadas, con la conformidad y concordia de partes de entre sí tan diferentes, vive concorde y tranquila; lo que llaman los músicos en el cántico armonía, esto era en la ciudad la concordia, que es un estrecho e importante vínculo para la conservación de toda la República, la cual de ningún modo podía existir sin la justicia>; pero disertando después dilatada y copiosamente sobre lo que interesaba el que hubiese justicia en la ciudad, como de los graves daños que se seguían en todo Estado que no se observaba, tomó la mano Filón, uno de los que disputaban, y pidió que se averiguase más circunstancialmente esta opinión, tratándose con más extensión de la justicia, porque comúnmente se decía que era imposible regir y gobernar una República sin injusticia, y por esto fue Escipión, para parecer convenía aclarar y ventilar esta deuda, diciendo <le parecía que era nada cuanto hasta entonces habían hablado acerca del gobierno de la República, y que aún podría decir más, a no estar confirmado y fuera de toda ambigüedad que era

falso el principio de que sin justicia podían regirse un pueblo; así como era cierto el otro, de que es imposible gobernar una República sin una recta justicia>. Y habiendo diferido la resolución de esta cuestión para el día siguiente, en el tercer libro se trató de esta materia copiosamente, refiriendo las disputas que ocurrieron para su decisión. El mismo Filón siguió el partido de los que opinaban era imposible regir la República sin injusticia, justificándose en primer lugar para que no se creyesen que él realmente era de este parecer, y disertó con mucha energía a favor de la injusticia, y contra la justicia, dando a entender quería manifestar con ejemplos y razones verosímiles que aquélla interesaba a la República y ésta era inútil. Entonces Lelio, a ruegos de los senadores, empezando a defender con nervio y eficacia la justicia, ratificó, y aun aseguró cuanto pudo la opinión contraria, hasta demostrar que no había cosa más contraria al régimen y conservación de una ciudad que la injusticia, y que era absolutamente imposible gobernar un Estado y hacer que perseverase en su grandeza, sino obrando con rectitud y justicia. Examinada y ventilada esta cuestión por el tiempo que se creyó suficiente, volvió Escipión al mismo asunto que había dejado, tornando a repetir y elogiar su concisa definición de la República, en la que había asentado que era algo del pueblo; y resuelve que pueblo no es cualquiera congreso que compone la multitud, sino una junta asociada unánimemente y sujeta a unas mismas leyes y bien común. Después demuestra cuánto importa la definición para las disputas, y de sus definiciones colige que entonces es República, esto es, bien útil al pueblo, cuando se gobierna bien y de acuerdo, ya sea por un rey, ya por algunos patricios, ya por todo el pueblo; pero siempre que el rey fuese injusto, a quien llamó tirano, como acostumbraban los griegos, injustos serían los principales encargados del gobierno, cuya concordia y unión dijo era parcialidad; o injusto sería el mismo pueblo, para quien no halló nombre usado, y por eso le llamó también tirano; no era ya República viciosa, como el día anterior habían dicho, sino que, como manifestaba el argumento y razones deducidas de las establecidas definiciones, de ningún modo era República, porque no era bien útil al pueblo, apoderándose de ella el tirano con parcialidad; ni el mismo pueblo era ya pueblo si era justo, porque no representaba ya la multitud unida y ligada por unas mismas leyes y bien común, como se ha definido al pueblo. Cuando la República romana era de tal condición cual la pintó Salustio, no era ya mala y disoluta, como él dice, sino que totalmente no era ya República, como se confirmó en la disputa que se suscitó sobre ella entre sus principales patricios que la gobernaban, así como el mismo Tulio, hablando no ya en nombre de Escipión ni de otro alguno, sino por sí mismo, lo mostró al principio del libro quinto, alegando en su favor el verso del poeta Ennio, que dice:<Que conservan la República romana en su primitivo esplendor las antiguas buenas costumbres y los muchos hombres excelentes que había producido.> El cual verso, dice él, <me parece que, o por su concisión o sencillez, le pronunció como si fuese tomado de algún oráculo, porque ni los varones excelentes, si no estuviera tan bien formada y acostumbrada la ciudad, ni las costumbres, si no presidieran y gobernaran estos insignes varones, hubieran podido establecer ni conservar una República tan dilatada con un dominio en su gobierno tan justo y tan extendido; así pues, en los tiempos pasados, las mismas costumbres o la buena conducta de nuestra patria elegía varones insignes, quienes conservaban en su primer esplendor las costumbres e instituciones de sus mayores; pero nuestro siglo, habiendo recibido el gobierno del Estado como una pintura hermosa que se deteriora y desmejora con la antigüedad, no solamente no cuidó de renovar los mismos colores que solía tener, pero ni procuró que por lo menos conservase la forma y sus últimos perfiles; porque ¿qué retenemos ya de las antiguas costumbres con que dice estaba en pie la República romana, las cuales vemos tan desacreditadas y olvidadas, que no sólo se estiman, pero ni aun las conocen? Y de los varones puede decir que las mismas costumbres perecieron por falta de hombres que las practicasen, de cuya desventura no solamente hemos de dar la razón, sino que también, como reos de un crimen capital, hemos de dar cuenta ante el juez de esta causa, en atención a que por nuestros propios vicios, no por accidente alguno, conservamos de la República sólo el nombre; pero la sustancia de ella realmente hace ya tiempo que la perdimos>. Esto confesaba Cicerón, aunque mucho después de la muerte de Africano, a quien hizo disertar en sus libros sobre la República, pero, todavía antes de la venida de Jesucristo.

Si conforme a las definiciones de escipión, que trae cicerón en su diálogo, hubo jamás república romana.

Ya es tiempo que lo más sucinta, compendiosa y claramente que pudiéremos, se averigüe lo que prometí manifestar en el libro segundo de esta obra, es a saber, que según las definiciones de que usa Escipión en los libros de la república de Cicerón, jamás hubo república romana. Porque brevemente define la república, diciendo que es cosa del pueblo, cuya definición, si es verdadera, nunca hubo república romana, porque nunca hubo cosa del pueblo, cual quiere que sea la definición de la república. Pues definió al pueblo diciendo que era una junta compuesta de muchos; unida con el consentimiento del derecho y la participación de la utilidad común. Y más adelante declara que significa lo que llama consentimiento del derecho; manifestando con esto que sin justicia no se puede administrar ni gobernar rectamente la república.

Luego donde no hubiere verdadera justicia tampoco podrá haber derecho, porque lo que se hace según derecho se hace justamente; pero lo que se hace injustamente no puede hacerse con derecho. Porque no se deben llamar o tener por derecho las leyes injustas de los hombres, pues también ellos llaman derecho a lo que dimanó y se derivó de la fuente original de la justicia, confesando ser falso lo que suelen decir algunos erróneamente, que sólo es derecho o ley lo que es a favor y utilidad del que más puede. Por lo cual, donde no hay verdadera justicia, no puede haber unión ni congregación de hombres, unida con el consentimiento del derecho, y, por lo mismo, tampoco pueblo, conforme a la enunciada definición de escisión o Cicerón. Y si no puede haber pueblo, tampoco cosa del pueblo, sino de multitud, que no merece nombre de pueblo. Y, por consiguiente, si la república es cosa del pueblo, y no es pueblo el que está unido con el consentimiento del derecho, y no hay derecho donde no hay justicia, sin duda se colige que donde no hay justicia no hay república.

Además, la justicia es una virtud que da a cada uno lo que es suyo. ¿Qué justicia, pues, será la del hombre que al mismo hombre le quita a Dios verdadero, y le sujeta a los impuros demonios? ¿Es esto acaso dar a cada uno lo que es suyo? ¿Por ventura el que usurpa la heredad al que la compró y la da al que ningún derecho tiene a ella, es injusto, y el que se la quita asimismo a Dios, que es su Señor y el que le crió, y sirve a los espíritus malignos es justo?

Disputan ciertamente con grande vehemencia y vigor en los mismos libros de república contra la justicia, y a favor de ella. Y como se defiende al principio la injusticia contra la justicia, diciendo que la república no se podía conservar ni acrecentar sino por la injusticia, por ser cosa injusta que los hombres sirviesen a hombres que los dominasen; de cuya injusticia necesita usar la ciudad dominadora, cuya república es grande para imperar y mandar en las provincias; respondiese en defensa de la justicia que esto es justo, porque a semejantes hombres les es útil la servidumbre, establecida en utilidad suya cuando se practica bien, esto es, cuando a los perversos se les quita la licencia de hacer mal, viviendo mejor sujetos que libres.

Y para confirmar esta razón traen un famoso ejemplo como tomado de la naturaleza, y dicen así: ¿Por qué Dios manda al hombre, el alma al cuerpo, la razón al apetito y a las demás partes viciosas del alma? Sin duda, con este ejemplo consta que importa a algunos y es útil la servidumbre, y que el servir a Dios lo es a todos. El alma que sirve a Dios muy bien manda al cuerpo, y en la misma alma la razón, que se sujeta a Dios, su Señor, muy bien manda al apetito y a los demás vicios. Por lo cual, siempre que el hombre no sirve a Dios, ¿qué hay en él de justicia? Pues no sirviendo a Dios de ningún modo puede el alma justamente mandar al cuerpo, o la razón humana a los demás vicios, y si en este hombre no hay justicia, sin duda que tampoco la podrá haber en la congregación que consta de tales hombres. Luego no hay aquí aquella conformidad o consejo del derecho que hace pueblo a la muchedumbre, lo cual se dice ser la república.

Y de la utilidad con cuyo lazo también une Escipión a los hombres en esta definición para formar el pueblo, ¿qué diré? Pues si bien lo consideramos, no es utilidad la de los que viven impíamente, como viven todos los que no sirven a Dios y sirven a los demonios, los cuales son tanto más perversos cuanto más deseosos se muestran, siendo espíritus inmundísimos, de que les ofrezcan sacrificios como a dioses. Así pues, lo que dijimos de la conformidad y consentimiento del derecho, pienso que basta para que se eche de ver por esta definición que no es pueblo que merezca llamarse república aquel donde no haya justicia.[10]

---

[10] San Agustín. La Ciudad de Dios. Editorial Porrúa. México 2006. Pgs. 45-46, 52-55

II. EDAD MEDIA

Dante Alighieri

(1263-1521)

Se encuentra muy lejos de cumplir con su obligación quien,instruido en las doctrinas políticas,descuida enriquecer a la república con su ayuda

La Monarquía

La fama de Dante se debe, sobre todo, a su gran obra literaria, *La Comedia*, justamente llamada Divina. Quien la haya leído, se habrá percatado de que, además de la belleza literaria, que basta para sostener la fama de su autor, el contenido refleja profundos conocimientos teológicos y filosóficos. Dante fue un hombre que se adelantó a su época y que sirvió de guía a quienes, leyéndolo, construirían el Renacimiento. Su gran obra, oculta otras, que no por breves o coyunturales, carecen de mérito o que, como en el caso La Monarquía, nos ayudan a comprender el transito de la Edad Media al Renacimiento y aún más allá, a la edad de la Razón. Dante se ocupa de un problema de su tiempo, que a él mismo le ocasionó grandes trastornos: el conflicto entre el papado y el imperio respecto a la precedencia pretendida del primero sobre el segundo, en base a su vinculo con la divinidad, y que en Italia, territorio particularmente sometido a esta tensión, se expreso en la guerra, abierta o soterrada, entre güelfos y gibelinos. Los argumentos de Dante a favor de una racionalidad política que suprima el conflicto, son de orden filosófico, y eso se nota desde los primeros párrafos y los autores a los que cita. También esta obra, y las citas de Dante nos permiten entender el largo silencio filosófico y político de la Edad Media, dominada en todo por la Religión.

Política y religión

A todos los hombres dotados por la naturaleza superior con el amor a la verdad interesa sobremanera que, así como han aprovechado los beneficios de la labor de sus antepasados, ellos, por su parte, consigan trabajar en provecho de sus descendientes de tal manera que la posteridad quede enriquecida. En efecto, c. En lugar de ser el «árbol plantado a la vera del arroyo, que a su tiempo da frutos», queda convertido en devastador remolino que todo lo traga y nada devuelve. Reflexionando a menudo sobre este peligro para que no se me reproche más tarde haber escondido el talento debajo de la tierra, he concebido el propósito no sólo de crecer, sino también, y sobre todo, de dar frutos que aprovechen a todos y de enseñar algunas verdades descuidadas por otros. Pues ¿qué ventaja nos ofrecería quien nos demostrara por segunda vez un teorema de Euclides o quien se empeñara, después de Aristóteles, por descubrir de nuevo el secreto de la felicidad, que él ya nos enseñó, o quien tomara otra vez a su cargo la defensa de la vejez, ya reivindicada por Cicerón? Ninguna por cierto. La superfluidad odiosa de estos intentos engendraría más bien fastidio. Y como entre las verdades ocultas y útiles, el conocimiento de la monarquía temporal es el más útil y, al mismo tiempo, el más desconocido, ya que por no ofrecer una posibilidad de lucro inmediato ha sido por todos despreciado, he decidido sacarlo de las tinieblas para provecho del mundo y para sumar a mi gloria la palma de haber sido yo el primero en dicha empresa. Emprendo una obra muy ardua y superior a mis fuerzas; pero no confío en mi propia virtud, sino en la luz de aquel Dispensador «que a todos da con abundancia y sin reproche».

Hay que ver, en primer lugar, qué es lo que se entiende por monarquía temporal, es decir, su modelo específico intencional. La monarquía temporal, llamada también imperio, es un principado único y superior a todos los demás poderes en el tiempo y a todos los seres y cosas que tienen una dimensión temporal. Tres cuestiones principales se plantean a este propósito: se duda y se pregunta, primero, si la monarquía es necesaria para el bien del mundo; segundo, si el pueblo romano se atribuye legítimamente a sí mismo la forma de gobierno monárquica, y tercero, *si la autoridad de la monarquía depende directamente de Dios o de algún ministro o vicario de Dios...*

Expuestos y refutados los errores en que principalmente se apoyan los que afirman que la autoridad del principado romano depende del romano pontífice, debemos volver a la demostración de la verdad de la tercera cuestión propuesta en el comienzo de esta obra; verdad que aparecerá con toda claridad si, investigando de acuerdo con el principio establecido, demuestro que dicha autoridad depende inmediatamente de la cima suprema del ser, que es Dios.

Dependencia inmediata, que quedará demostrada o bien probando que la Iglesia carece de autoridad en esta materia, ya que sobre la otra no se discute, o bien probando directamente que la autoridad imperial depende inmediatamente de Dios. Que la autoridad de la iglesia no sea causa de la autoridad imperial, se prueba de la siguiente manera: si sin la existencia o actuación de una primera cosa, otra segunda cosa posee toda su virtud propia, la primera no es causa de la virtud del imperio, y, por consiguiente, tampoco de su autoridad, pues su virtud y su autoridad se identifican. Sea la Iglesia, A; el imperio, B, y la autoridad o virtud del imperio, C; si, no existiendo A, C está en B, es imposible que A sea causa de aquello que hace que C esté en B, porque es imposible que el efecto preceda en existencia a la causa. Más aún: si, no actuando A, C está en B, es necesario que A no sea causa de aquello que hace que C esté en B, pues es necesario que la causa obre entes para producir el efecto, sobre todo la causa eficiente, que es la de la que aquí se trata. La proposición mayor de esta demostración está declarada por los mismos términos: Cristo y la Iglesia confirman la menor: Cristo, con su nacimiento y con su muerte, como se ha dicho anteriormente; la Iglesia, cuando Pablo, en los Hechos de los Apóstoles, dice a Festo: «Estoy ante el tribunal del césar; en él debo ser juzgado»; y cuando, poco después, el ángel de Dios le dice también a Pablo: «No temas, Pablo; comparecerás ante el césar». Y cuando de nuevo, más abajo, dice Pablo a los judíos residentes en Italia: «Por la oposición de los judíos me vi obligado a apelar al césar, no para acusar de nada a mi pueblo, sino para salvar mi alma de la muerte». Si el césar, ya entonces, no hubiese tenido autoridad para juzgar en lo temporal, ni Cristo hubiera persuadido lo contrario ni el que decía «Ansío morir y estar con Cristo» habría apelado ante un juez incompetente. Además, si Constantino no hubiese tenido autoridad, los bienes del imperio que cedió al patrimonio de la Iglesia no habría podido cederlos legítimamente; y así la Iglesia gozaría injustamente de esa donación, pues Dios quiere que las oblaciones sean inmaculadas, según el Levítico: «Toda oblación que ofrezcáis a Dios será sin fermento». Precepto que, aunque parece tener en cuenta sólo al oferente, alcanza también, sin embargo, al que recibe, pues sería necio creer que Dios permite recibir lo que prohíbe dar, sobre todo diciendo como dice el mismo Levítico: «No contaminéis vuestras almas, no toquéis ninguna de esas cosas para no mancharos». Ahora bien, decir que la Iglesia goza de un patrimonio concedido de esta manera sería muy inconveniente; por tanto, es falso el antecedente.

Más aún, si la Iglesia tuviese la facultad de conferir la autoridad al príncipe romano, o la tendría de Dios, o por sí misma, o recibida de algún otro emperador, o por el consentimiento universal de los mortales o, al menos, de la mayoría. No hay otro resquicio por el cual dicha facultad puede haber penetrado en la Iglesia; pero por ninguno de esos medios la tiene; luego carece de dicha facultad. Que no la tiene por ninguno de esos medios, se prueba de la siguiente manera: si la hubiese recibido de Dios, habría sido o por ley divina o por ley natural, pues lo que se recibe de la naturaleza, se recibe de Dios, proposición que no es convertible. Pero no ha sido por ley natural, porque la naturaleza no impone leyes si no es a sus propios efectos, ya que Dios no puede ser insuficiente cuando, sin intervención de las causas segundas, produce una cosa. Y como la Iglesia no es un efecto de la naturaleza, sino de Dios, que dijo: «Sobre esta piedra edificaré mi Iglesia»; y en otra parte: «Terminé la obra que me encomendaste», es evidente que a la Iglesia no le ha dado leyes la naturaleza. Pero tampoco por ley divina, pues toda la ley divina está contenida en el seno de los dos Testamentos, en cuyo seno no logro alcanzar que le haya encomendado ninguna solicitud temporal o tutela al sacerdocio primitivo o novísimo. Encuentro, por el contrario, que por expreso precepto los sacerdotes del Antiguo Testamento fuero apartados de esta materia, como se puede ver por las palabras de Dios a Moisés, e igualmente los sacerdotes del Nuevo Testamento, como lo expresan las palabras de Cristo a los discípulos; este alejamiento de la solicitud temporal no habría sido posible si la autoridad del régimen temporal emanara del sacerdocio, pues la facultad de autorizar exigiría, al menos, solicitud en la provisión de los cargos y luego un cuidado continuo para evitar que el revestido de autoridad se apartara del camino de la rectitud. Que no haya recibido dicha facultad por sí misma, fácilmente se demuestra. Nadie puede dar lo que no tiene, por lo cual todo agente debe ser ya, en realidad, aquello que quiere obrar, como se explica en los libros del *Ser simpliciter*. Pero es evidente que, si la iglesia se dio a sí misma ese poder, no lo tenía antes de dárselo, y así se dio lo que no tenía; cosa imposible. Que tampoco lo recibió de ningún emperador es manifiesto por lo que se ha dicho antes. Y que no la tiene por el asentimiento universal o de la mayoría, ¿quién lo duda, cuando no sólo todos los africanos y los asiáticos, sino también la mayor parte de Europa, detestan ese poder? Es cosa fastidiosa aducir pruebas en cuestiones evidentes.

Además, lo que es contrario a la naturaleza de una cosa no puede formar parte del número de sus facultades, pues las facultades de una cosa cualquiera son consecuencias de su propia naturaleza para el logro del fin; pero la facultad de conferir autoridad al reino de nuestra mortalidad es contraria a la naturaleza de la Iglesia; luego no forma parte de sus facultades. Para probar la menor hay que saber que la naturaleza de la iglesia es forma de la Iglesia, pues aunque el término «naturaleza» se predique de la materia y de la forma, se predica más propiamente de ésta, como está explicado en el libro *De la audición natural*. Pero la forma de la iglesia no es otra que la vida de Cristo considerada tanto en los hechos como en las palabras, porque la vida de Cristo fue la idea y el ejemplo de la Iglesia militante, en especial de los pastores, y más que nadie del pastor supremo, cuya misión consiste en apacentar a los corderos y a las ovejas. Por lo cual dice en el evangelio de San Juan, al dejarnos el modelo de su vida: «Ejemplo os di para que, como yo hice en vosotros, así hagáis vosotros», y especialmente a Pedro después que le encomendó su oficio de pastor: «Pedro —exclamó, sígueme». El mismo Cristo, delante de Pilatos, renunció a dicho régimen temporal: «Mi reino —afirmó— no es de este mundo; si mi reino fuera de este mundo, mis servidores combatirían para que no me prendiesen los judíos; pero ahora mi reino no es de aquí». Lo cual no ha de entenderse como si Cristo, que es Dios, no fuera señor de este reino, pues dice el salmista: «Suyo es el mar, pues El lo hizo; suya la tierra, formada por sus manos»; sino que, como modelo de la Iglesia, no se ocupaba de lo temporal. Así, si un sello de oro pudiera hablar y dijese: «No soy medida de ningún género», la afirmación no tendría aplicación en cuanto oro, que es la medida de todos los metales, sino en cuanto signo, que se puede recibir por impresión. Es de esencia de la Iglesia hablar y sentir lo mismo; puedo decir una cosa y sentir la opuesta es contrario, como se ha visto, a dicha forma o naturaleza. De donde se colige que la facultad de autorizar el reino temporal es contraria a la naturaleza de la iglesia: la contrariedad, en efecto, entre las opiniones y las palabras proviene de la contrariedad que existe acerca de las cosas sobre las que se opina y se habla, como la verdad o la falsedad de los discursos proviene del ser o no ser de las cosas, según nos lo enseña la doctrina de las *Categorías*. Los argumentos precedentes prueban con suficiencia, por sus consecuencias funestas, que la autoridad del imperio no depende en ningún modo de la Iglesia.

Aunque en el capítulo anterior se ha demostrado que la autoridad del imperio no depende de la autoridad del sumo pontífice, por que esto llevaría a funestos inconvenientes, sin embargo no se ha probado completamente, sino a modo de consecuencia, que la autoridad del imperio dependa inmediatamente de Dios. Es, en efecto, una consecuencia necesaria que, si esta autoridad no depende del vicario de Dios, dependa de Dios. Y por esto, para la perfecta realización del propósito perseguido, se demostrará ahora por la vía afirmativa que el emperador o monarca del mundo tienen una relación inmediata con el príncipe del universo, que es Dios. Para la inteligencia de este aserto hay que recordar que el hombre es el único en la escala de los seres que ocupa un puesto medio entre las cosas corruptibles y las incorruptibles, por lo cual ha sido justamente comparado por los filósofos al horizonte, que ocupa el centro de los dos hemisferios. Porque el hombre, considerado según las dos partes esenciales de su ser, es decir, el alma y el cuerpo, es corruptible, si lo consideramos según el cuerpo, e incorruptible, si lo consideramos según el alma. Por lo cual el Filósofo habló con acierto sobre la incorruptibilidad del alma en el libro segundo *Del alma* cuando dijo: «Sólo el alma puede ser separada, como perpetua, de lo corruptible». Si, pues, el hombre es una realidad intermedia entre las cosas corruptibles y las incorruptibles, y todo ser intermedio participa de la naturaleza de los dos extremos, es necesario que el hombre tenga una y otra naturaleza. Y como toda naturaleza está ordenada a un fin último, se sigue que para el hombre debe existir un doble fin; de forma que así como entre todos los seres es el hombre el único que participa de la incorruptibilidad y de la corruptibilidad, así también es el único entre todos los seres que está ordenado a dos últimos fines, de los cuales uno es el fin de su ser en cuanto corruptible y el otro es el fin de su ser en cuanto incorruptible.

La inefable Providencia ha propuesto, pues, a los hombres la consecución de dos fines: la felicidad de la vida presente, que consiste en la operación de la propia virtud, y que es simbolizada por el paraíso terrenal, y la felicidad de la vida eterna, que consiste en el goce de la visión divina, a la cual la virtud propia no puede ascender sin ayuda de la divina luz, felicidad que nos es dado entender como paraíso celestial. A estas dos felicidades, como a diversas conclusiones, es necesario llegar por medios diversos, pues a la primera llegamos por las enseñanzas de los filósofos y, por el cumplimiento de éstas, mediante la operación de las virtudes morales e intelectuales; a la segunda, en cambio, llegamos por los preceptos espirituales, que superan a la razón humana, y por su observancia, por medio de las virtudes teologales, fe, esperanza y caridad. Estos fines y medios, a pesar de haber sido demostrados por la humana razón, gracias a la labor de los filósofos, y por el Espíritu Santo, que por los profetas y los hagiógrafos, por su coeterno Hijo de Dios, Jesucristo, y por los discípulos de éste nos reveló la verdad sobrenatural y necesaria para nosotros, habrían sido postergados y olvidados por la liviandad y la soberbia humanas si los hombres, como caballos indómitos, como fueran guiados en el camino «como el freno y con la brida». Por lo cual fue necesario que el hombre tuviera una doble dirección en orden a este doble fin, a saber, la del sumo pontífice, que, según la verdad revelada, lleve al género humano a la vida eterna, y la del emperador, que, según las enseñanzas filosóficas, conduzca al género humano hacia la felicidad temporal. Y como a este puerto nadie o muy pocos pueden llegar, y aun éstos con grandes dificultades, si el género humano no domina primeramente las olas de sus pasiones y reposa libre en la tranquilidad de la paz, el norte al cual debe dirigir principalmente su mirada el gobernador del orbe, llamado príncipe romano, es éste a saber: que en esta mansión de los mortales se viva en paz y con libertad. Y como la disposición inherente a la circulación de los cielos, es también necesario, para que los universales preceptos de la paz y la libertad se apliquen oportunamente a los tiempos y lugares por el gobernador del mundo, que éste sea inspirado por Aquel que con una sola mirada abarca la total disposición de los cielos. Este es el único que ordenó de antemano esa disposición para proveer por medio de ella a la ordenación armónica de todas las cosas. Y si esto es así, Dios es el único que confirma, porque no tiene sobre sí superior alguno. De lo cual se concluye también que ni los que ahora se llaman ni los que antes fueron llamados electores deben ser llamados con este nombre; su nombre más apropiado es el de reveladores de la divina Providencia. De donde resulta que siempre que surgen discordias entre quienes han recibido tal facultad de revelar es porque o todos o algunos de ellos, oscurecidos por la niebla de la codicia, no saben discernir el rostro de la elección divina. Resulta, pues, evidente que la autoridad del monarca temporal, sin ningún intermediario, desciende sobre éste desde la Fuente de la autoridad universal, la cual fuente, única en la cumbre de su simplicidad, en múltiples ríos, por la abundancia de su bondad, discurre.

Juzgo haber alcanzado ya la meta propuesta. Porque ha quedado aclarada la verdad de la primera cuestión, que preguntaba si para el bien del mundo era necesario el oficio del monarca; y la verdad de la segunda, que preguntaba si el pueblo romano se arrogó legítimamente el imperio; y también la verdad de la última cuestión, que preguntaba si la autoridad del monarca dependía inmediatamente de Dios o de otro principio. Hay que advertir aquí que la verdad relativa a esta última cuestión no ha de admitirse en un sentido tan estricto que resulte que el príncipe romano no esté sujeto en nada al romano pontífice, porque la felicidad mortal está ordenada en cierto modo a la felicidad inmortal. El César debe guardar, por tanto, a Pedro la misma reverencia que el hijo primogénito debe guardar a su padre, para que, iluminado con la luz de la gracia paterna, irradie con mayor esplendor sobre el orbe terrestre, que le ha sido encomendado por Aquel que es el único gobernador de todas las cosas espirituales y temporales.[11]

[11] Dante Alighieri. La Monarquía. Obras Completas. Biblioteca de Autores Cristianos. Madrid 1973. Pgs. 698-742

Nicolás Maquiavelo

(1469-1527)

A ninguno perdonó, privándolos de patria y patrimonio
y a aquellos que cayeron en sus manos, de la vida,
afirmando que sabía por experiencia que ninguno
de ellos le era fiel.

La vida de Castruccio Castracani

Ante la escasez de textos relativos a teoría y práctica de la Política en la Edad Media opte por ilustrar el modo de hacer política con un´texto de Maquiavelo, que, al igual que el de Herodoto, es descriptivo más que analítico. Como se podrá ver, Maquiavelo toma el nombre de un personaje real, Castracani, para modelar con fantasía a un gobernante del siglo XIV; a un Príncipe nuevo, como llamaría más tarde a quienes conquistaban el poder, atribuyéndole hechos y dichos que no se ajustan a la realidad. Eliminé algunos párrafos que, a mi juicio eran repetitivos y toda una serie de dichos atribuidos al Castracani pero que en realidad aparecen en el libro de Diógenes Laercio atribuidos a filósofos de la antigüedad.

Política real

Queridísimos Zanobi y Luigi: Hay quienes consideran cosa maravillosa que todas las personas –o la mayor parte de ellas– que han hecho grandes cosas en este mundo o han sido excelentes entre sus contemporáneos, hayan tenido un nacimiento bajo y oscuro, en verdad afligidos por la Fortuna, pues todos ellos o han sido expuestos a las fieras o han tenido tan vil padre que, avergonzados, han preferido llamarse hijos de Júpiter o de cualquier otro dios. Es sabido de quiénes se trata, fastidioso de repetir y poco agradable de leer, por ello lo omito como cosa superflua. Estoy convencido de que esto ocurre porque la Fortuna, queriendo demostrar al mundo que es ella la que hace grandes a los hombres y no la Prudencia, empieza a mostrar sus fuerzas en edad en que la Prudencia no puede aparecer, por lo que a ella –la Fortuna– se debe todo agradecer.

Castruccio Castracani de Lucca fue uno de estos. En el tiempo en que vivió y la ciudad en que nació, hizo cosas grandísimas. No tuvo feliz ni famoso nacimiento, tal como se entenderá al exponer el curso de su vida. Quiero presentarla, porque he encontrado en ella –tanto por la Virtud como por la Fortuna– rasgos que me parecen ejemplares y quiero dedicarla a ustedes porque, más que otros a los que conozco, se interesan en las acciones virtuosas.

Crecía Castruccio con gracia y en toda cosa demostraba ingenio y prudencia. Pronto, para su edad, aprendió las cosas a que Don Antonio lo dirigía. Planeando hacerlo sacerdote y con el tiempo transmitirle la canonjía y otros privilegios de que gozaba, a tal propósito lo preparaba. Sin embargo, el ánimo de su pupilo era del todo contrario al sacerdotal. En cuanto Castruccio cumplió catorce años y empezó a hacer valer su voluntad sobre Don Antonio y a no temer para nada a Doña Dianora, dejó los libros eclesiásticos de lado y comenzó a probar las armas. Lo que más le gustaba era empuñarlas, o con sus compañeros correr, saltar, luchar y otros ejercicios similares, en los que mostraba gran fuerza de ánimo y de cuerpo y superaba por mucho a los de su edad. Si a veces leía, las lecciones que le gustaban eran las que trataban de guerras o de hechos de los grandes hombres.

Vivía en la ciudad de Lucca un gentilhombre de la familia de los Guinigi, llamado Don Francesco, el cual sobrepasaba a los otros luqueses en riqueza, gracia y virtud. Su actividad era la guerra y había militado mucho tiempo a las órdenes de los Visconti de Milán. Era gibelino, estimado por encima de todos aquellos que en Lucca formaban ese partido. Encontrándose en Lucca se reunía mañana y tarde con los otros habitantes de la ciudad en la logia del Podestá, la que se encuentra al final de la plaza de San Michele y es la principal de Lucca. Varias veces observó a Castruccio con los otros muchachos del rumbo, ejercitarse en las actividades que antes dije y pareciéndole que además de superarlos tuviera sobre ellos autoridad de mando y que sus compañeros en cierto modo lo quisieran y reverenciaran, tuvo sumo interés en saber de él. Informado por los circunstantes, creció su deseo de tenerlo cerca. Un día lo llamó y le preguntó que en donde estaría más contento, si en la casa de un gentilhombre en la que le enseñaran a cabalgar y a usar las armas o en la casa de un sacerdote en la que sólo le enseñasen oficios sacros y misas. Se dio cuenta Don Francesco de cuánto se alegraba Castruccio al oír hablar de caballos y armas, sin embargo, viéndolo un poco avergonzado, le dio ánimos para hablar, y éste respondió: que cuando su señor quisiera no tendría mayor gusto que dejar los estudios de sacerdote y tomar los de soldado. Mucho gustó a Don Francesco la respuesta y en pocos días hizo tanto, que Don Antonio se lo cedió, empujado más que por ninguna otra razón por la naturaleza del muchacho, juzgando que ya no podría tenerlo mucho tiempo con él.

Pasó pues Castruccio de casa del canónigo Don Antonio Castracani a la de Don Francesco Guinigi, caudillo militar, y es de sorprenderse cómo en brevísimo tiempo adquirió todas las virtudes y costumbres de un verdadero gentilhombre. Primero se hizo excelente jinete, capaz de manejar con suma destreza caballos ferocísimos y en las justas y torneos, aunque aun joven, era más que cualquier otro notable, tanto que en las acciones de fuerza o de destreza no había quién lo superase. Además, en sus costumbres se veía una modestia inestimable, pues no se le veía acto o se le escuchaba palabra que disgustase; era reverente con los mayores, modesto con los iguales y amable con los inferiores. Todo ello lo hizo ser querido, no solamente por la familia Guinigi, sino por toda la ciudad de Lucca.

Ocurrió en aquellos tiempos –habiendo cumplido Castruccio dieciocho años– que en Pavía los güelfos expulsaron a los gibelinos, en ayuda de los cuales fue enviado por los Visconti de Milán Don Francesco Guinigi, con quien fue Castruccio, como responsable de toda la compañía. En esa expedición, Castruccio dio tantas muestras de prudencia y de valor que ninguno de los que participaron en ella adquirió tanto prestigio y su nombre, no solo en Pavía, sino en toda Lombardía, se volvió grande y honrado. Regresó Castruccio a Lucca mucho más estimado que cuando partió. No dejaba de hacerse amigos en cuanto le era posible, observando todos los modos que son necesarios para ganarse a los hombres.

Muerto Don Francesco Guinigi, dejó huérfano a su hijo Pagolo, de trece años, y como tutor y gobernador de sus bienes a Castruccio, al que hizo venir poco antes de su muerte y rogándole que aceptara educar y cuidar a su hijo con el mismo afecto que le había mostrado, y así el favor que debía al padre, lo pagaría al hijo. Murió pues Don Francesco Guinigi y quedó Castruccio como gobernador y tutor de Pagolo. Con ello creció tanto en reputación y poder que aquella buena fama que solía tener en Lucca se convirtió, en parte, en envidia, de tal manera que lo calumniaban algunos llamándolo sospechoso y de ánimo tiránico. Entre ellos destacaba Don Giorgio degli Opici, jefe de la facción güelfa, el cual, con la muerte de Don Francesco, esperaba ser el príncipe de Lucca y pensando que Castruccio, por el reconocimiento que le daban sus cualidades, le quitaría toda posibilidad, sembraba voces que anulaban el favor de que gozaba Castruccio. Al principio, Castruccio lo tomó con desprecio, pero después se agregó la sospecha de que Don Antonio no descansaría hasta ponerlo en desgracia con el vicario del rey Roberto de Nápoles, para que fuera expulsado de Lucca.

En aquel tiempo era señor de Pisa Uguccione della Faggiuola de Arezzo, previamente elegido por los pisanos como su capitán y después como su señor. Con Uguccione se encontraban algunos exiliados gibelinos de Lucca, a los cuales se propuso Castruccio reintegrar a la ciudad con la ayuda de Uguccione. Comunicó el proyecto a amigos del interior que no podían soportar la prepotencia de los Opizi. Dadas por lo tanto las órdenes de lo que debían hacer, cautamente fortificó Castruccio la Torre de los Honestos y la llenó de municiones y provisiones para poder, en caso de necesidad, permanecer ahí algunos días. Llegada la noche acordada, dio la señal a Uguccione, el cual había descendido al llano entre Lucca y los montes con mucha gente y se aproximó a la puerta de San Pedro, a la que prendió fuego. Al otro lado, Castruccio aumentó el estrépito, llamando al pueblo a las armas y desde dentro, forzó la puerta, de tal manera que Uguccione y sus gentes ocuparon el terreno y mataron a Don Giorgio con toda su familia, a muchos amigos y partidarios y expulsaron al gobernador. El Estado de la ciudad se reformó al gusto de Uguccione, con gran daño, pues más de cien familias fueron expulsadas de Lucca. De los que huyeron, una parte fue a Florencia y la otra a Pistoia, ciudades regidas por el partido güelfo y por lo tanto, enemigas a Uguccione y los luqueses.

Pareciendo a los florentinos y a los otros güelfos que el partido gibelino había adquirido mucha autoridad en Toscana, acordaron reintegrar a su ciudad a los luqueses expulsados. Con gran ejército llegaron al valle de Nievole y ocuparon Montecatini y de ahí fueron a acampar a Montecarlo, para tener libre el paso a Lucca. Uguccione, por su parte, con mucha gente de Pisa y Lucca y además muchos caballeros alemanes, traídos de Lombardía, fue al encuentro del ejército de los florentinos, el cual, sintiendo venir a los enemigos, dejó Montecarlo y se apostó entre Montecatini y Pescia. Uguccione se colocó bajo Montecarlo, distante dos millas de los enemigos. Durante algunos días ocurrieron escaramuzas entre caballeros, porque estando enfermo Uguccione, los pisanos y luqueses evitaban la batalla. Agravada la enfermedad, se retiró a Montecarlo para cuidarse, y dejó a Castruccio a cargo del ejército, lo que causó la ruina de los güelfos, pues éstos se envalentonaron, creyendo que el ejército enemigo se había quedado sin capitán. Castruccio lo supo y dejó crecer esta opinión mostrando temor, no permitiendo a nadie salir de las fortificaciones del campamento. Los güelfos, por su parte, mientras más veían ese temor, más insolentes se volvían, y cada día, preparados a la escaramuza, se presentaban ante el ejército de Castruccio, quien, creyendo haberles animado suficiente y conociendo su formación, decidió dar batalla. Reafirmó con palabras el valor de sus soldados, presentándoles como segura la victoria si obedecían sus instrucciones.

Vio Castruccio que los enemigos colocaban a los más fuertes en el medio y a los más débiles en los flancos e hizo lo contrario, colocando en las alas de su ejército a la gente más valerosa y en el centro a la de menos estima. Salió de sus alojamientos en este orden y en cuanto lo vio el enemigo, insolente según su costumbre, vino al encuentro. Castruccio mandó que las escuadras del centro se movieran lentamente y las de los flancos con presteza. Cuando llegaron a las manos, sólo las alas de ambos ejércitos combatían y las escuadras del centro reposaban. Las escuadras centrales de Castruccio habían quedado tan atrás, que las de los enemigos no las alcanzaban y así, las más gallardas gentes de Castruccio combatían con los más débiles de los enemigos y los más gallardos de ellos reposaban sin poder medirse con sus iguales ni dar ayuda alguna a los suyos, de tal manera que las tropas enemigas de los flancos se dieron a la fuga y los del centro, viéndose desprotegidos, sin haber podido mostrar virtud alguna, huyeron. La derrota y la masacre fueron grandes; ahí fueron muertos más de diez mil hombres, con muchos capitanes y grandes caballeros de toda Toscana, partidarios de los güelfos y muchos príncipes que vinieron en su ayuda, como Piero, hermano del rey Roberto y Carlo su sobrino y Filippo, señor de Taranto. De la parte de Castruccio no llegó el numero a trescientos, entre ellos, Francisco, hijo de Uguccione, joven y voluntarioso, muerto en el primer asalto.

Esa derrota hizo grande el nombre de Castruccio, en tanto que a Uguccione le dieron tales celos y sospechas, que sólo pensaba en como apagarlo, ya que aquella victoria en vez de confirmarle el mando, se lo había quitado. Con ésta preocupación esperaba ocasión conveniente para realizar su proyecto, cuando fue asesinado en Lucca Pier Agnolo Micheli, hombre noble y muy estimado, cuyo asesino se refugió en casa de Castruccio, a donde fueron a prenderlo los sargentos del capitán, rechazados por Castruccio, que además ayudó al homicida a ponerse a salvo. Al saberlo Uguccione, quien se encontraba en Pisa, y pareciéndole tener justa ocasión para castigarlo, llamó a su ahijado Neri, a quien había dado la señoría de Lucca, y le encomendó que, so pretexto de invitar a Castruccio, lo aprehendiese y diese muerte. Castruccio fue tranquilamente al palacio del señor, no temiendo daño alguno y Neri, después de retenerlo a cenar, lo aprehendió. Preocupado Neri de que la población se alterase si lo hacía morir sin justificación, le conservó la vida, esperando nuevas instrucciones de Uguccione, el cual, maldiciendo a su ahijado por su vileza y tardanza en llevar a buen fin el proyecto, salió con cuatrocientos caballeros de Pisa hacia Lucca y aun no había llegado a I Bagni, cuando los pisanos tomaron las armas y mataron a su vicario y al resto de su familia que había quedado en Pisa e hicieron su señor al conde Gaddo della Ghererdesca. Supo Uguccione lo acaecido en Pisa antes de llegar a Lucca y decidió no dar marcha atrás para evitar que los luqueses, conociendo lo sucedido, le cerraran las puertas, pero éstos, enterados de lo ocurrido en Pisa y no obstante Uguccione se encontrara en Lucca, empezaron a hablar en las plazas, sin respeto, de la liberación de Castruccio y después a hacer tumulto y de ahí pasaron a las armas y exigieron que se le liberara, de tal manera que, Uguccione, temiendo lo peor, lo puso en libertad, después de lo cual Castruccio reunió a sus amigos y con el apoyo del pueblo lo atacó. Uguccione, viendo que no había remedio, huyó con sus amigos a Lombardía, a encontrar a los señores Della Scala, en donde murió pobremente.

Transformado Castruccio, de prisionero en príncipe de Lucca, maniobró con sus amigos y con el reciente apoyo del pueblo, de tal manera que fue nombrado capitán por un año. Con ese cargo, para darse reputación en la guerra, planeó recuperar para los luqueses muchos territorios que se habían rebelado después de la partida de Uguccione, y con el apoyo de los pisanos, a los que se alió, acampó en Serezana y para combatir erigió un bastión que después fue amurallado por los florentinos y que hoy se llama Serezanello. En dos meses ocupó el territorio. Con la reputación ganada ocupó Massa Carrara y Lavenza y en muy breve tiempo ocupó toda Lusigiana y para cerrar el paso que de Lombardía viene a Lusigiana, combatió en Pontremoli y expulsó a Don Anastagio Palavisini, que era su señor. Con esta victoria regresó a Lucca, aclamado por todo el pueblo. Pensó Castruccio que era llegado el momento de hacerse príncipe: mediante Pazzino del Poggio, Puccinello del Portico, Francesco Boccansacchi y Cecco Guinigi, muy respetados en Lucca y corrompidos por él, se hizo señor y por deliberación del pueblo, solemnemente fue elegido príncipe.

En esos tiempos llegó a Italia Federico de Baviera, Rey de Romanos, para asumir la corona del imperio. Castruccio hizo amistad con él y fue a su encuentro con quinientos caballeros. Dejó en Lucca como su lugarteniente a Pagolo Guinigui, al que en recuerdo de su padre estimaba como su propio hijo. Recibido con honores por Federico, obtuvo muchos privilegios y fue nombrado su lugarteniente en Toscana. Los pisanos habían expulsado a Gaddo della Gherardesca y por temerle, acudieron a Federico en busca de ayuda, y éste hizo a Castruccio señor de Pisa, aceptado por ellos, temerosos de los güelfos y en particular de los florentinos. Regresó Federico a Alemania, dejando en Roma un gobernador. Sus seguidores, los gibelinos de Toscana y Lombardía se acercaron a Castruccio y cada uno le ofrecía el mando de su patria si con su ayuda podía regresar; entre ellos, Matteo Guido, Nardo Scolari, Lapo Uberti, Gerozzo Nardi y Piero Buonaccorsi, todos gibelinos exiliados de Florencia. Pensando Castruccio en hacerse señor de toda Toscana, por medio de éstos y con sus propias fuerzas, para darse mayor reputación, se alió con Don Matteo Visconti, príncipe de Milán, y ordenó a su ciudad y pueblos tomar las armas. Como Lucca tenía cinco puertas, dividió en cinco partes al condado y lo armó y organizó bajo jefes y enseñas, de tal manera que en un momento reunía veinte mil hombres, sin contar los que podían venir en su ayuda de Pisa. Arropado por estas fuerzas y esos amigos, ocurrió que Don Matteo Visconti fue atacado por los güelfos de Piacenza, que expulsaron a los gibelinos y en ayuda de los primeros, los florentinos y el rey Roberto mandaron a sus gentes, por lo que Don Matteo pidió a Castruccio atacara a los florentinos para que éstos, obligados a defender sus casas, abandonasen Lombardía. Castruccio asaltó con mucha gente Valdarno y ocupó Fucecchio y San Miniato, causando gran daño en la región, por lo que los florentinos llamaron a sus gentes, que con gran dificultad regresaron a Toscana, cuando Castruccio, por otra necesidad, fue obligado a volver a Lucca.

La familia di Poggio era poderosa en la ciudad, por haber hecho a Castruccio no solo grande sino príncipe, y pareciéndole no ser remunerada como merecía, acordó con otras familias de Lucca sublevar a la ciudad y expulsar a Castruccio. Aprovechan una mañana la oportunidad: acuden armados ante el representante de Castruccio para administrar justicia y lo matan, con el propósito de continuar la sublevación del pueblo. Stefano di Poggio, hombre viejo y pacífico, que no estaba en la conjura, los obligó con su autoridad a deponer las armas, ofreciéndose a mediar entre ellos y Castruccio para obtener satisfacción de sus deseos. Depusieron las armas con la misma imprudencia con que las habían tomado. Castruccio, enterado de lo que había ocurrido y sin perder tiempo, con parte de su gente, regresó a Lucca, dejando a Pagolo Guinigi al mando del resto de su tropa. Contrario a lo que esperaba, encontró el tumulto apagado, pero aun así prefirió apostar a sus gentes armadas en los sitios oportunos. Stefano de Poggio, pensando que Castruccio estaría obligado con él fue a verlo y nada pidió para sí, porque pensaba que no tenía necesidad, sino para los otros de su casa, excusando la juventud de unos y presentando la antigua amistad y favores que Castruccio les debía. Este respondió amablemente y lo confortó mostrándole que era grato haber encontrado el tumulto apagado y afirmando que no tomaba a mal la intención de aquellos que lo habían promovido y pidió a Stefano que hiciera venir a todos, agradeciendo a Dios la ocasión de mostrar clemencia y generosidad. Llegados pues, confiados en Castruccio y Stefano, junto con Stefano fueron hechos prisioneros y muertos.

En tanto, los florentinos, habían recuperado San Miniato y pensó Castruccio poner fin a esa guerra, ya que si no aseguraba Lucca no podría alejarse de casa. Encontró a los florentinos dispuestos a una tregua, cansados y deseosos de suspender los gastos. Hicieron tregua por dos años, quedando cada parte en posesión de lo que poseía. Liberado de la guerra, para evitar peligros como los que había corrido, Castruccio, con razones y pretextos varios, eliminó a todos aquellos que en Lucca pudieran ambicionar el principado. A ninguno perdonó, privándolos de patria y patrimonio y a aquellos que cayeron en sus manos, de la vida, afirmando que sabía por experiencia que ninguno de ellos le era fiel. Para mayor seguridad, construyó una fortaleza en Lucca, utilizando los materiales de las torres derribadas de aquellos a los que había expulsado o asesinado.

Mientras Castruccio había depuesto las armas con los florentinos y se fortificaba en Lucca, no dejaba de realizar aquellos actos que sin ser guerra manifiesta, acrecentaban su grandeza. Tenía gran deseo de ocupar Pistoia, pareciéndole que cuando tuviera la posesión de esa ciudad tendría un pie en Florencia. De varias maneras se hizo amigo de todas las poblaciones de la montaña y con los partidos de Pistoia se comportaba de manera que todos confiaban en él. Esa ciudad estaba dividida entonces, como lo fue siempre, en Blancos y Negros. Jefe de los Blancos era Bastiano di Possente, de los Negros, Iacopo da Gia, cada uno de los cuales mantenía estrechísimas relaciones con Castruccio y cualquiera de los dos deseaba expulsar al otro, tanto que uno y otro, después de muchas sospechas, llegaron a las armas. Iacopo se fortificó en la Puerta Florentina, Bastiano en la Luquesa y confiando uno y otro más en Castruccio que en los florentinos, juzgándolo más expedito y preparado en los asuntos de guerra, envían cada uno secretamente a pedirle ayuda y Castruccio a uno y otro la promete, diciendo a Iacopo que acudirá en persona y a Bastiano que enviará a Pagolo Guinigi, su ahijado. Fijada la cita, mandó a Pagolo por el camino de Pescia y él se fue directo a Pistoia y a media noche, como habían convenido, llegaron a Pistoia y cada uno por su lado fue recibido como amigo. Entrados en la ciudad, cuando pareció conveniente a Castruccio, dio la señal a Pagolo y uno mató a Iacopo da Gia y el otro a Bastiano di Possente. Todos sus partidarios fueron o hechos prisioneros o muertos y sin otra oposición tomaron Pistoia para ellos. Expulsada la Señoría del palacio, obligó Castruccio a la población a darle obediencia, anulando sus viejas deudas y haciendo muchos ofrecimientos. Así hizo en todo el condado, cuyos pobladores acudieron en mayoría a ver al nuevo príncipe y quedaron contentos, llenos de esperanza motivada por sus virtudes.

En esos tiempos el pueblo de Roma empezó a agitarse por lo caro de la vida, cansado de la ausencia del pontífice, que se encontraba en Aviñón, y maldiciendo el gobierno de los alemanes. Todos los días se cometían homicidios y otros desórdenes, sin que Enrico, lugarteniente del emperador, pudiera poner remedio, tanto que empezó a sospechar que los romanos podrían llamar al rey Roberto de Nápoles para expulsarlo y restituir la ciudad al Papa. No teniendo amigo cercano a quien acudir salvo Castruccio, le rogó no solo ayuda, sino acudir en persona a Roma. Pensó Castruccio que no debía diferir, tanto para hacer méritos con el emperador, como juzgando que sin la presencia del emperador en Roma la situación no tenía remedio. Dejó a Pagolo Guinigi en Lucca y partió con seiscientos caballeros a Roma, donde fue recibido con grandes honores por Enrico y en brevísimo tiempo su presencia dio tanto prestigio al partido del Imperio que sin derramamiento de sangre u otra violencia, se mitigó el problema. Hizo transportar por mar grano de la región de Pisa y así acabó con la causa del escándalo; además, amonestando a unos y castigando a otros de los jefes de Roma, los sometió voluntariamente al gobierno de Enrico. Castruccio fue hecho senador de Roma y se le otorgaron otros muchos honores. Asumió el cargo con gran pompa, vestido con una toga de brocado que en el frente tenía escrito: "Esto es lo que Dios quiere" y en la parte de atrás: "Y será lo que Dios quiera".

En estas circunstancias, los florentinos, descontentos porque Castruccio se hubiera apoderado de Pistoia en el tiempo de la tregua, pensaban la manera de hacerla rebelarse, lo que en su ausencia consideraban cosa fácil. Entre los exiliados pistoieses que se encontraban en Florencia estaban Baldo Cecchi y Iacopo Baldini, hombres de autoridad, dispuestos a participar en cualquier riesgo. Estos se pusieron de acuerdo con sus amigos de la ciudad, de tal manera que con la ayuda de los florentinos entraron de noche a Pistoia y expulsaron a los partidarios y oficiales de Castruccio, a algunos los mataron y devolvieron la libertad a la ciudad. Esta noticia causó a Castruccio gran dolor y disgusto, por lo que se despidió de Enrico y en largas jornadas con su gente, emprendió el regreso a Lucca. Los florentinos, en cuanto supieron de su regreso supusieron que no estaría tranquilo y decidieron anticiparlo y antes que él, entrar con su gente al valle de Nievole, juzgando que si tomaban ese valle le cortarían el camino para recuperar Pistoia. Reunido un gran ejército de todos los amigos del partido güelfo, llegaron a la región de Pistoia. Castruccio se dirige, con sus gentes a Montecarlo y al conocer la ubicación del ejército de los florentinos, decide no encontrarlos en el llano de Pistoia, ni esperarlos en el llano de Pescia, sino, de ser posible, enfrentarse con ellos en el estrecho de Serravalle, razonando que si tal plan le resultaba, la victoria sería suya, porque sabía que los florentinos habían reunido un ejército de treinta mil hombres, mientras que él había escogido a doce mil; y aunque confiase en su propio talento y en la virtud de sus hombres, no se sentía seguro y pensaba evitar verse rodeado por la multitud de sus enemigos en terreno amplio...

Florencia no pudo soportar su ímpetu; vencidos más por el lugar que por los enemigos, empezaron a huir. Inició la fuga con los que estaban atrás, de la parte de Pistoia, los cuales, extendiéndose por el llano, cada uno, donde mejor le acomodaba, buscaba su salvación. Fue esta derrota grande y llena de sangre. Se apresó a muchos jefes, entre los cuales Bandino de' Rossi, Francesco Brunelleschi, y Giovanni della Tosa, todos nobles florentinos, con muchos otros toscanos y napolitanos, que enviados por el rey Roberto a favor de los güelfos, militaban con los florentinos.

Los pistoieses, conocida la derrota, no esperaron, expulsaron al partido amigo de los güelfos y se entregaron a Castruccio, el cual, no contento con esto, ocupó Prato y todos los castillos del llano, de un lado y otro del Arno, y se colocó con sus gentes en el llano de Peretola, cercano dos millas a Florencia, donde permaneció muchos días, repartiendo el botín y festejando la victoria. Acuñó monedas en desprecio de los florentinos y celebró torneos y fiestas con hombres y meretrices. No dejó de intentar corromper a algún ciudadano noble para que le abriese de noche las puertas de Florencia, pero descubierta la conjura, fueron detenidos y decapitados Tommaso Lupacci y Lambertucio Frescobaldi. Asustados los florentinos por la derrota, no veían remedio para salvar su libertad; y para estar más seguros de recibir ayuda, mandaron embajadores a Roberto, rey de Nápoles, ofreciéndole la ciudad y su dominio. Lo cual fue aceptado por el rey, no tanto por el honor que le hacían los florentinos, sino porque sabía lo importante que era para su Estado que el partido güelfo mantuviera el Estado de Toscana. Convino con los florentinos recibir doscientos mil florines al año y envió a Florencia a su ahijado Carlo con cuatro mil caballeros.

Los florentinos se liberaron de las molestias de las gentes de Castruccio, pues este debió abandonar el terreno para ir a Pisa a reprimir una conjura en su contra tramada por Benedetto Lanfranchi, uno de los principales de Pisa, que no pudiendo soportar que su patria fuese sierva de un luqués, conjuró en su contra, planeando ocupar la ciudadela y expulsada de ahí la guardia, matar a los partidarios de Castruccio. Pero como para estos asuntos si el poco número es necesario al secreto, no basta para la ejecución, y mientras buscaba reunir más hombres con ese propósito, se encontró que su plan había sido descubierto a Castruccio. Cuando éste tuvo en su poder a Benedetto, lo mató y al resto de su familia la mandó en exilio y a otros muchos ciudadanos nobles los decapitó. Pensando que Pistoia y Pisa le fueran poco fieles, con intrigas y fuerza actuaba para asegurarlas, lo que dio tiempo a los florentinos para recuperar la fuerza y esperar la llegada de Carlo, con quien, una vez llegado, deliberaron no perder más tiempo y reunieron a mucha gente, pues convocaron en su ayuda a casi todos los güelfos de Italia, y formaron un gran ejército, con más de treinta mil infantes y diez mil caballeros. Se consultaron sobre la conveniencia de atacar primero Pisa o Pistoia y resolvieron atacar primero a Pisa, donde sería más fácil tener éxito, por la reciente conjura ahí ocurrida y más útil la victoria, pensando que si Pisa caía, Pistoia se rendiría.

Salieron los florentinos con ese ejército a principios de mayo de mil trescientos noventa y ocho, ocuparon de inmediato la Lastra, Signa, Montelupo y Empoli y llegaron con el ejército a San Miniato. Castruccio, por su parte, sabiendo el gran ejército que los florentinos habían movilizado en su contra, de ninguna manera asustado, pensó que había llegado el tiempo en que la Fortuna pondría en sus manos el imperio de Toscana, creyendo que los enemigos no actuarían mejor en Pisa de lo que habían hecho en Serravalle, pero que ahora no tendrían oportunidad de recuperarse como la tuvieron entonces. Reunió a veinte mil de sus hombres a pie y a cuatro mil a caballo y se colocó con el ejército en Fucecchio y a Pagolo Guinigi lo mandó con cinco mil infantes a Pisa... Los florentinos, que habían ocupado San Miniato, discutieron lo que se debería hacer: o atacar Pisa o atacar a Castruccio y medidas las dificultades de una u otra decisión, se resolvieron a atacarlo. El río Arno estaba tan bajo que se podía vadear, pero de tal manera que a los infantes el agua les llegaba a los hombros y a los caballos hasta las sillas. Llegada la mañana del diez de junio, los florentinos, formados para la batalla, empiezan a hacer pasar parte de su caballería y un batallón de diez mil infantes. Castruccio, que estaba firme y atento a lo que tenía intención de hacer, con un batallón de cinco mil infantes y tres mil caballeros, los asaltó. No les dio tiempo de salir del agua, cuando ya estaba sobre ellos, y mandó mil infantes Arno abajo y mil por la orilla de arriba. Los infantes florentinos impedidos por el agua y las armas, no habían llegado en su totalidad a la orilla del río. Los caballos que pasaron deshicieron el lecho del Arno, e hicieron el cruce difícil a los otros, porque encontrando el paso sin fondo, muchos caían y desmontaban al jinete, otros se hincaban de tal modo en el fango que no se podían zafar. Viendo los capitanes florentinos la dificultad de atravesar por aquella parte, los hicieron retirar río arriba, para encontrar el lecho intacto y orilla más benigna que los recibiese. A estos se oponían los infantes que Castruccio había enviado por la orilla, los cuales, armados ligeramente, con rodelas y dardos en mano, con grandes gritos los herían en la cara y en el pecho, de tal manera que los caballos espantados por gritos y heridas, no queriendo seguir adelante, caían uno sobre el otro. La lucha entre los de Castruccio y aquellos que lograron cruzar, fue áspera y terrible, y de ambas partes caían muchos, y cada uno se ingeniaba con cuanta fuerza podía para superar al otro. Los de Castruccio querían arrojarlos al río, los florentinos querían empujarlos, para hacer espacio a los otros, que saliendo del agua, podrían combatir: a su obstinación se unían las incitaciones de los capitanes. Castruccio recordaba a los suyos que estos eran los mismos enemigos a los que no hacía mucho tiempo habían vencido en Serravalle y los florentinos reprochaban a los suyos que los muchos se dejaran superar por pocos. Viendo Castruccio que la batalla duraba y que los suyos y los adversarios estaban ya fatigados y como de ambas partes había muchos muertos y heridos, lanzó otro batallón de cinco mil infantes y lo condujo a las espaldas de los suyos que combatían y ordenó que los de adelante se abrieran y se movieran a derecha e izquierda y se retiraran. Hecho lo cual dio espacio a los florentinos para avanzar y ganar algo de terreno, pero llegados a las manos los frescos con los fatigados no resisten mucho y los arrojan al río. Entre la caballería de uno y otro no había aún ventaja, porque Castruccio, conociendo su inferioridad, instruyó a los jefes que solo resistieran al enemigo, esperando superar a los infantes y, superados, poder más fácilmente vencer a los caballeros, lo que ocurrió según su plan. Viendo a los infantes enemigos retirarse por el río, mandó al resto de su infantería atacar los caballos enemigos, hiriéndolos con dardos y lanzas y la caballería con mayor furia presionándolos, los hacen dar la vuelta. Los capitanes florentinos, viendo la dificultad de sus caballos para cruzar, intentan hacer pasar a la infantería río abajo, para combatir por el flanco a las gentes de Castruccio, pero la orilla está alta y ocupada por las gentes de aquél y el intento es vano. Derrotados con gran gloria y honor de Castruccio, de tanta multitud no se salvó un tercio. Fueron tomados presos muchos jefes y Carlo, ahijado del rey Roberto, junto con Michelagnolo Falcón y Tadeo degli Albizzi, comisarios florentinos, huyeron a Empoli. Fue grande el botín, la matanza grandísima, como de tal conflicto se puede esperar. Del ejército florentino murieron veinte mil doscientos treinta y uno y del de Castruccio mil quinientos setenta.

Pero la Fortuna, enemiga de su gloria, cuando llegó el tiempo de darle vida, se la quitó e interrumpió los proyectos que durante mucho tiempo había pensado realizar y que sólo la muerte le podía impedir. Durante la batalla se esforzó Castruccio todo el día, cuando llegó a su fin, corto de aliento y bañado en sudor se detuvo en la puerta de Fucecchio a esperar a sus gentes de regreso de la victoria, para recibirlos con su presencia y agradecerles y también, aunque no se originase acción alguna de los enemigos, estar listo a remediar, pues a su juicio la obligación de un buen capitán es montar el primero a caballo y descender el ultimo. Expuesto a un viento que muchas veces a mediodía se eleva del Arno y casi siempre es pernicioso, se enfrió, lo que no lo preocupó, como aquellos que a tales incomodidades están acostumbrados, y fue causa de su muerte. La noche siguiente fue atacado por una grandísima fiebre, que fue aumentando, y siendo el mal por todos los médicos juzgado mortal, dándose cuenta Castruccio, llamó a Pagolo Guinigi y le dijo estas palabras: "Si yo hubiese creído, ahijado mío, que la fortuna quisiese truncar a la mitad del curso el camino para llegar a aquella gloria que yo con tantos felices éxitos me había prometido, me habría esforzado menos y te habría dejado un Estado menor, menos enemigos y menos envidia. Porque, contento con el mando de Lucca y de Pisa, no habría sometido a los pistoieses y con tantas injurias irritado a los florentinos; si me hubiera hecho amigo de uno y otro de estos dos pueblos, habría podido llevar una vida sí no más larga, sí más tranquila y a ti te habría dejado un Estado menor pero sin duda más seguro y firme. Pero la Fortuna, que quiere ser árbitro de todas las cosas humanas, no me ha dado suficiente juicio para poder conocerla antes, ni suficiente tiempo para poder superarla. Tú has escuchado, porque muchos te lo han dicho y yo nunca lo he negado, que llegué a casa de tu padre aun joven y privado de las esperanzas que deben existir en cualquier ánimo generoso, y como por él fui alimentado y amado mucho más que si fuera nacido de su sangre; bajo su dirección me volví valeroso, apto y capaz de la fortuna que tú mismo has visto y ves. Cuando le llegó la muerte, encomendó a mi fidelidad a ti y todas sus riquezas; yo con amor te he nutrido y este amor, con aquella fidelidad que prometí y mantengo, ha crecido. Y para que no fuera tuyo solo lo que tu padre te dejó, sino también lo que mi fortuna y mi virtud ganaron, no he querido tomar mujer para que el amor a los hijos no me impidiera en manera alguna mostrar a la sangre de tu padre la gratitud que me parecía debía mostrarle. Por lo tanto, te dejo un gran Estado, de lo que estoy muy contento, pero porque te lo dejo débil y enfermo, estoy dolidísimo. Te queda la ciudad de Lucca, la que nunca estará contenta de vivir bajo tu imperio. Te queda Pisa, donde son hombres de naturaleza voluble y llenos de falacia; la cual aunque sea su uso servir en diversos tiempos, de todas maneras se indignará de tener un señor de Lucca. Te queda también Pistoia, poco fiel por estar dividida, y en contra de nuestra sangre, irritada por las recientes injurias. Tienes como vecinos a los florentinos, ofendidos e injuriados de mil maneras por nosotros, y no satisfechos, a los cuales será más grata la noticia de mi muerte que la adquisición de la Toscana. No puedes confiar en los príncipes de Milán ni en el emperador, por estar lejanos, ser perezosos y tardos en ayudar. No puedes esperar por lo tanto en ninguna cosa, fuera de tu trabajo y la memoria de mi virtud y la reputación que te acarrea la presente victoria, la cual si sabes usar con prudencia, te ayudará a llegar a acuerdos con los florentinos, a los cuales, asustados por su derrota, deberán con gusto condescender. Donde yo busqué hacerme enemigos pensando que su enemistad me daría potencia y gloria, tú debes buscar con toda fuerza hacértelos amigos, porque su amistad te dará seguridad y tranquilidad. En este mundo es muy importante conocerse a sí mismo y saber medir las fuerzas de ánimo y de tu Estado, y quien se sabe no apto a la guerra se debe ingeniar con las artes de la paz para reinar. Yo te aconsejo que te dirijas y te ingenies por este camino de aprovechar mis esfuerzos y peligros, lo que lograrás fácilmente, si estimas verdaderos estos recuerdos míos. Y tendrás conmigo dos obligaciones: una, que yo te he dejado este reino, y la otra, que te enseñé a mantenerlo."

Después hizo venir a los ciudadanos de Lucca, de Pisa y de Pistoia que con él militaban, y les recomendó a Pagolo Guinigi, y haciéndolos jurarle obediencia, murió, dejando a todos aquellos que lo habían oído mencionar, una feliz memoria de sí y a aquellos que fueron sus amigos dejó tanta añoranza como ningún otro príncipe muerto antes. Sus exequias se celebraron con grandísimos honores y fue sepultado en San Francisco en Lucca.

Fue Castruccio, por cuanto se ha mostrado, un hombre no solo raro para sus tiempos, sino en muchos de los anteriormente pasados. En su persona, era más alto que lo ordinario, y sus miembros bien proporcionados, su aspecto con mucha gracia y recibía con tanta humanidad a las personas, que nunca habló con nadie que se alejase descontento. Sus cabellos tendían a rojizos y los llevaba redondeados sobre las orejas y siempre, con cualquier tiempo, lloviera o nevara, llevaba la cabeza descubierta. Era grato a los amigos y terrible a los enemigos; justo con los súbditos, poco de fiar con los extranjeros; si podía vencer con engaño lo prefería a vencer por fuerza, porque decía que la victoria y no el modo de obtenerla te acarrea gloria. Ninguno fue más audaz para entrar en peligro ni más cauto para salir, y solía decir que los hombres deben intentar todo y no asustarse de nada ya que Dios ama a los fuertes, porque se ve que siempre castiga a los impotentes con los potentes. Era también admirable su mordacidad, y como no excluía a nadie de está, tampoco se enojaba cuando le respondían de la misma manera, por lo que se recuerdan muchas cosas dichas por él agudamente o por él pacientemente escuchadas... Y porque en vida no fue inferior ni a Felipe de Macedonia, padre de Alejandro, ni a Escipión de Roma, murió a la edad de ambos y sin duda habría superado a uno y otro si en vez de Lucca hubiese tenido por patria Macedonia o Roma.[12]

---

[12] Niccoló Machiavelli. Opere. Ugo Murzia. Milán 1983. Pgs. 437-457 (Traducción O.R.R.).

III. EL RENACIMIENTO

Nicolás Maquiavelo

(1469-1527)

Todos los Estados, todos los dominios
que se han ejercido sobre los hombres,
han sido y son, o Repúblicas o Principados.

Discurso sobre las Décadas de Tito Livio

Nicolás Maquiavelo es, para muchos, el creador de la Ciencia Política. No se le puede regatear el mérito de haber sido el primer tratadista en emplear el concepto *Estado*, para referirse a la organización de la vida pública. Tampoco se puede ignorar que separó al estudio de la política del campo de la filosofía. El Arte de Gobernar es la preocupación de Maquiavelo; no los fines, sino los medios. El dominio sobre los hombres, cómo obtenerlo, conservarlo y, mejor aún, acrecentarlo, es lo que lo motiva. Maquiavelo no estudia a los filósofos sino a los historiadores, para aprender de ellos la realidad, la manera en que ocurrieron las cosas y no los ideales que motivaron a los actores de la historia. Conoce su época, los éxitos y fracasos de gobernantes, los estudia, los disecciona y obtiene información útil para repetir los aciertos y evitar los errores. Sus textos tienen un propósito: salvar a Italia. Observa el crecimiento de los reinos vecinos: Francia, España, Inglaterra y también la debilidad de su patria. Supone que un buen príncipe podrá unir a las repúblicas y principados que conforman el mosaico del territorio italiano y, de esa manera, evitar que un país más poderoso se adueñe y domine a las ciudades italianas. No logró, en lo inmediato, su objetivo, pero a cambio de ello nos dejó una nueva manera de ver la política, ajena a valores filosóficos o religiosos.

En esta selección he incluido dos capítulos del *Discurso sobre las Décadas de Tito Livio* y de *El Príncipe* los comentarios que se refieren, entre los capítulos XIV a XX, a las cualidades y defectos de los príncipes, eliminando los comentarios relativos a situaciones que ocurrían en aquella época. El capítulo XXI, que resume el tema, se transcribe completo. Me parece que ilustran, en lo esencial, la distancia que Maquiavelo marca entre Política y Filosofía.

Formas de gobierno

Cuántas especies de repúblicas hay y a cuál perteneció la romana

Quiero hacer a un lado el razonar sobre aquellas ciudades cuyo principio estuvo sometido a otros. Hablaré de aquellas que tuvieron principio lejos de toda servidumbre externa y que, gobernándose pronto con entero albedrío, o cómo repúblicas, o cómo principados, tuvieron diversos orígenes, diferentes leyes e instituciones. Unas, en el comienzo o al cabo de poco tiempo recibieron su legislación de una sola persona y en un solo momento, como las que tuvieron los espartanos de Licurgo, otras las recibieron al azar, en diferentes períodos y según las circunstancias, como Roma. Feliz será la república en que surja varón tan prudente que le dé leyes bajo las cuales pueda vivir segura y sin necesidad de corregirlas. Ochocientos años las respetó Esparta sin alterarlas, ni sufrir sublevación fatal. En cambio, en más de un punto es desdichada la ciudad que necesita, por no haberse sometido a un sagaz legislador, reorganizarse a sí misma. De este género es más infeliz la que se apartó del orden, y tanto ás alejada estará de él si sus instituciones la desvían del recto camino que la conduciría a fin bueno y cabal. Las de esta especie es casi imposible que se recompongan. Las que no gozaron de perfecta institución, pero tuvieron buen principio y mejorable, pueden llegar a perfectas por obra del acaso. Empero, cierto es que nunca se ordenará sin riesgo, porque la mayoría de los hombres jamás está acorde sobre una ley nueva que imponga un nuevo orden de cosas en la ciudad, a menos que la necesidad pruebe que es forzoso aceptarla; y como esa necesidad no se produce sin peligro, es posible que la república se arruine antes de entrar en el orden perfecto.

Puesto a tratar de cuáles fueron las instituciones de la ciudad de Roma y qué circunstancias la condujeron a su perfección, repito lo que algunos escriben sobre las repúblicas, a saber: hay en ellas uno de los tres estados, que denominan principado, optimates y popular, y cómo, quienes organizan una ciudad, deben recurrir a uno de estos tres estados, según les parezca más a propósito. Otros, según la opinión de muchos más sabios, estiman que hay gobiernos de seis clases: tres de ellas son pésimas y las tres restantes buenas en sí, pero se corrompen con tanta facilidad, que también llegan a ser perniciosas. Buenas son las tres antes mencionadas; las detestables, las otras tres que de aquéllas dependen, cada una de las cuales se asemeja tanto a aquella con que está emparentada que con gran facilidad se pasa de una a otra. El principado propende a la tiranía, los optimates llegan sin dificultad a la oligarquía y el popular se convierte en licencioso al menor incentivo. Así, pues, el legislador que establezca en una ciudad uno de esos modos, lo hace por poco tiempo, porque sus disposiciones no impedirán que oscilen a su contrario por la semejanza que en esta ocasión tienen la virtud y el vicio.

Estas variaciones de los gobiernos nacen casualmente entre los hombres, porqué, en el principio del mundo, siendo los pobladores pocos, vivieron dispersos como los animales. Después, al multiplicarse las generaciones y a fin de defenderse mejor, buscaron entre ellos al más robusto y esforzado, le hicieron jefe y le obedecieron. De aquí provino el conocimiento de lo bueno y honesto, y su distinción de lo malo y depravado. Observando que si uno dañaba a su benefactor aparecían el aborrecimiento y la compasión entre los hombres, reprochando a los ingratos y honrando a los agradecidos, y aun pensando que ellos mismos podían recibir idénticas injurias, se obligaron a dar leyes y ordenar el castigo a quien las quebrantara. De esta forma se tuvo la noción de justicia. Después, en caso de elegir príncipe, no buscaron al más vigoroso, sino al más prudente y justo. Finalmente, se fue príncipe por sucesión, no por elección, y pronto empezaron los herederos a degenerar, perdiendo las virtudes de sus antepasados, y pensaron, con renuncia de las virtudes, que los príncipes debían solamente superar a los otros en suntuosidad, lascivia y demás calidades de licencia. El príncipe fue odiado, y, temiendo él aquel odio, del miedo pasó a la ofensa y así nació la tiranía. Así se encendieron contra los príncipes desasosiegos, conspiraciones y conjuras, no tramadas por los tímidos y los débiles, sino por los que excedían a los restantes en generosidad, grandeza de ánimo, riqueza y lustre, decididos a no soportar la deshonesta vida de su señor. El pueblo siguió la autoridad de los poderosos y se armó contra el príncipe; muerto éste, obedeció a los que consideraba sus salvadores. Los magnates, aborreciendo el pensamiento de tener un solo jefe, constituyeron un gobierno. En el principio, fresca todavía la memoria de la tiranía pasada, gobernaron con leyes a ellos debidas, posponiendo su interés al de la utilidad común, y administraron y conservaron con gran diligencia lo público y lo privado. Vino después el gobierno a sus hijos, desconocedores de los caprichos de la suerte, puesto que nunca habían catado la desgracia, y descontentándose de la equidad cívica por la avaricia, la ambición y el deseo de las mujeres ajenas, hicieron que el gobierno de los optimates se trocara en autoridad de unos pocos sin moderación alguna. De esta suerte, en breve tiempo les acaeció lo que al tirano, porque la muchedumbre, fatigada de su gobierno, se entregó al servicio de cualquiera que intentara atacar a aquellos administradores, y así, prestamente, hubo alguno que los mató con la ayuda de la multitud. No extinta aún la memoria del príncipe y de sus crímenes, deshecha la clase de unos pocos y no queriendo volver al principado, recurrieron al Estado popular y lo ordenaron de forma que ni el príncipe no los oligarcas tuvieran autoridad en él. Y como todos los gobiernos merecen en el inicio respeto, el popular se sostuvo algo, no mucho, en especial a la muerte de la generación que lo estableció. Reinó entonces el libertinaje sin consideración de los particulares ni de los hombres públicos, viviendo cada cual a su antojo, menudearon a diario los perjuicios, hasta que la necesidad, el consejo de algún varón sabio o el temor de la anarquía, les devolvieron al principado, y así, poco a poco, se retornó a la licencia por las causas y mediante los extremos expuestos.

Y girando en este ciclo, las repúblicas se gobernaron y se gobiernan; pero contadas veces lo recorren en toda su extensión, porque casi ninguna posee tanta vitalidad que sufra incólume varias veces estas mutaciones. Suele acontecer que una república, en tales trabajos, falta de consejo y de fuerza, llegue a verse sometida a un Estado vecino mejor conformado que ella; pero, si así no fuera, prescindiendo de otros reparos, una república podría en potencia ir sin tregua de uno a otro de estos gobiernos.

De qué modo se puede mantener un Estado libre en las ciudades corrompidas, o establecerlo si no lo hay.

Yo pienso que no estará de más, ni se opondrá a lo antes escrito, reflexionar cómo se mantendrá libre el Estado, si lo hubiere, en una ciudad corrupta, o cómo puede establecerse si no lo hubiere. Digo que ambas cosas son muy difíciles. Resulta casi imposible ofrecer unas reglas, ya que sería necesario atender a los grados de corrupción. No renunciaré, sin embargo, a ello, considerando que aprovecha discurrir sobre todo. Presupondré una ciudad corruptisima, donde más crecerán semejantes dificultades, porque no hay leyes ni estatutos bastantes a contener la corrupción general. Porque así cómo las buenas costumbres requieren de las leyes, las leyes para observarse requieren de las buenas costumbres. Además, los preceptos y las leyes que una república recibió en su nacimiento, cuando había hombres buenos, no sirven al pervertirse éstos. Las leyes varían en una ciudad según los casos, pero jamás o en rarísimas ocasiones sus instituciones; las leyes no bastan, porque las instituciones inalteradas las corrompen. Para que mejor se entienda mi razonamiento, diré que en Roma había la institución del gobierno, o del Estado, y bajo ella las leyes, por mediación de los magistrados, contenían a los ciudadanos. La disposición estatal era la autoridad del pueblo, senado, tribunos, cónsules; el modo de solicitar y crear magistraturas, y el de legislar. Poco o nada se mudó de todo ello durante las alteraciones. En cambio, variaron las leyes que contenían a los ciudadanos, como la de los adulterios, la suntuaria, la de la ambición y tantas otras, a medida que los particulares se corrompían. Pero las instituciones seguían inalteradas, aunque no tenían ya valor en la depravación general, y las leyes renovadas no servían a mantener los hombres dentro de los límites de la virtud. Muy otra hubiese sido la situación si se hubiesen cambiado las instituciones al mismo tiempo que las leyes se innovaban.

Y que así fue se ve en dos partes tan principales como en la creación de las magistraturas y de las leyes. El pueblo romano no concedía el consulado y los otros primeros cargos de la ciudad sino a los que se lo demandaban. Este proceder tuvo utilidad en el principio, porque no los solicitaban más que los varones que se juzgaban dignos del cargo, siendo una ignominia verse rechazado. Todos, por lo tanto, obraban bien para que se les tuviera por merecedores de la magistratura. No obstante, llegó a ser muy pernicioso en la ciudad corrompida, porque no los más virtuosos, sino los más fuertes pretendían ser magistrados, y los débiles, aun siendo honestos, se abstenían de competir debido al miedo. Este inconveniente no se produjo de manera súbita, sino a pasos contados, como suelen ocurrir las cosas perjudiciales. Los romanos habían domado África y Asia, y conquistado casi toda Grecia, y, seguros de su libertad, creían que no debían espantarse de ningún enemigo. Esta seguridad y la debilidad de los adversarios hizo que el pueblo romano atendiera, al conceder el consulado, más a la gentileza del ánimo que al valor y la virtud, estableciendo en el cargo a quienes mejor sabían tratar a los hombres, en vez de elegir a los peritos en el arte de derrotar al enemigo; después, de los gentiles descendieron a entregarlos a los más poderosos. Los buenos, por defecto de la institución, quedaron excluidos completamente. Un tribuno u otro ciudadano podían proponer al pueblo una ley, acerca de la cual todos tenían capacidad para tratar en pro o en contra antes de que se deliberase. La institución resultó buena en tanto los romanos fueron virtuosos, porque siempre benefició que propusieran todo lo que resulta a favor del público, y asimismo que expresaran su opinión sobre ello, a fin de que el pueblo enterado llegase después a elegir lo mejor. Pero tal constitución orgánica empeoró simultáneamente con la pésima condición de los ciudadanos, cuando solamente los poderosos presentaban leyes, atentos a su propia fuerza, olvidándose de la común libertad, y el miedo estorbaba que se discutiesen. En suma, la generalidad sufría engaño o tenía que consentir en su ruina.

Era necesario, por tanto, si se deseaba que Roma corrupta se mantuviese libre, que así cómo en el curso de su vida había hecho nuevas leyes, hubiese creado nuevas instituciones, porque distintas instituciones y modos de vida diferentes se deben ordenar a malos súbditos que a buenos, ni puede ser igual la forma en una circunstancia totalmente contraria. Esas instituciones han de renovarse totalmente y de una sola vez, en cuanto se advierta su ineficacia, o poco a poco a medida que cada uno la conoce.   Digo, empero, que es casi imposible hacer una y otra cosa. Conviene, en su renovación paulatina, que un varón prudente vea el inconveniente de lejos y cuando nace; pero ese género de hombres es tan raro en las ciudades, que puede ser que nunca surja uno y, aunque apareciese, jamás persuadiría a los restantes de su pensamiento, porque los humanos no quieren mudar el modo de vida a que se acostumbraron, tanto más cuanto el cambio se justifica por un motivo invisible y sólo conjeturado. En lo que atañe a la innovación total y repentina, cuando todos conocen que las instituciones perdieron su vigencia, únicamente puedo decir que es arduo enmendar esa inutilidad: para ello, siendo malos los hábitos, no bastan los medios ordinarios, sino hay que recurrir a los extraordinarios, como la violencia y la ejecución por las armas, llegando a ser ante todo príncipe de la república a fin de disponer de ella a su capricho. Reorganizar una ciudad en una nueva existencia política presupone un hombre prudente; adueñarse de una república por la violencia estipula uno malo, como hemos dicho. Estas razones hacen que contadísimas veces el bueno acceda a llegar a príncipe por vías perversas, aunque su fin fuera elogiable, y que uno depravado, transformado en príncipe, desee el bien y entre en su ánimo la idea de emplear la autoridad mal adquirida al servicio del bien.

He aquí, por tanto, la dificultad o imposibilidad de sustentar una república, o de crearla de nuevo, en las ciudades corruptas. Aun cuando se pudiera crearla o mantenerla, obligado sería orientarla más hacia la potestad regia que hacia la popular, para que aquella contuviera de algún modo la insolencia de los hombres que las leyes no logran corregir. Seguir otros caminos en esta cuestión, significaría una hazaña crudelísima o imposible, como ya dije que había hecho Cleómenes, el cual mató a los éforos para que no le hicieran sombra; y si Rómulo, por las mismas causas, mató a su hermano y Sabino a Tito Tacio, y después usaron ambos bien su autoridad, adviértase, sin embargo, que ni uno ni otro sufrieron la corrupción de que tratamos en este capítulo, pero pudieron querer y, queriendo, paliaron sus actos.[13]

El Príncipe

Formas de gobernar

CAPÍTULOS XV A XX
FRAGMENTOS

Los príncipes, por hallarse a mayor altura que los demás, se distinguen por alguna de las cualidades que les acarrean la censura o la alabanza. Uno es tenido por liberal, otro por mísero; uno es considerado dadivoso, otro rapaz; a este se considera cruel y a aquel compasivo; a este desleal y a aquel fiel a las promesas; uno se estima afeminado y pusilánime y otro feroz y animoso; uno humano, otro soberbio; uno lujurioso, otro contenido; uno sincero, otro astuto; uno duro, otro amable; aquel grave, éste liviano; uno religioso, otro incrédulo, etc.

Se reconocerá cuan laudable sería que un príncipe tuviera las buenas prendas que antes mencioné; pero cómo no pueden poseerse todas, ni aún ponerlas perfectamente en práctica, porque la humana condición no lo consiente.

---

[13] Nicolás Maquiavelo. Obras. Editorial Vergara. Barcelona 1965. Pgs. 329-333

Comenzando por la primera de las cualidades mencionadas, diré cuan bueno sería tener consideración de liberal. Sin embargo, la liberalidad te perjudica si usas de ella de modo que tú seas el poseído. Si la ejerces con prudencia, como debe serlo, sin que se sepa, no incurrirás en la mala nota del vicio opuesto. El que quiera ostentar entre los hombres fama de generoso necesita recurrir a la suntuosidad. El príncipe que eso haga consumirá sus riquezas y, a la postre, si se empeña en conservar el renombre de liberal, tendrá que gravar extraordinariamente a su pueblo, ser odioso y llevar a cabo cuantos hechos imagine para conseguir dinero...Si reconoce su falta y pretende retractarse de ella, adquirirá pronto fama de miserable. No pudiendo un príncipe usar la fama de la liberalidad de forma notoria sin que de ello le resulte daño, debe despreocuparse si es prudente que le tilden de avaro, porque a la larga crecerá su fama de liberal, viendo que por su moderación le bastan las rentas para defenderse del que le declaró la guerra y para llevar a cabo empresas sin gravar al pueblo; entonces será generoso con todos aquellos a quines no tome nada, cuyo número es infinito, y avaro con aquellos a quienes no de, cuyo número es corto.

El príncipe que capitanea sus huestes y se sustenta de presas, saqueos y matanzas, maneja lo ajeno y está obligado a ser generoso para que sus soldados lo sigan. Puedes ser dadivoso con lo que no es tuyo ni de tus súbditos...Por consiguiente, mas sabiduría hay en tener fama de avaro, lo que engendra el descrédito sin odio, que aspirar al nombre de liberal, incurriendo por ello en el dictado de rapaz, lo cual genera la mala fama con odio.

Todo príncipe debe desear que le tengan por clemente y no por cruel...un príncipe no ha de temer la infamia de la crueldad para mantener a sus súbditos unidos y leales, porque con poquísimos escarmientos severos será más misericordioso que los que con excesiva clemencia dejan fomentar los desordenes, acompañados de asesinatos y rapiñas: estos suelen ofender a la universalidad de los ciudadanos: en cambio, las ejecuciones ordenadas por el príncipe no ofenden sino a un particular

Pesa sobre el príncipe la obligación de proceder con moderación, prudencia y humanidad, sin que la demasiada confianza le haga incauto y sin que la desconfianza excesiva le convierta en intolerable. De aquí nace la cuestión de si es mejor ser amado que temido o viceversa. Respondese que convendría ser lo uno y lo otro simultáneamente, pero, como es difícil conseguir ambas cosas al mismo tiempo, el partido más seguro consistirá en ser temido antes que ser amado, cuando se ha de prescindir de uno de los extremos.

Los hombres tienen menos reparasen ofender al que se hace amar que al que se hace temer, porque el amor se conserva por el solo vinculo de la obligación, la cual, debido a la perversidad humana, rompe toda ocasión de interés personal; pero el temor se conserva por miedo al castigo, que no te abandona jamás. El príncipe debe lograr que se le tema de suerte que, si no se hace amar, evite ser odiado; porque se puede muy bien ser temido sin ser odiado. Lo logrará siempre que se abstenga de apoderase de los bienes de sus gobernados y servidores, y de sus mujeres. Cuando tenga que derramar la sangre de alguno, lo ejecutará con razón conveniente y causa manifiesta. Más, sobre todo, procure no apoderarse del caudal de la victima, pues los hombres olvidan antes la muerte de su padre que la perdida de su hacienda.

Volviendo a la cuestión de ser temido y amado, concluyo que, amando los hombres su voluntad y temiendo al príncipe, debe éste, si es prudente, fundarse en lo que de él dependa, no en lo que dependa de los otros y procurar solamente que no le odien, como queda dicho.

Se comprende cuan laudable es que un príncipe mantenga la fe prometida, viva de modo integro y no emplee la astucia…Sabed que hay dos maneras de luchar: una con las leyes, otra con la fuerza. La primera es propia de los hombres y la segunda de los animales; pero cómo a veces no basta aquella, conviene recurrir a ésta. Por consiguiente, un príncipe debe saber servirse de ambas…Un señor prudente no puede ni debe guardar fidelidad a lo prometido, cuando esto lo perjudica y no existen ya las razones que motivaron la promesa. Si todos los hombres fuesen buenos, este precepto sería malo; pero cómo son perversos y no observarán su lealtad con respecto a ti, no estás forzado a guardarles la tuya. Los hombres son tan simples y obedecen tanto a las exigencias presentes, que el engañoso encontrará siempre gentes que se dejen engañar.

Un príncipe no tiene que poseer efectivamente todas las cualidades descritas, aunque debe aparentar que las posee. Me atreveré incluso a decir que si las tiene y las observa siempre, le son perjudiciales; en cambio, aparentando tenerlas, le son útiles. Puede parecer clemente, fiel, humano, integro y religioso, y aún serlo; pero has de estar tan identificado con tu espíritu que, en el momento necesario puedas y sepas cambiar en sentido contrario. Entiéndase que un príncipe, y en especial uno nuevo, no está en situación de respetar todas las cosas por las cuales los hombres se consideran buenos; porque a menudo, para asegurarse el Estado, tiene que obrar contra la fe, la caridad, la humanidad y la religión. Su ánimo debe estar dispuesto a variar según lo impongan los vientos de la fortuna y las alteraciones de los hechos, y, como dije antes, a no apartarse del bien mientras le sea posible, sino a saber entrar en el mal cuando haya necesidad.

El príncipe ha de tener sumo cuidado en no pronunciar algo que no lleve el sello de las cinco virtudes mencionadas, de modo que parezca, al verle y oírle, henchido de piedad, buena fe, integridad, humanidad y religión. Nada se ha de aparentar más que lo último.

CAPÍTULO XXI
Quod principem deceat ut egregius habeatur
(Lo que conviene al Príncipe para ser estimado)

Nada confiere tanta estimación a un príncipe como las grandes empresas y los hechos singulares. De ello tenemos un ejemplo actual en Fernando de Aragón, soberano de España. Podría llamársele príncipe casi nuevo, porque de rey débil, se convirtió, por fama y gloria, en el primer rey de la Cristiandad. Considerad sus acciones y las hallaréis muy grandes, y más de una extraordinaria. En el principio de su reinado atacó el reino de Granada, empresa que fue el cimiento de su grandeza. Sin preocupaciones ni temores que le distrajeran, mantuvo ocupados en ella los ánimos de los barones de Castilla; por este medio, sin que lo advirtieran, adquirió dominio sobre ellos y gran reputación. Pudo formar ejércitos con el dinero de la Iglesia y de los pueblos; lograr, mediante, esta larga guerra, una buena tropa, que le ha proporcionado luego mucha honra.

Aparte de esto, con el propósito de emprender mayores acciones, sirviéndose siempre de la religión y de una cruel piedad, expulsó a los judíos de su reino, acción miserable y extraordinaria. También, con el argumento de la religión, atacó África, después asaltó Italia y últimamente volvió sus armas contra Francia. De esta suerte urdió constantemente grandes empresas, que mantuvieron suspensos y admirados a sus súbditos, ocupando su ánimo con el posible resultado de las mismas. Una nació de otra, sin que hubiera entre ellas pausa que permitiera a sus súbditos maquinar secretamente contra él.

Harto favorece a un príncipe dar de sí ejemplos extraordinarios en lo que toca a la administración interna de su dominio, como los que se refieren de micer Bernabé de Milán. También cuando alguien realiza una cosa extraordinaria, para bien o para mal en la vida civil, se debe encontrar un modo de premiarle o de castigarle del que se hable mucho. El príncipe debe sobre todo inventar el medio de dar en todos sus actos motivo para que se le estime por gran hombre y de superior ingenio.

También se aprecia al príncipe cuando es amigo verdadero y enemigo declarado, a saber, cuando sin disimulo se muestra a favor de uno en contra de otro. Este partido resulta siempre más útil que permanecer neutral, porque, si dos potencias vecinas tuyas luchan entre sí, son tales que has de temer o no a la triunfadora. En uno y otro caso te será siempre más provechoso declararte y hacer guerra franca. En el primero, si no te determinas, estarás a la merced del que venza, con gran placer y contento del vencido, y no podrás recurrir a nadie para que te socorra o te dé asilo. El que triunfa rechaza a los amigos sospechosos, que quizá no le ayuden en la adversidad; quien pierde no te acogerá porque no te arriesgaste a correr su suerte con las armas en la mano.

Ocurrirá siempre que buscará tu neutralidad quien no sea amigo tuyo y que el amigo solicitará de ti que te manifiestes en su favor, tomando las armas. Los príncipes irresolutos, que tratan de evitar los peligros presentes, echan las más veces por el camino de la neutralidad y suelen correr hacia la ruina. Pero cuando el príncipe se declara con gallardía partidario de un bando, si vence el que eliges, aunque sea poderoso y quedes a su discreción, está obligado a ti y te habrá cobrado amor. Los hombres jamás son tan deshonestos que te oprimieran dando un ejemplo de inaudita ingratitud. Además, nunca fueron las victorias tan ciertas, que el vencedor pudiera prescindir de todo respeto, en especial del que se debe a la justicia. Si, en cambio, pierde el bando a que te unes, serás bien quisto de él, te ayudará mientras pueda y serás compañero de una fortuna que quizá mejore. En el segundo caso, cuando los que luchan son tales que no hayas de temer al vencedor, es tanto más prudente unirte a uno de ellos, cuanto procuras la ruina del otro, que, si fuera sabio, debería salvarle. Triunfando queda a tu discreción y es imposible que no venza con tu socorro.

Es menester notar aquí que un príncipe nunca debe buscar un aliado más fuerte que él, a menos que la necesidad le obligue, como se dijo arriba, para atacar a otros, porque, si vences, quedarás prisionero suyo. Los príncipes tienen que evitar en lo posible hallarse a disposición de la voluntad ajena. Los venecianos se aliaron con Francia contra el duque de Milán, cuando nada les obligaba a ello, y de la confederación resultó su ruina. Si no pueden evitarse estas alianzas, como ocurrió a los florentinos, cuando los ejércitos del Papa y de España fueron a atacar Lombardía, entonces el príncipe debe unirse a los otros por las razones ya dichas. No crea nunca un Estado que podrá elegir constantemente el partido más seguro, sino, por el contrario, piense que todos serán dudosos, porque es conforme al ordinario curso de las cosas que jamás se huya de un inconveniente sin caer en otro. La prudencia consiste en saber reconocer la calidad de los mismos y tomar por buena la resolución menos mala.

También corresponde a un príncipe mostrarse amante de las virtudes, honrando a los hombres honestos y a los que en un arte sobresalgan. En consecuencia, estimulará a sus ciudadanos a que desempeñen en paz su profesión mercantil, agrícola y de cualquiera otra especie, y a que no teman aumentar su hacienda por miedo de perderla, ni renuncien a inaugurar un nuevo comercio por recelo de los tributos. Debe premiar al que estas cosas haga y a cuantos se propongan enriquecer de algún modo su ciudad o Estado. Asimismo procurará distraer sus pueblos con fiestas y espectáculos en tiempos convenientes del año. Como toda ciudad se divide en gremios y estamentos, tiene que respetar esta diversidad, reunirse en ocasiones con ellos y dar ejemplo de bondad y de munificencia, sin perder jamás la majestad propia de su rango, que debe conservar en todas las circunstancias.[14]

---

[14] Nicolás Maquiavelo. Idem Pgs. 175-218

Baltasar de Castiglione

(1478-1529)

Por eso debe el Príncipe no solamente ser bueno,
mas aún hacer buenos a los otros.
...siéndonos la libertad dada a todos,
igualmente de la mano de Dios
como supremo don,
no es razonable que nos sea quitada,
ni que uno alcance mayor parte de ella que otro,
lo cual sucede bajo del gobierno de los príncipes.

El Cortesano

La obra de Baltasar de Castiglione, El Cortesano, es amplia y extensa. Consta de cuatro libros, en los que se relatan las conversaciones de personajes de la corte de Urbino, sobre muy diversos temas. Entre los participantes se encuentra Otavian Fregoso, quien lleva la principal parte en el tema que he seleccionado: el mejor gobierno y las características del Príncipe. Contemporáneo de Maquiavelo, Castiglione nos presenta un Príncipe muy diferente, casi cómo un eco de las opiniones de Trasímaco y Sócrates en la República de Platón. Desde 1534 se tradujo al español este libro, por Juan Boscán y esta traducción es la que aun se lee. Sin embargo, he procurado actualizar los textos seleccionados, para su mejor comprensión y más fácil lectura.

La educación del Príncipe

CAPÍTULO III

En el cual se platica cuál es mejor gobernación, la de un buen rey o la de una buena república, y sobre esta disputa pasan entre los cortesanos sutiles razones y réplicas.

Aquí hizo una pausa Otavian como para descansar un poco, y dijo Gaspar Pallavicino. ¿Cuál tiene usted, señor Otavian, por mejor y más próspero señorío, y más bastante para volver al mundo a esa edad de oro de la que hizo mención, el reino de un muy buen príncipe, o el gobierno de una muy buena república?

Yo propondría siempre, respondió Otavian, el reino de un buen príncipe, porque es señorear más conforme a la naturaleza, y, si es licito comparar las cosas pequeñas a las infinitas, más semejante al de Dios, el cual siendo uno y solo, gobierna el universo. Mas dejando esto, observad que en lo que se hace con artificio humano, como en los ejércitos, en los grandes navíos, en los edificios, y en otras tales cosas, todo se refiere a uno solo que gobierna a su voluntad. Asimismo en nuestro cuerpo todos los miembros trabajan y se ejercitan, siguiendo lo que el corazón manda. Además, parece cosa razonable que los pueblos sean gobernados por un príncipe, como lo son también muchos animales, a los cuales la naturaleza enseña la obediencia como cosa muy saludable. Veis que los ciervos, las grullas y muchas otras aves, cuando pasan de una tierra a otra, siempre tienen un príncipe al cual siguen y obedecen; y las abejas, casi como si usasen de razón, tienen tanta reverencia a su rey, que no la tienen mayor los más observantes pueblos del mundo. Todo esto es un gran argumento para hacernos conocer que el señorío del príncipe tiene más conformidad con la naturaleza que el de las repúblicas.

Pues a mí me parece, dijo entonces micer Pietro Bembo, que, siéndonos la libertad dada a todos, igualmente de la mano de Dios como supremo don, no es razonable que nos sea quitada, ni que uno alcance mayor parte de ella que otro, lo cual sucede bajo del gobierno de los príncipes, porque comúnmente tienen a los vasallos sujetos en estrecha servidumbre; pero en las repúblicas bien instituidas se conserva esta libertad. Además de esto, en los consejos, juicios y consultas, es más frecuente engañarse por el parecer de uno solo que el de muchos, porque una pasión de ira, de odio, o de codicia, más fácilmente entra en un solo hombre que en todo un pueblo, el cual es casi como una gran cantidad de agua, que está menos sujeta a corromperse que una pequeña. Digo más, que el ejemplo de los animales, no me parece que hace a nuestro propósito, porque los ciervos y las grullas y otras muchas aves, no siguen ni obedecen siempre a uno mismo, mas bien mudan y varían, dando el mando ahora a uno y luego a otro, y de esta manera viene la cosa a ser más parecida a forma de república que de reino, y esta se puede llamar verdadera e igual libertad, cuando los que algunas veces mandan obedecen después también. El ejemplo de las abejas, tampoco me parece que cuadre, porque su rey no es de la misma especie de ellas; y así, el que quisiese dar a los hombres un señor, que verdaderamente fuese merecedor de serlo, tendría que encontrarlo de otra especie y naturaleza mejor que la humana, para que con razón los hombres tuviesen que obedecerle, así como acaece con las ovejas, o carneros, o bueyes, que no obedecen a un animal semejante a ellos, sino a un pastor que es hombre, y en su especie y naturaleza les lleva gran ventaja. Por todas estas cosas pienso yo, señor Otavian, que el gobierno de una república debe ser tenido en más, y ha de ser más deseado que el de un rey.

Contra vuestra opinión, dijo entonces Otavian, quiero yo, señor Pietro, traer una sola razón, y es ésta: que de las maneras de gobernar bien a los pueblos se hallan solamente tres; una es el reinar de un solo rey; la otra el gobierno de los buenos, que eran llamados optimates por los antiguos; y la otra la administración popular. Estas tres tienen sus tres rompimientos, o, por decirlo así, sus tres vicios contrarios, en cada uno de los cuales, cada una también de ellas incurre dañándose. El reinar se daña y se convierte en su contrario cuando se hace tiranía; y el gobierno de los buenos, cuando se muda en el de pocos poderosos y no buenos; y la administración popular cuando es ocupado por la plebe, la cual, mezclando y confundiendo los grados y las partes ordenadas y asentadas en cada oficio y estado, pone totalmente el gobierno en manos de la multitud confusa; de estas tres maneras de gobernar malas, claro está que la tiranía es la peor, según se podría muy bien probar por muchas razones. Concluyese luego que de aquellas tres maneras de gobierno buenas, la del reinar es la mejor, porque es contraria a la peor, que, como tenéis bien entendido, los efectos de las causas contrarias son ellos también entre sí contrarios. Tras esto, respondiéndoos a lo que habéis dicho de la libertad, digo que la verdadera libertad no es vivir como el hombre quiere, sino según las buenas leyes mandan, y no es menos natural y provechoso y necesario el obedecer que el mandar, y algunas cosas hay nacidas, y así señaladas y ordenadas naturalmente para mandar, como otras para obedecer. Verdad es que hay dos formas de señorear; la una es rigurosa, y lleva a fuerza las cosas como es la que usan con los esclavos sus dueños, y con ésta el alma manda al cuerpo; la otra es más blanda y sabrosa, como la que tratan los buenos príncipes por el camino de las leyes con sus pueblos; y con ésta manda la razón al apetito: la una y la otra de estas dos son provechosas, porque el cuerpo es nacido naturalmente dispuesto a obedecer al alma, y asimismo el apetito a la razón. Hay también muchos hombres que no entienden sino en las cosas del cuerpo, y en ellas andan siempre envueltos, y para ellas solamente viven; y estos tales son tan diferentes de los virtuosos, cuanto lo es el cuerpo del alma; mas todavía por ser animales racionales participan algo de razón, pero no más de cuanto la conocen, no poseyéndola ni gozándola; así que éstos naturalmente son siervos, y mejor les es a ellos obedecer que mandar.

Por eso debe el príncipe, no solamente ser bueno, más aún hacer buenos a los otros, como la escuadra que usan los arquitectos, la cual, no sólo en sí es derecha y justa, mas endereza y hace justas todas las cosas que a ella se juntan; y en verdad, muy cierta señal es de ser el príncipe bueno que sus vasallos sean buenos. Porque la vida del príncipe es ley y maestra de los pueblos y necesario es que de las costumbres de él procedan las de todos los otros, y no conviene que el ignorante enseñe, ni el desordenado ordene, ni el caído levante a otro; por eso, si el príncipe ha de hacer bien todas estas cosas, es menester primero que ponga gran estudio y diligencia en saberlas, y que después forme dentro de sí y guarde firmemente en toda cosa la ley de la razón, no escrita en papel ni en metal, sino esculpida en su animo, a fin que le sea siempre, no solamente familiar, mas intrínseca y fija, y ande con él siempre, como cosa que es parte de su alma; para que día y noche, en todo lugar y tiempo, le aconseje y le hable dentro, en su corazón, curándole de aquella pasiones que suelen sentir los hombres disolutos; los cuales, de estar continuamente oprimidos, por una parte del pesado sueño de la ignorancia, y por otra de la dificultad que reciben de sus perversos y ciegos deseos, están agitados por furor inquieto, como quien al dormir lo esta por extrañas visiones.

Cargando después mayor poder al mal querer, ha de cargar de necesidad mayor pesadumbre, y cree que, cuando el príncipe puede lo que quiere, entonces es gran peligro que no quiera lo que debe. Por eso bien dice Bias, que en los cargos se muestran los hombres; porque, como en una copa, si esta vacía no se nota la fisura, pero si se llena de licor de inmediato muestra la falla. Así los corazones dañados y llenos de vicios pocas veces descubren sus tachas hasta que los llenen de autoridad; porque viéndose prósperos, no bastan a llevar el grave peso del poder que alcanzan, y así se caen y se quiebran, y quebrados vierten por todas partes la codicia, la soberbia, la ira, la vanidad y aquellas costumbres de tiranos que tienen dentro en sí; y así sin ninguna consideración maltratan a los buenos y sabios persiguiéndolos, y honran a los malos y locos favoreciéndolos, y no sufren que en las ciudades haya amistades ni compañías ni tratos entre los ciudadanos; antes bien, nutren a los espías, a los acusadores y asesinos para espantar a los pueblos y hacerlos pusilánimes. Y ordinariamente siembran discordias entre ellos, para que no estén unidos, y así no tengan tantas fuerzas; y de esta manera, procediendo de un mal en otro, se hacen infinitos daños y ruindades a los miserables pueblos, y muchas veces se sigue cruel muerte, o a lo menos temor continuo de ella a los mismos tiranos. Porque los buenos príncipes temen, no por sí, sino por sus pueblos; y así cuanto mayores señores son, y más número de gente tiene debajo de su mando, tanto más temen y tienen más enemigos. Muy contraria vida de esta ha de ser en todo la del buen príncipe; conviene que sea libre y sin miedo, y tan cara a los suyos, cuanto a ellos la propia, y ordenada de manera que sea en parte activa y en parte contemplativa, y esto no más de cuanto convenga para el bien de los pueblos.

¿Cuál de esas dos vidas, dijo entonces Gaspar Pallavicino, os parece, señor Otavian, que haga más al caso para un príncipe?

Respondió Otavian riendo: Vos quizá debéis de pensar que yo presuma de ser aquel gran Cortesano que es obligado a saber tantas cosas, y a aprovecharse de ellas para el fin que aquí he dicho; pues acordaos que estos caballeros le han formado con muchas cualidades, que yo por cierto no las tengo. Por eso procuremos de hallarle, y hallado que sea, remitirme a él en eso y en todas las otras cosas que pertenecen a un buen príncipe.

Yo pienso, dijo entonces Gaspar Pallavicino, que si de las cualidades dadas al Cortesano os faltan algunas, serán más bien la música y el danzar, y las otras de poca importancia, que aquellas que hacen al caso para criar bien a un príncipe.

Río de esto el señor Otavian y dijo: si yo fuese gran privado de algún príncipe que conozco, y pudiera decirle libremente mi opinión, os prometo que pronto perdería su favor, y además de esto, para enseñarle, sería necesario que yo primero aprendiese. Mas todavía, pues vos, señora, mandáis que yo responda a lo que el señor Gaspar Pallavicino ha preguntado, estoy contento de hacerlo, y así digo que mi opinión es que los príncipes deben atender a estas dos vidas, pero más a la contemplativa; que en ellos está dividida en dos partes; la una de las cuales consiste en conocer y juzgar bien, y la otra en mandar justamente y por términos convenibles las cosas puestas en razón, y las que lícitamente se pueden mandar, y mandarlas en su lugar y tiempo a los que con razón las hubieren de obedecer, y esto tocaba el duque Federico, cuando decía que, el que sabía mandar, era siempre obedecido. El mandar, en fin, es siempre el principal oficio, pero, aunque parezca que a ellos no les quepa sino esto, deben todavía muchas veces ser presentes en ver poner por obra sus mandamientos, y aún según la necesidad y el tiempo ayudar con sus manos en todo, y esto es parte de lo activo; pero el fin de la vida activa debe ser la contemplativa como el de la guerra es la paz, y el de los trabajos el reposo. Por eso conviene al buen príncipe poner sus pueblos en tan buenas costumbres, y tenerlos tan corregidos con tales leyes y orden, que puedan vivir en sosiego sin peligro y con autoridad, gozando con honra del fin de todos sus negocios, que debe ser el descanso; porque muchas veces se han hallado hartas repúblicas y príncipes que en guerra siempre alcanzaron gran poder, y florecieron mucho, pero luego que tuvieron paz, se perdieron y quedaron deslustrados, como espada que no se usa. La causa de todo esto es no tener buenas instituciones para vivir en paz y disfrutar del ocio; y no es lícito estar siempre en guerra, sin proponerse llegar a su fin, que es la paz. Piensan algunos príncipes que todo su principal intento ha de ser dominar a sus vecinos, y así ejercitan a los suyos en una fiera actividad bélica de robos, de matanzas y de semejantes cosas, y hacen mercedes a los que saben mejor tratar este oficio, al cual ellos llaman virtud; y todas estas cosas y otras tales se hacían, para que los hombres fuesen guerreros, a fin de que siempre anduviesen conquistando y sojuzgando provincias de una en otra, con intención de sojuzgarlas todas, lo cual fuera casi imposible, por ser cosa para nunca acabar, hasta que no hubiera más que sojuzgar en el mundo; y era también contrario a la ley natural, la cual manda que no hagamos a otro lo que no querríamos que se hiciese a nosotros. Por eso deben los príncipes ejercitar a sus pueblos en las cosas de la guerra, no por codicia de señorear, sino por defender a sí y a ellos de quien les quiera hacer siervos, o también para expulsar a los tiranos y poder bien gobernar a los pueblos, no sufriendo que sean maltratados, o verdaderamente por quitar la libertad y poner bajo servidumbre a los que sean naturalmente tales, que merezcan ser hechos siervos; pero esto ha de ser con intención de gobernarles bien, y de tenerlos en paz y sosiego, después de haberlos sojuzgado; y este mismo fin han de tener las leyes y todo lo que está ordenado por la justicia, castigando a los malos, no por odio, sino porque no sean malos ni embaracen el sosiego de los buenos; porque en verdad, es una cosa fuera de toda razón y digna de ser muy reprehendida, mostrarse los hombres en la guerra, la cual en sí es mala, valerosos y sabios, y en la paz, la cual es buena, mostrarse ignorantes, y tan poca cosa, que no sepan gozar del bien que les es concedido; así que como en la guerra deben los pueblos ocuparse en las virtudes útiles y necesarias para alcanzar sul fin, que es la paz, así en la paz, para alcanzar su fin, que es el sosiego, deben ocuparse en las honestas, las cuales son el fin de las útiles. De esta manera los súbditos serán buenos, y el príncipe tendrá más a quien loar y hacer mercedes que a quien castigar, y el señorío será para el señor y para los vasallos próspero y bien aventurado, no riguroso ni áspero, como con el esclavo le usa su dueño, sino dulce y manso, como de buen padre a buen hijo.

Dijo entonces Gaspar Pallavicino. Por cierto me gustaría mucho saber cuáles son esas virtudes útiles y necesarias en la guerra, y cuáles las honestas en la paz.

Todas son buenas, respondió Otavian, y provechosas, porque se enderezan a buen fin; pero en la guerra principalmente vale aquel verdadero esfuerzo que hace ser nuestros ánimos tan libres de toda pasión, que no solamente no tememos los peligros, mas ni aún se cuida de ellos; aprovechan también la constancia y el sufrimiento con el ánimo firme y fijo y desapasionado a todos los encuentros de la fortuna. Conviene asimismo en la guerra y en cualquier otra cosa tener todas las virtudes que son enderezadas a lo honesto, como es la justicia, la continencia y la temperancia; pero éstas más propiamente se requieren en la paz, porque muchas veces los hombres puestos en prosperidad y sosiego, cuando la fortuna les sucede bien, vienen a hacerse injustos y intemperantes, y se dejan corromper con la abundancia de placeres. Y por eso los que están en este estado, que hemos dicho próspero y sosegado, tienen gran necesidad de estas virtudes, porque el mucho ocio fácilmente causa vicios y malas costumbres: y así los antiguos tenían por refrán que los siervos nunca debían de estar ociosos. Y crése que las Pirámides de Egipto fueron hechas para tener a los pueblos ocupados en algún ejercicio, porque comúnmente la costumbre del trabajo es muy provechosa a todos. Hay aún otras muchas virtudes de gran provecho; pero basta lo dicho, porque, si yo supiese hacer mi príncipe tal y de tan buena y virtuosa crianza como hemos declarado, y de hecho la hiciese así, yo pensaría haber muy cumplidamente alcanzado el fin del buen Cortesano.

CAPÍTULO IV

En el cual Otavian prosigue su plática cerca de las virtudes, en que pasan ciertas preguntas y respuestas, en especial cómo ha de criar y enseñar á un príncipe el perfecto Cortesano.

Dijo a esto la duquesa: decidnos ahora todo lo que se os ofreciere, que haga al caso para criar a vuestro príncipe, y hacerle sabio.

Respondió a eso Otavian: Muchas cosas, señora, le mostraría yo, si las supiese, y entre otras sería ésta una, que de sus vasallos escogiese un cierto número de caballeros, de los de mejor linaje y más principales y más sabios, con los cuales comunicase y consultase todas las cosas de su Estado, y a éstos diese autoridad y licencia de poder decirle libremente, sin ningún reparo, todo lo que les pareciese; y habría de tener con ellos tal conducta que todos entendiesen que quería oír y saber de toda cosa la verdad, y que tenía aborrecido todo género de mentira; y además de esta elección, que habría de hacer de estos generosos y principales hombres, le aconsejaría también que eligiese en el pueblo otros de menor grado, de los cuales se hiciese un consejo popular, el cual comunicase con el otro consejo de los caballeros las cosas de la ciudad pertenecientes a lo público y a lo privado, y de esta manera que hiciese del príncipe la cabeza, y de los caballeros y de los populares los miembros de un cuerpo solo, unido todo juntamente, el gobierno del cual naciese principalmente del príncipe, y después participase de los otros; y así este Estado, compuesto y ordenado de esta arte, tendría forma de aquellos tres buenos gobiernos que arriba dijimos que serian el del reino, el de los generosos, o, según los llamaban los antiguos, optimates, y el del pueblo. Tras esto le mostraría, que de los cuidados que ha de tener el príncipe, el más importante es el de la justicia, por la conservación de la cual se deben dar los cargos a los hombres sabios y honestos; y la prudencia de estos ha de ser verdadera prudencia, mezclada con bondad, porque de otra manera no sería prudencia, sino astucia; que cuando la bondad falta, siempre el arte y la sutileza de los leguleyos es perdición y confusión de las leyes y de los juicios; y la culpa de todos los errores de ellos se ha de echar a quien les dio el cargo de justicia o de otra cosa en que pudiesen mandar. Le diría también, cómo de la justicia depende aquel amar a Dios, que se requiere necesariamente en todos, pero más en los príncipes, los cuales deben amarle sobre toda otra cosa, y enderezar a él, como a verdadero fin todas sus obras. También le diría que debe amar a la patria y a sus pueblos, teniéndolos no muy apretados para no serles odioso, de donde suelen proceder las revueltas, las conjuraciones y mil otros males, ni tampoco muy sueltos en mucha libertad, por no llegar a ser tenido de ellos en poco, de lo cual nace la vida demasiadamente libre y disoluta en los pueblos, y luego tras ella se siguen los robos, los hurtos, los homicidios sin temor de las leyes, y por aquí muchas veces viene la cosa a tal decaimiento que es perdición de las ciudades y reinos. Le mostraría cómo debe amar a sus deudos de grado en grado, guardando con todos en ciertas cosas, como en la justicia y en la libertad, una igualdad medida, y llevando en otras algunas una desigualdad puesta en razón, como en ser liberal, en remunerar los servicios, en repartir las honras y los cargos según las diferencias y desigualdades de los méritos, los cuales por muchos que sean, no han de poder ser tantos, que las mercedes no hayan de ser más. Tras esto le diría que, si así lo hiciese, sería no solamente amado, mas adorado de sus súbditos, y que no tendría necesidad de tomar extranjeros para la guarda de su persona, que los suyos por provecho de sí mismos con sus vidas la guardarían; y todos de muy buena voluntad obedecerían a las leyes, cuando viesen que él las obedecía, y fuese un conservador y ejecutor fiel de ellas; y de esta manera daría tan buena y firme opinión de sí, que, aunque alguna vez viniese en algo contra ellas, todos dirían y conocerían que se hacía a buen fin, y no tendrían menos respeto y acatamiento a su voluntad que a las mismas leyes; y con esto estarían los corazones de los pueblos tan moderados y puestos en su punto, que los buenos no querrían tener más de lo que hubiesen menester, y los malos no podrían, y esto bastaría para poner gran seguridad en todos; porque muchas veces las demasiadas riquezas son causa de grandes males. Diríale luego, tras esto, cuán necesario le fuese usar de estos y de otros muchos remedios oportunos para hacer que en sus vasallos no entrase deseo de novedades y de mudanzas de estados, lo cual las más veces hacen los pueblos o por provecho o por honra que esperan, o verdaderamente por daño o por deshonra que temen; y estos movimientos se engendran en sus corazones alguna vez por odio o ira que los trae desesperados por las injurias y ultrajes que les son hechos con la avaricia, soberbia, crueldad, y bellaquerías y adulterios públicos de los más principales y poderosos del pueblo; y otras veces les vienen de menospreciar a los príncipes por la flojedad y vileza y poquedad que ven en ellos. Para no dar lugar a estos dos males, es necesario que los vasallos amen y teman a su príncipe, lo cual se alcanza fácilmente con hacer bien y honrar a los buenos, y con proveer algunas veces con buena maña y otras con rigor, que los malos y revolvedores no lleguen a ser muy poderosos, y este daño debe prevenirse mucho antes que venga; porque con mucho menos dificultad se atajan las fuerzas de los malos hombres antes que ellos las tengan, que se quitan después que las tienen. Diríale más, que el mejor camino de todos para hacer que los pueblos no den en semejantes yerros, es guardarlos de malas costumbres, en especial de las que se enteran poco a poco; porque éstas son pestilencias secretas, que tienen dañados los lugares antes que puedan ser conocidas, cuanto más remediadas. Le aconsejaría también al príncipe que procurase con estas cosas conservar a sus pueblos en estado pacífico, y de darles los bienes del alma y del cuerpo y de la fortuna; pero los del cuerpo y de la fortuna para poder con ellos ejercitar los del alma, los cuales, cuanto mayores son proveen de mayor provecho, lo cual no acaece en los del cuerpo ni en los de la fortuna. De esta manera si los pueblos fuesen buenos y valerosos y bien puestos y encaminados hacia el fin de la felicidad, el príncipe que fuese señor de ellos sería muy gran señor; porque se puede llamar verdadera y gran señoría aquella bajo la cual los vasallos son buenos y bien gobernados y regidos con mandamientos sabios y justos.

Pues yo pienso, dijo Gaspar Pallavicino, que harto pequeño señor sería aquel cuyos vasallos fuesen todos buenos, porque bien sabéis vos que en toda parte los buenos son siempre pocos.

Respondió a esto Otavian: Debéis ver que no el número de los vasallos, mas el valor de ellos hace ser grandes los príncipes.

Habían estado ya un buen rato atentísimos a lo que decía Otavian, la duquesa y Emilia y todos los caballeros; pero habiendo aquí él parado un poco a manera de no querer hablar más, dijo micer César Gonzaga: por cierto, señor Otavian, no se puede decir que vuestros preceptos no sean buenos y provechosos... Por eso, si yo pensase ser aquel excelente Cortesano que estos caballeros han formado, y ser ya gran privado de mi príncipe, soy cierto que yo nunca le aconsejaría cosa mala, sino que por alcanzar aquel buen fin que, según vos decís y yo confirmo, debe ser el fruto de las fatigas y obras del Cortesano, trataría de imprimir en su alma una grandeza, con una majestad real y con una presta viveza de espíritu, y un valor constante en las armas que le hiciese ser amado y temido de todos, de tal manera que por esto principalmente su fama se extendiese por todo el mundo. Aconsejaría también que mezclase con su grandeza una mansa familiaridad, juntamente con una benignidad dulce y aparejada a ganar el amor de sus pueblos y que tuviese buena arte para tener contentos a los suyos y a los extranjeros, y esto que lo hiciese discretamente, contrapesando y poniendo más y menos en cada uno, según los méritos; pero guardando siempre la majestad conforme a su estado, con tan buen tiento que ni su autoridad se apocase, haciendo bajezas, ni él viniese a ser mal quisto siendo demasiadamente grave. Le diría tras esto que fuese muy liberal y suntuoso, y que diese a todos largamente, porque Dios, como vulgarmente se dice, es tesoro de los príncipes dadivosos, y que hiciese grandes y magníficos banquetes, fiestas, juegos, justas, torneos, momerías y otras cosas de esta calidad; que tuviese gran suma de caballos muy singulares por aprovecharse de ellos en la guerra, y por holgarse con ellos en la paz; que tuviese también halcones, perros y todos los otros pasatiempos que convienen a grandes señores, y son para dar placer a los pueblos. Procuraría también inclinarle a que hiciese grandes edificios por su autoridad y honra mientras viviese, y porque dejase de sí memoria después de muerto... Estas tales cosas pienso yo, señor Otavian, que son las que propiamente convienen a un excelente y verdadero príncipe, y las que le hacen en la paz y en la guerra señalado por todo el mundo, y no tener ojo a tantas delgadazas o miserias cuantas vos habéis tocado, ni curar cuando tuviere guerra de pelear solamente con fin de sojuzgar y vencer los que merecieren ser sojuzgados y vencidos, o con fin de hacer provecho a los vasallos, o por quitar el gobierno a los que gobiernan mal.

Respondió entonces Otavian sonriéndose: Los que no miraron esas que vos llamáis delgadazas hubieran hecho mejor si las miraran; y aún, si bien os queréis acordar de ello, hallaréis que muchos las miraron, y en especial aquellos primeros antiguos como Teseo y Hércules; así que digo, señor micer César, que todas estas cosas que vos queréis que haga el príncipe son buenas y merecen ser muy loadas, pero creo que, si él no supiere lo que yo he dicho que le conviene saber, y no formase y asentase su alma de la manera que yo he tratado, guiándola por el camino de la virtud, con dificultad sabría ser magnánimo, liberal, justo, esforzado, prudente y tener alguna calidad de aquellas que en él se requieren; y por lo que yo querría que él fuese tal, cual yo le he hecho, no es sino porque supiese usar todas esas condiciones, que vos le habéis dado; que así como los que hacen edificios no son todos buenos oficiales en su arte, así los que dan no son todos liberales; porque la virtud jamás es causa de daño para nadie, y hay muchos que hurtan para dar, y así son liberales de la hacienda ajena; otros dan a quien no deben, y dejan tendidos en mitad de la pobreza a los que deberían socorrer por infinitos cargos que les tienen; otros hay que dan desabridamente, y casi con despecho, de tal manera, que luego se ve que lo hacen por fuerza; otros, si dan, no solamente no lo callan, mas llaman testigos que lo vean, y hacen pregonar sus liberalidades a cada paso; otros vierten locamente cuanto tienen, y agotan la hacienda, que es la fuente de la liberalidad, de tal manera que no pueden vaciarla más; así que en esto, como en todas las otras cosas, es necesario saber y gobernarse con la prudencia, que ha de ser la compañera de todas las virtudes, las cuales, porque están en el medio, son algo vecinas de los dos extremos, que son vicios; por eso quien no sabe, fácilmente da de ojos en ellos; porque así como es difícil en un círculo totalmente redondo hallar el punto del centro, que es le medio, así lo es también hallar el punto de la virtud puesta en le medio de los dos extremos viciosos, el uno por lo mucho, y el otro por lo poco, a los cuales ahora al uno y ahora al otro somos inclinados, y esto se conoce por el placer y desplacer que por causa de ellos sentimos; que por el placer hacemos lo que no debemos, y por el desplacer dejamos de hacer lo que deberíamos; verdad es que el placer es mucho más peligroso, porque fácilmente nuestro juicio se deja trastornar por él; mas, porque conocer cuanto el hombre esté lejos del centro de la virtud es cosa dificultosa, debemos poco a poco por nosotros mismos echar hacia la parte contraria de aquel extremo, al cual nos conocemos ser inclinados, como hacen los que por enderezar una vara tuerta, torciéndola a la otra parte, la hacen quedar derecha. De esta manera, haciéndolo así, llegarnos hemos más a la virtud, la cual, como dicho tengo, consiste puntualmente en el medio, y por esta causa nosotros tenemos muchos caminos para errar, y uno solo para acertar; como los ballesteros, que por una sola vía dan en el blanco y por muchas le yerran, y por eso hartas veces un príncipe, por querer ser humano y tratable, hace infinitas cosas fuera de su punto, y se rebaja tanto, que viene a ser menospreciado; otros hay que, por guardar una majestad grande con aquella autoridad que les conviene, actúan tan graves y divinos que vienen a ser intolerables; otros, por mostrarse bien hablados, buscan unas nuevas y extrañas maneras y unos largos rodeos de palabras curiosas e hinchadas; y hacen unos gestos graves, o, por mejor hablar, pesados, y se escuchan a sí mismos tanto, que eso solo basta para que nadie los escuche. Así que, señor micer César, no llaméis delgadazas o miserias a lo que puede mejorar a un príncipe, en cualquier cosa por delgada o pequeña que sea, y no creáis que yo tenga mis preceptos por condenados ni reprendidos con lo que habéis dicho, diciendo que con ellos más fácil se haría un buen gobernador que un buen príncipe; que no sé yo vuestra intención cuál ha sido, pero por ventura no podríais vos con otra cosa alabarlos más que con ésa; porque quizá a un príncipe ningún loor se le puede dar mayor ni más conforme a él que llamarle buen gobernador. Por eso si a mí tocase aconsejarle y ponerle en hacer lo que debiese, querría que él tuviese cuidado, no solamente de gobernar las cosas ya dichas, más aún las que fuesen mucho menos, y entendiese todas las particularidades pertenecientes a sus pueblos, cuanto le fuese posible, y nunca diese tanto crédito, ni tanta parte a ningún ministro suyo, que le cometiese a él solo totalmente todo el gobierno; porque ninguno hay tan hábil que lo sea en toda cosa; y gran daño hace creer los señores mucho y fácilmente, por creer poco y con dificultad, lo cual no solamente no daña, mas aprovecha muchas veces en gran manera; pero todavía en esto es necesario el buen juicio del príncipe para conocer quién debe ser creído, y quién no. Querría también que tuviese ojo a entender lo que hacen sus ministros, y que fuese como un veedor y juez de ellos, quitando o acortando los pleitos, atajando los bandos y cuestiones de sus vasallos, y juntándolos en deudo de parentesco, haciendo que cada una de sus ciudades estuviese unida y conforme en buena amistad, ni más ni menos como una sola casa con un solo señor, y fuese populosa, rica, sosegada, llena de buenos oficiales, favoreciendo a los mercaderes, y aún ayudándolos con dineros, siendo liberal y amigo de hacer buen tratamiento a los extranjeros y a los religiosos, moderando las cosas demasiadas; porque muchas veces por los yerros que en esto se hacen, aunque parecen pequeños, las ciudades se echan a perder. Por eso es razón que el príncipe ponga término y orden en los muy suntuosos edificios, si no son públicos, en los convites, en los dotes demasiados, en los desordenados aderezos de las mujeres, en sus pompas de joyas y de vestidos, que no son sino claros indicios de la locura de ellas; porque además de derramar muchas veces las haciendas de sus maridos por una vanidad o una envidia y competencia que traen las unas con las otras, acáeceles alguna vez vender por alguna cosilla de oro que les parezca linda, o por una pedrezuela que le digan que es muy fina, o por otra nonada que les dé en los ojos, la bondad al que quiere comprarla.

Otavian en esto volviéndose a la duquesa, pareciendo que había dado fin a su charla, dijo: Esto es, señora, lo que a mí se ha ofrecido de decir sobre el fin que ha de tener el Cortesano. [15]

---

[15] Baltasar Castiglione. El Cortesano. UNAM. México 1975, Pgs. 433-464

Francis Bacon

(1561-1626)

Nada es tan perjudicial en un Estado,
como que los astutos pasen por prudentes.

Ensayos sobre moral y política

Incluí a Bacon entre los autores renacentistas por el carácter de su obra, que, como se podrá ver tiene mucho en común con las de Maquiavelo y Castiglione. Se afirma que el Renacimiento llegó tarde a Inglaterra, durante el reinado de Isabel I y esto se explica no solo por la distancia física que separa a Italia de la gran isla, sino además por los conflictos entre el monarca inglés y el papado en Roma. Los "Ensayos" son la obra mas conocida de Bacon, como él mismo reconoce en la dedicatoria y aún cuando tocan temas muy variados, sobre todo de tipo moral, en cada uno de ellos se encuentran opiniones o consejos útiles para la vida política y en más de una ocasión cita elogiosamente a Maquiavelo. El que aquí se reproduce es el que más directamente se refiere a la política.

El buen y el mal gobierno

De la soberanía y del arte de mandar

¡Ninguna posición tan mala como la del hombre que no tiene nada que desear y que casi todo tiene que temerlo! Tal es la suerte de todos los monarcas. Están tan elevados sobre los demás hombres, que apenas hay sobre ellos algo a que puedan aspirar, lo cual hace que su alma se halle perpetuamente entregada a la indolencia y al disgusto. Se encuentran asediados de peligros y de recelos que hacen su corazón muy difícil de conocer, como dice claramente la Sagrada Escritura: *El corazón de los reyes es impenetrable*. En efecto, las sospechas y zozobras y la falta de algún deseo predominante que pueda subordinar los demás que lo agiten y hacer concurrir su voluntad a un punto determinado, hacen que su corazón sea muy difícil de comprender y contentar.

Obsérvese que los príncipes procuran frecuentemente crearse deseos, apasionarse por objetos frívolos o por la caza, la construcción de edificios, la elevación de un favorito o las artes liberales o mecánicas. Nerón, por ejemplo, era músico; Domiciano, tirador de flechas; Cómodo, gladiador, y Caracalla auriga. Semejantes aficiones parecen muy extrañas a quienes ignoran que el *alma humana se complace más adelantado en las cosas pequeñas que permaneciendo estacionaria en las grandes.* Vemos también que los reyes que han hecho rápidas conquistas durante su juventud, y que después se han visto obligados a detenerse porque les era imposible seguir adelante sin sufrir algún contratiempo o sin encontrar algún obstáculo, han concluido por hacerse melancólicos y supersticiosos, como sucedió a Alejandro Magno, a Diocleciano, y en nuestro tiempo a Carlos I de España y V de Alemania; porque cuando el hombre acostumbrado a avanzar rápidamente, encuentra alguna dificultad que lo detiene, se siente descontento de sí mismo y se trastorna su carácter.

Es muy difícil conocer el temperamento de un imperio, y comprender con exactitud el régimen que más le conviene para conciliar sus elementos contradictorios; pues es muy distinto combinar esas mismas fuerzas opuestas mezclándolas o confundir las unas con las otras. Así pues, la respuesta de Apolonio a Vespasiano sobre este asunto, ofrece a los príncipes una gran lección. Este emperador le preguntó cuáles habían sido las verdaderas causas de la perdición de Nerón, y Apolunio contestó: *Nerón sabía perfectamente templar su arpa y divertirse; pero en el gobierno unas veces apretaba mucho las cuerdas, y otras las dejaba demasiado flojas.* No hay nada que arruine o debilite tanto al poder como las variaciones de un gobierno que inoportunamente pasa de un extremo a otro apretando y aflojando alternativamente los resortes de la autoridad.

Es cierto que hoy toda la destreza de los ministros y de los hombres de Estado, parece reducirse a saber encontrar prontos remedios para los peligros más próximos que prevenirse de ellos por medios y recursos sólidos. Aguardar los peligros como lo hacen, ¿no es en cierto modo lo mismo que desafiar a la fortuna? Eviten los hombres de Estado el abandonarse y dejar que progresen los gérmenes de las revoluciones, pues cuando la materia combustible está preparada, nadie puede impedir que una chispa le prenda fuego, ni prever de dónde partirá esa chispa.

Los príncipes están asediados de muchas y muy graves dificultades; pero la mayor de todas consiste en su propio carácter, que es común en ellos, según Tácito, tener deseos contradictorios (Sunt plerumque regum voluntates inter se contrariae), pues contrarían su poder al querer el fin y rechazar los medios de conseguirlo.

Los reyes tienen necesariamente relaciones con sus vecinos, con sus mujeres e hijos, con el clero, con la nobleza principal y con la de segundo orden, o gentiles-hombres, con los comerciantes, con las clases inferiores, con las tropas, etcétera. Sin vigilancia y circunspección de todos ellos surgirán peligros.

Respecto de sus vecinos, las circunstancias y las situaciones son tan diversas que es imposible dar reglas generales, a no ser una que conviene a todos los casos y que nunca se debe echar en olvido: que no perdáis de vista a vuestros vecinos ni permitáis que se engrandezcan sus dominios principalmente hacia vuestras fronteras, mediante el comercio u otros medios con los que puedan perjudicaron. Generalmente hablando, a los Consejos de Estado, que son cuerpos permanentes, corresponde el prevenir esta clase de males. Durante el triunvirato de Enrique VIII de Inglaterra, Francisco I de Francia y el emperador Carlos V, estos príncipes observaron muy bien la antedicha regla: se celaban recíprocamente y con tanta vigilancia, que ninguno de los tres podía ganar un palmo de terreno sin que los otros dos se ligasen contra él para restablecer el equilibrio, sirviéndose de los tratados o, si era necesario, de la guerra, siendo su marcha constante no hacer la paz hasta haber conseguido tal objeto. Lo mismo puede decirse de la liga formada entre Fernando, rey de Nápoles, Lorenzo de Médicis, duque de Toscaza, y Ludovico Sforza, duque de Milán, la cual, según Guicciardini, fue la salvaguardia y la salud de Italia.

Algunos escolásticos pretenden *que no es lícito hacer la guerra sino después de una injuria recibida y de una provocación manifiesta*; pero a pesar de este dictamen creemos que el temor fundado en un peligro inminente es causa legítima de guerra, aunque no haya estallado el polvorín que amenaza.

Hablando ahora de las reinas, diremos que han dado muchos ejemplos de perfidia: Livia envenenó a su esposo y se cubrió de una eterna infamia. Habiendo causado Roselana la pérdida del príncipe Mustafá, que tan célebre se había hecho, ocasionó grandes turbulencias en la casa y en la sucesión de su esposo. La mujer de Eduardo II contribuyó mucho al destronamiento y muerte del suyo. Estas catástrofes u otras semejantes son de temer sobre todo cuando las reinas tienen hijos de otro matrimonio y quieren elevarlos al trono, o cuando tienen amantes.

También la historia ofrece sangrientos ejemplos de lo que los reyes tienen que temer de parte de sus hijos, habiendo sido éstos algunas veces las víctimas de las sospechas de sus padres. La muerte violenta de Mustafá fue tan funesta a la raza de Solimán, que la sucesión de los turcos desde la muerte de este príncipe es muy sospechosa, por creerse que se debe a sangre extraña, por ser ficticio el tal Solimán II. La muerte de Crispo, joven de inusitada cordialidad, a quien su padre Constantino el Grande hizo morir, fue igualmente fatal a su dinastía. Otros dos de sus hijos, Constantino III no fue por eso más afortunado, pues aunque murió de enfermedad, su fallecimiento acaeció poco después que Juliano tomó las armas para combatirle. La muerte de Demetrio, hijo de Filippo II de Macedonia, cayó sobre su padre, que murió de pena y remordimientos.

Hay muchos de estos odiosos ejemplos, y sin embargo, en casi ninguno de ellos se ve que los padres hayan logrado ventaja real atentando contra sus propios hijos; excepto en los casos en que éstos hayan tomado las armas, como hizo Selim I contra Bayaceto, y los tres hijos de Enrique II, rey de Inglaterra, que se levantaron también contra su padre.

Los prelados poderosos y llenos de orgullo, pueden también ser peligrosos para los reyes, de lo cual son buenos ejemplos Tomás Becket y Anselmo, los dos arzobispos de Canterbury, que tuvieron la audacia de medir sus báculos con la espada del soberano, y dieron que hacer a príncipes que no carecían de valor y de firmeza, tales como Guillermo el Rojo, Enrique I y Enrique II. Pero los eclesiásticos no deben difundir gran temor a los gobiernos sino cuando dependen de una autoridad extranjera o cuando son elegidos y reciben sus cargos del pueblo y no del rey o de otros señores particulares.

En cuanto a los nobles, conviene que el príncipe los tenga a cierta distancia. Sin embargo, si el rey los humilla y envilece excesivamente, podrá hacerse más absoluto pero tendrá menos seguridad sobre el trono y estará en peor estado para realizar sus designios. Así lo he anotado en mi historia de Enrique VII de Inglaterra, quien oprimía a su nobleza, lo cual fue causa de trastornos y revoluciones que sufrió; pues, aunque los nobles quedasen sometidos, un secreto descontento los llevaba a no secundar los designios del monarca, viéndose éste obligado a hacerlo todo por sí mismo.

La nobleza de segundo orden, que es un cuerpo menos unido, es por esto mismo poco peligrosa. Algunas veces alarmará algo, pero haciendo siempre már ruido que daño. Además de esto, es un contrapeso necesario para contrarrestar la influencia de la nobleza principal e impedir que se haga muy poderosa. En fin, la autoridad que los nobles de orden inferior ejercen sobre el pueblo es más inmediata y apropiada para aplacar los motines populares.

Los comerciantes son la *vena porta* del cuerpo nacional: cuando el comercio no florece, aunque este cuerpo tenga miembros robustos, la mayoría de sus partes estará mal alimentada y tendrá poca fortaleza. Los gravámenes impuestos sobre esta clase de ciudadanos, son rara vez ventajosos a los intereses del monarca, porque lo que por este medio puede ganar sobre un centenar de individuos, lo pierde en el país entero que empobrece, pues la masa de los impuestos no puede crecer sino en proporción de la masa total de fondos empleados en el comercio.

Las clases inferiores del pueblo no son temibles nada más que en dos casos, a saber: cuando tienen un jefe de gran fama y poderío, y cuando se toca demasiado a su religión, antiguas costumbres y medios de vida.

Por último, los militares son peligrosos en un Estado cuando forman un solo cuerpo y están muy acostumbrados a las gratificaciones y recompensas. Peligros de los que vemos ejemplos en los genízaros de Constantinopla y en la guardia pretoriana de los emperadores romanos. Pero cuando se tiene la precaución de reclutar y organizar los soldados en diferentes lugares poniendo a su cabeza muchos jefes, y no acostumbrándolos demasiado a las gratificaciones, se proporciona al Estado una defensa permanente y exenta de riesgos.

Los príncipes pueden compararse a los cuerpos celestes, que producen el buen tiempo y el malo y que reciben muchas muestras de respeto, pero que no tienen descanso. Todos los preceptos que se pueden dar a los reyes, están comprendidos en estas dos advertencias de la Sagrada Escritura: *Memento quod es homo et memento quod es deus, sive vice Die*, observaciones de las cuales la una debe ser el freno de su poder y la otra el de su voluntad.[16]

---

[16] Francis Bacon. Ensayos sobre moral y política. UNAM. 1974, Pgs. 79-84

IV. LA ILUSTRACION

Thomas Hobbes

(1588-1679)

Dícese que un ESTADO *ha sido instituido*
cuando una multitud de hombres convienen y pactan,
CADA UNO CON CADA UNO,
que a un cierto HOMBRE O ASAMBLEA DE HOMBRES
se le otorgará, por mayoría,
el DERECHO *de* REPRESENTAR *a la persona de todos*

Leviatán. Segunda parte:
del Estado (Common Wealth)

Así como los tratadistas renacentistas liberaron a la política de la filosofía y de la teología para crear una nueva disciplina, Hobbes le dio método, inició propiamente una ciencia política. Con visión moderna, no limita el alcance de los asuntos políticos a la ciudad o a la polis. Su conceptualización del Common Wealth entiende a los nacientes estados nación.

Del Estado y sus razones

CAPÍTULO XVII
De las Causas, Generación y Definición de un ESTADO

La causa final, fin o designio de los hombres (que naturalmente aman la libertad y el dominio sobre los demás) al introducir esta restricción sobre sí mismos (en la que los vemos vivir formando Estados) es el cuidado de su propia conservación y, por añadidura, el logro de una vida más armónica; es decir, el deseo de abandonar esa miserable condición de guerra que, tal como hemos manifestado, es consecuencia necesaria de las pasiones naturales de los hombres, cuando no existe poder visible que los tenga a raya y los sujete, por temor al castigo, a la realización de sus pactos y a la observancia de las leyes de naturaleza.

Las leyes de naturaleza (tales como las de *justicia, equidad, modestia, piedad* y, en suma, la de *haz a otros lo que quieras que otros hagan por ti*), son, por sí mismas, cuando no existe el temor a un determinado poder que motive su observancia, contrarias a nuestras pasiones naturales, las cuales nos inducen a la parcialidad, al orgullo, a la venganza y a cosas semejantes. Los pactos que no descansan en la espada no son más que palabras, sin fuerza para proteger al hombre, en modo alguno. Por consiguiente, a pesar de las leyes de naturaleza (que cada uno observa cuando tiene la voluntad de observarlas, cuando puede hacerlo de modo seguro) si no se ha instituido un poder o no es suficientemente grande para nuestra seguridad, cada uno fiará tan sólo, y podrá hacerlo legalmente, sobre su propia fuerza y maña, para protegerse contra los demás hombres. En todos los lugares en que los hombres han vivido en pequeñas familias, robarse y expoliarse unos a otros ha sido un comercio, y lejos de ser reputado contra la ley de naturaleza, cuanto mayor era el botín obtenido, tanto mayor era el honor: Entonces los hombres no observaban otras leyes que las leyes del honor, que consistían en abstenerse de la crueldad, dejando a los hombres sus vidas e instrumentos de labor. Y así como entonces lo hacían las familias pequeñas, así ahora las ciudades y reinos, que no son sino familias más grandes, ensanchan sus dominios para su propia seguridad, y bajo el pretexto de peligro y temor de invasión, o de la asistencia que puede prestarse a los invasores, justamente se esfuerzan cuanto pueden para someter o debilitar a sus vecinos, mediante la fuerza ostensible y las artes secretas, a falta de otra garantía; y en edades posteriores se recuerdan con honor tales hechos.

No es la conjunción de un pequeño número de hombres lo que da a los Estados esa seguridad, porque cuando se trata de reducidos números, las pequeñas adiciones de una parte o de otra, hacen tan grande la ventaja de la fuerza que son suficientes para acarrear la victoria, y esto da aliento a la invasión. La multitud suficiente para confiar en ella a los efectos de nuestra seguridad no está determinada por un cierto número, sino por comparación con el enemigo que tememos, y es suficiente cuando la superioridad del enemigo no es de una naturaleza tan visible y manifiesta que le determine a intentar el acontecimiento de la guerra.

Y aunque haya una gran multitud, si sus acuerdos están dirigidos según sus particulares juicios y particulares apetitos, no puede esperarse de ello defensa ni protección contra un enemigo común ni contra las mutuas ofensas. Porque discrepando las opiniones concernientes al mejor uso y aplicación de su fuerza, los individuos componentes de esa multitud no se ayudan, sino que se obstaculizan mutuamente, y por esa oposición mutua reducen su fuerza a la nada; como consecuencia, fácilmente son sometidos por unos pocos que están en perfecto acuerdo, sin contar con que de otra parte, cuando no existe un enemigo común, se hacen guerra unos a otros, movidos por sus particulares intereses. Si pudiéramos imaginar una gran multitud de individuos, concordes en la observancia de la justicia y de otras leyes de naturaleza, pero sin un poder común para mantenerlos a raya, podríamos suponer igualmente que todo el género humano hiciera lo mismo, y entonces no existiría ni sería preciso que existiera ningún gobierno civil o Estado, en absoluto, porque la paz existiría sin sujeción alguna.

Tampoco es suficiente para la seguridad que los hombres desearían ver establecida durante su vida entera, que estén gobernados y dirigidos por un solo criterio, durante un tiempo limitado, como en una batalla o en una guerra. En efecto, aunque obtengan una victoria por su unánime esfuerzo contra un enemigo exterior, después, cuando ya no tienen un enemigo común, o quien para unos aparece como enemigo, otros lo consideran como amigo, necesariamente se disgregan por la diferencia de sus intereses, y nuevamente decaen en situación de guerra.

El único camino para erigir semejante poder común, capaz de defenderlos contra la invasión de los extranjeros y contra las injurias ajenas, asegurándoles de tal suerte que por su propia actividad y por los frutos de la tierra puedan nutrirse a sí mismos y vivir satisfechos, es conferir todo su poder y fortaleza a un hombre o a una asamblea de hombres, todos los cuales, por pluralidad de votos, puedan reducir sus voluntades a una voluntad. Esto equivale a decir: elegir un hombre o una asamblea de hombres que represente su personalidad; y que cada uno considere como propio y se reconozca a sí mismo como autor de cualquiera cosa que haga o promueva quien representa su persona, en aquellas cosas que conciernen a la paz y a la seguridad comunes; que, además, sometan sus voluntades cada uno a la voluntad de aquél, y sus juicios a su juicio. Esto es algo más que consentimiento o concordia; es una unidad real de todo ello en una y la misma persona, instituida por pacto de cada hombre con los demás, en forma tal como si cada uno dijera a todos: *autorizo y transfiero a este hombre o asamblea de hombres mi derecho a gobernarme a mí mismo, con la condición de que vosotros tranferireis a él vuestro derecho, y autorizareis todos sus actos de la misma manera.* Hecho esto, la multitud así unida en una persona se denomina ESTADO, en latín CIVITAS. Esta es la generación de aquel gran LEVIATÁN, o más bien (hablando con más reverencia), de aquel *dios mortal*, al cual debemos, bajo el *Dios inmortal*, nuestra paz y nuestra defensa. Porque en virtud de esta autoridad que se le confiere por cada hombre particular en el Estado, posee y utiliza tanto poder y fortaleza, que por el terror que inspira es capaz de conformar las voluntades de todos ellos para la paz, en su propio país, y para la mutua ayuda contra sus enemigos, en el extranjero. Y en ello consiste la esencia del Estado, que podemos definir así: *una persona de cuyos actos una gran multitud, por pactos mutuos, realizados entre sí, ha sido instituida por cada uno como autor, al objeto de que pueda utilizar la fortaleza y medios de todos, como lo juzgue oportuno, para asegurar la paz y defensa común.* El titular de esta persona se denomina SOBERANO, y se dice que tiene *poder soberano;* cada uno de los que le rodean es SÚBDITO suyo.

Se alcanza este poder soberano por dos conductos. Uno por fuerza natural, como cuando un hombre hace que sus hijos y los hijos de sus hijos le estén sometidos, siendo capaz de destruirlos si se niegan a ello; o que por actos de guerra somete sus enemigos a su voluntad, concediéndoles la vida a cambio de esa sumisión. Ocurre el otro procedimiento cuando los hombres se ponen de acuerdo entre sí, para someterse a algún hombre o asamblea de hombres voluntariamente, en la confianza de ser protegidos por ellos contra todos los demás. En este último caso puede hablarse de Estado político, o Estado por *institución,* y en el primero de Estado por *adquisición.* En primer término voy a referirme al Estado por institución.

CAPÍTULO XVIII
De los DERECHOS de los Soberanos por Institución

Dícese que un *Estado* ha sido *instituido* cuando una multitud de hombres convienen y pactan, *cada uno con cada uno,* que a un cierto *hombre* o *asamblea de hombres* se le otorgará, por mayoría, el *derecho* de *representar* a la persona de todos (es decir, de ser su *representante*). Cada uno de ellos, tanto los que han *votado en pro* como los que han *votado en contra,* debe *autorizar* todas las acciones y juicios de ese hombre o asamblea de hombres, lo mismo que si fueran suyos propios, al objeto de vivir apaciblemente entre sí y ser protegidos contra otros hombres.

De esta institución de un Estado derivan todos los *derechos* y *facultades* de aquel o de aquellos a quienes se confiere el poder soberano por el consentimiento del pueblo reunido.

En primer lugar, puesto que pactan, debe comprenderse que no están obligados por un pacto anterior a alguna cosa que contradiga la presente. En consecuencia, quienes acaban de instituir un Estado y quedan, por ello, obligados por el pacto, a considerar como propias las acciones y juicios de uno, no pueden legalmente hacer un pacto nuevo entre sí para obedecer a cualquier otro, en una cosa cualquiera, sin su permiso. En consecuencia, también, quienes son súbditos de un monarca no pueden sin su aquiescencia renunciar a la monarquía y retornar a la confusión de una multitud disgregada; ni transferir su personalidad de quien la sustenta a otro hombre o a otra asamblea de hombres, porque están obligados, cada uno respecto de cada uno, a considerar como propio y ser reputados como autores de todo aquello que pueda hacer y considere adecuado llevar a cabo quien es, a la sazón, su soberano. Así que cuando disiente un hombre cualquiera, todos los restantes deben quebrantar el pacto hecho con ese hombre, lo cual es injusticia; y, además, todos los hombres han dado la soberanía a quien representa su persona, y por consiguiente, si lo deponen toman de él lo que es suyo propio y cometen nuevamente injusticia. Por otra parte si quien trata de deponer a su soberano resulta muerto o es castigado por él a causa de tal tentativa, puede considerarse como autor de su propio castigo, ya que es, por institución, autor de cuanto su soberano haga. Y como es injusticia para un hombre hacer algo por lo cual pueda ser castigado por su propia autoridad, es también injusto por esa razón. Y cuando algunos hombres, desobedientes a su soberano, pretenden realizar un nuevo pacto no ya con los hombres sino con Dios, esto también es injusto, porque no existe pacto con Dios, sino por mediación de alguien que represente a la persona divina; esto no lo hace sino el representante a la persona divina; esto no lo hace sino el representante de Dios que bajo él tiene la soberanía. Pero esta pretensión de pacto con Dios es una falsedad tan evidente, incluso en la propia conciencia de quien la sustenta, que no es, sólo, un acto de disposición injusta, sino también, vil e inhumana.

En segundo lugar, como el derecho de representar la persona de todos se otorga a quien todos constituyen en soberano, solamente por pacto de uno a otro, y no del soberano en cada uno de ellos, no puede existir quebrantamiento de pacto por parte del soberano, y en consecuencia ninguno de sus súbditos, fundándose en una infracción, pueden se liberado de su sumisión. Que quien es erigido en soberano no efectúe pacto alguno, por anticipado, con sus súbditos, es manifiesto, porque o bien debe hacerlo con la multitud entera, como parte del pacto, o debe hacer un pacto singular con cada persona. Con el conjunto como parte del pacto, es imposible, porque hasta entonces no constituye una persona; y si efectúa tantos pactos singulares como hombres existen, estos pactos resultan nulos en cuanto adquiere la soberanía, porque cualquier acto que pueda ser presentado por uno de ellos como infracción del pacto, es el acto de sí mismo y de todos los demás, ya que está hecho en la persona y por el derecho de cada uno de ellos en particular. Además, si uno o varios de ellos pretenden quebrantar el pacto hecho por el soberano en su institución, y otros o alguno de sus súbditos, o él mismo solamente, pretende que no hubo semejante quebrantamiento, no existe, entonces, juez que pueda decidir la controversia; en tal caso la decisión corresponde de nuevo a la espada, y todos los hombres recobran el derecho de protegerse a sí mismos por su propia fuerza, contrariamente al designio que les anima al efectuar la institución. Es, por tanto, improcedente garantizar la soberanía por medio de un pacto precedente. La opinión de que cada monarca recibe su poder del pacto, es decir, de modo condicional, procede de la falta de comprensión de esta verdad obvia, según la cual no siendo los pactos otra cosa que palabras y aliento, no tienen fuerza para obligar, contener, constreñir o proteger a cualquier hombre, sino la que resulta de la fuerza pública; es decir, de la libertad de acción de aquel hombre o asamblea de hombres que ejercen la soberanía, y cuyas acciones son firmemente mantenidas por todos ellos, y sustentadas por la fuerza de cuantos en ella están unidos. Pero cuando se hace soberana a una asamblea de hombres, entonces ningún hombre imagina que semejante pacto haya pasado a la institución. En efecto, ningún hombre es tan necio que afirme, por ejemplo, que el pueblo de *Roma* hizo un pacto con los romanos para sustentar la soberanía a base de tales o cuales condiciones, que al incumplirse permitieran a los romanos deponer legalmente al pueblo romano. Que los hombres no advierten la razón de que ocurra lo mismo en una monarquía y en un gobierno popular, procede de la ambición de algunos que ven con mayor simpatía el gobierno de una asamblea, en la que tienen esperanzas de participar, que el de una monarquía, de cuyo disfrute desesperan.

En tercer lugar, si la mayoría ha proclamado un soberano mediante votos concuerdes, quien disiente debe ahora consentir con el resto, es decir, avenirse a reconocer todos los actos que realice, o bien exponerse a ser eliminado por el resto. En efecto, si voluntariamente ingresó en la congregación de quienes constituían la asamblea, declaró con ello, de modo suficiente, su voluntad (y por tanto hizo un pacto tácito) de estar a lo que la mayoría de ellos ordenara. Por esta razón si rehúsa mantenerse en esa tesitura, o protesta contra algo de lo decretado, procede de modo contrario al pacto, y por tanto, injustamente. Y tanto si es o no de la congregación, y si consiente o no en ser consultado, debe o bien someterse a los decretos, o ser dejado en la condición de guerra en que antes se encontraba, en caso en el cual cualquiera puede eliminarlo sin injusticia.

En cuarto lugar, como cada súbdito es, en virtud de esa institución, autor de todos los actos y juicios del soberano instituido, resulta que cualquiera cosa que el soberano haga no puede constituir injuria para ninguno de sus súbditos, ni debe ser acusado de injusticia por ninguno de ellos. En efecto, quien hace una cosa por autorización de otro, no comete injuria alguna contra aquel por cuya autorización actúa. Pero en virtud de la institución de un Estado, cada particular es autor de todo cuanto hace el soberano, y, por consiguiente, quien se queja de injuria por parte del soberano, protesta contra algo de que él mismo es autor, y de lo que en definitiva no debe acusar a nadie sino a sí mismo; ni a sí mismo tampoco, porque hacerse injuria a uno mismo es imposible. Es cierto que quienes tienen poder soberano pueden cometer iniquidad, pero no injusticia o injuria, en la auténtica acepción de estas palabras.

En quinto lugar, y como consecuencia de lo que acabamos de afirmar, ningún hombre que tenga poder soberano puede ser muerto o castigado de otro modo por sus súbditos. En efecto, considerando que cada súbdito es autor de los actos de su soberano, aquél castiga a otro por las acciones cometidas por él mismo.

Como el fin de esta institución es la paz y la defensa de todos, y como quien tiene derecho al fin lo tiene también a los medios, corresponde de derecho a cualquier hombre o asamblea que tiene la soberanía, ser juez, a un mismo tiempo, de los medios de paz y de defensa, y juzgar también acerca de los obstáculos e impedimentos que se oponen a los mismos, así como hacer cualquiera cosa que considere necesario, ya sea por anticipado, para conservar la paz y la seguridad, evitando la discordia en el propio país y la hostilidad del extranjero, ya, cuando la paz y la seguridad se han perdido, para la recuperación de la misma. En consecuencia,

En sexto lugar, es inherente a la soberanía el ser juez acerca de qué opiniones y doctrinas son adversas y cuáles conducen a la paz; y por consiguiente, en qué ocasiones, hasta qué punto y respecto de qué puede confiarse en los hombres, cuando hablan a las multitudes, y quién debe examinar las doctrinas de todos los libros antes de ser publicados. Porque los actos de los hombres proceden de sus opiniones, y en el buen gobierno de las opiniones consiste el buen gobierno de los actos humanos respecto a su paz y concordia. Y aunque en materia de doctrina nada debe tenerse en cuenta sino la verdad, nada se opone a la regulación de la misma por vía de paz. Porque la doctrina que está en contradicción con la paz, no puede ser verdadera, como la paz y la concordia no puede ir contra la ley de la naturaleza. Es cierto que en un Estado, donde por la negligencia o la torpeza de los gobernantes y maestros circulan, con carácter general, falsas doctrinas, las verdades contrarias pueden ser generalmente ofensivas. Ni la más repentina y brusca introducción de una nueva verdad que pueda imaginarse, puede nunca quebrantar la paz sino sólo en ocasiones suscitar la guerra. En efecto, quienes se hallan gobernados de modo tan remiso, que se atreven a alzarse en armas para defender o introducir una opinión, se hallan aún en guerra, y su condición no es de paz, sino solamente de cesación de hostilidades por temor mutuo; y viven como si se hallaran continuamente en los preludios de la batalla. Corresponde, por consiguiente, a quien tiene poder soberano, ser juez o instituir todos los jueces de opiniones y doctrinas como una cosa necesaria para la paz, al objeto de prevenir la discordia y la guerra civil.

En séptimo lugar, es inherente a la soberanía el pleno poder de prescribir las normas en virtud de las cuales cada hombre puede saber qué bienes puede disfrutar y qué acciones puede llevar a cabo sin ser molestado por cualquiera de sus conciudadanos. Esto es lo que los hombres llaman *propiedad*. En efecto, antes de instituirse el poder soberano (como ya hemos expresado anteriormente) todos los hombres tienen derecho a todas las cosas, lo cual es necesariamente causa de guerra; y, por consiguiente, siendo esta propiedad necesaria para la paz y dependiente del poder soberano es el acto de este poder para asegurar la paz pública. Esas normas de propiedad (o *deum* y *tuum*) y de los *bueno* y lo *malo*, de lo *legítimo* e *ilegítimo* en las acciones de los súbditos, son leyes civiles, es decir, leyes de cada Estado particular, aunque el nombre de ley civil esté, ahora, restringido a las antiguas leyes civiles de la ciudad de Roma; ya que siendo ésta la cabeza de una gran parte del mundo, sus leyes en aquella época fueron, en dichas comarcas, la ley civil.

En octavo lugar, es inherente a la soberanía el derecho de judicatura, es decir, de oír y decidir todas las controversias que puedan surgir respecto a la ley, bien sea civil o natural, con respecto a los hechos. En efecto, sin decisión de las controversias no existe protección para un súbdito contra las injurias de otro; las leyes concernientes a lo *deum* y *tuum* son en vano; y a cada hombre compete, por el apetito natural y necesario de su propia conservación, el derecho de protegerse a sí mismo con su fuerza particular, que es condición de la guerra, contraria al fin para el cual se ha instituido todo Estado.

En noveno lugar, es inherente a la soberanía el derecho de hacer guerra y paz con otras naciones y Estados; es decir, de juzgar cuándo es para el bien público, y qué cantidad de fuerzas deben ser reunidas, armadas y pagadas para ese fin, y cuánto dinero se ha de recaudar de los súbditos para sufragar los gastos consiguientes. Porque el poder mediante el cual tiene que ser defendido el pueblo, consiste en sus ejércitos, y la potencialidad de un ejército radica en la unión de sus fuerzas bajo un mando, mando que a su vez compete al soberano instituido, porque el mando de las *militia* sin otra institución, hace soberano a quien lo detenta. Y, por consiguiente, aunque alguien sea designado general de un ejército, quien tiene el poder soberano es siempre generalísimo.

En décimo lugar, es inherente a la soberanía la elección de todos los consejeros, ministros, magistrados y funcionarios, tanto en la paz como en la guerra. Si, en efecto, el soberano está encargado de realizar el fin que es la paz y defensa común, se comprende que ha de tener poder para usar tales medios, en la forma que él considere son más adecuados para su propósito.

En undécimo lugar se asigna al soberano el poder de recompensar con riquezas u honores, y de castigar con penas corporales o pecuniarias, o con la ignominia, a cualquier súbdito, de acuerdo con la ley que él previamente estableció; o si no existe ley, de acuerdo con lo que el soberano considera más conducente para estimular los hombres a que sirvan al Estado, o para apartarlos de cualquier acto contrario al mismo.

Por último, considerando qué valores acostumbran los hombres a asignarse a sí mismos, qué respecto exigen de los demás, y cuán poco estiman a otros hombres (lo que entre ellos es constante motivo de emulación, querellas, disensiones y, en definitiva, de guerras, hasta destruirse unos a otros o mermar su fuerza frente a un enemigo común) es necesario que existan leyes de honor y un módulo oficial para la capacidad de los hombres que han servido o son aptos para servir bien al Estado, y que exista fuerza en manos de alguien para poner en ejecución esas leyes. Pero siempre se ha evidenciado que no solamente la *militia* entera, o fuerzas del Estado, sino también el fallo de todas las controversias es inherente a la soberanía. Corresponde, por tanto, al soberano dar títulos de honor, y señalar qué preeminencia y dignidad debe corresponder a cada hombre, y qué signos de respeto, en las reuniones públicas o privadas, debe otorgarse cada un a otro.

Estos son los derechos que constituyen la esencia de la soberanía, y son los signos por los cuales un hombre puede discernir en qué hombres o asamblea de hombres está situado y reside el poder soberano. Son estos derechos, ciertamente, incomunicables e inseparables. El poder de acuñar moneda; de disponer del patrimonio y de las personas de los infantes herederos; de tener opción de compra en los mercados, y todas las demás prerrogativas estatutarias, pueden ser transferidas por el soberano, y quedar, no obstante, retenido el poder de proteger a sus súbditos. Pero si el soberano transfiere la *militia*, será en vano que retenga la capacidad de juzgar, porque no podrá ejecutar sus leyes; o si se desprende del poder de acuñar moneda, la *militia* es inútil; o si cede el gobierno de las doctrinas, los hombres se rebelarán contra el temor de los espíritus. Así, si consideramos cualquiera de los mencionados derechos, veremos al presente que la conservación del resto no producirá efecto en la conservación de la paz y de la justicia, bien para el cual se instituyen todos los Estados. A esta división se alude cuando se dice que *un reino intrínsecamente dividido no puede subsistir*.

Siendo derechos esenciales e inseparables, necesariamente se sigue que cualquiera que sea la forma en que alguno de ellos haya sido cedido, si el mismo poder soberano no los ha otorgado en términos directos, y el nombre del soberano no ha sido manifestado por los cedentes al cesionario, la cesión es nula: porque aunque el soberano haya cedido todo lo posible si mantiene la soberanía, todo queda restaurado e inseparablemente unido a ella.

Siendo indivisible esta gran autoridad y yendo inseparablemente aneja a la soberanía, existe poca razón para la opinión de quienes dicen que aunque los reyes soberanos sean *singulis majores*, o sea de mayor poder que cualquiera de sus súbditos, son *universis minores*, es decir, de menor poder que todos ellos juntos. Porque si con *todos juntos* no significan el cuerpo colectivo como una persona, entonces *todos juntos* y *cada uno* significan lo mismo, y la expresión es absurda. Pero si por *todos juntos* comprenden una persona (asumida por el soberano), entonces el poder de todos juntos coincide con el poder del soberano, y nuevamente la expresión es absurda. Este absurdo lo ven con claridad suficiente cuando la soberanía corresponde a una asamblea del pueblo; pero en un monarca no lo ven, y, sin embargo, el poder de la soberanía es el mismo, en cualquier lugar en que esté colocado.

Como el poder, también el honor del soberano debe ser mayor que el de cualquiera o el de todos sus súbditos: porque en la soberanía está la fuente de todo honor. Las dignidades de lord, conde y príncipe son creaciones suyas. Y como en presencia del dueño todos los sirvientes son iguales y sin honor alguno, así son también los súbditos en presencia del soberano. Y aunque cuando no están en su presencia, parecen unos más y otros menos, delante de él no son sino como las estrellas en presencia del sol.

Puede objetarse aquí que la condición de los súbditos es muy miserable, puesto que están sujetos a los caprichos y otras irregulares pasiones de aquel o aquellos cuyas manos tienen tan ilimitado poder. Por lo común quienes viven sometidos a un monarca piensan que es, éste, un defecto de la monarquía, y los que viven bajo un gobierno democrático o de otra asamblea soberana, atribuyen todos los inconvenientes a esa forma de gobierno. En realidad, el poder, en todas sus formas, si es bastante perfecto para protegerlos, es el mismo. Considérese que la condición del hombre nunca puede verse libre de una u otra incomodidad, y que lo más grande que en cualquiera forma de gobierno puede suceder, posiblemente, al pueblo en general, apenas es sensible si se compara con las miserias y horribles calamidades que acompañan a una guerra civil, o a esa disoluta condición de los hombres desenfrenados, sin sujeción a leyes y a un poder coercitivo que trabe sus manos, apartándoles de la rapiña y de la venganza. Considérese que la mayor construcción de los gobernantes soberanos no procede del deleite o del derecho que pueden esperar del daño o de la debilitación de sus súbditos, en cuyo vigor consiste su propia gloria y fortaleza sino en su obstinación misma, que contribuyendo involuntariamente a la propia defensa hace necesario para los gobernantes obtener de sus súbditos cuanto les es posible en tiempo de paz, para que puedan tener medios, en cualquier ocasión emergente o en necesidades repentinas, para resistir o adquirir ventaja con respecto a sus enemigos. Todos los hombres están por naturaleza provistos de notables lentes de aumento (a saber, sus pasiones y su egoísmo) vista a través de los cuales cualquiera pequeña contribución aparece como un gran agravio; están, en cambio, desprovistos de aquellos otros lentes prospectivos (a saber, la moral y la ciencia civil) para ver las miserias que penden sobre ellos y que no pueden ser evitadas sin tales aportaciones.

CAPÍTULO XIX
De las Diversas Especies de Gobierno por Institución, y de la Sucesión en el Poder Soberano

La diferencia de gobiernos consiste en la diferencia del soberano o de la persona representativa de todos y cada uno en la multitud. Ahora bien, como la soberanía reside en un hombre o en la asamblea de más de uno, y como en esta asamblea puede ocurrir que todos tengan derecho a formar parte de ella, o no todo sino algunos hombres distinguidos de los demás, es manifiesto que pueden existir tres clases de gobierno. Porque el representante debe ser por necesidad o una persona o varias: en este último caso o es la asamblea de todos o la de solo una parte. Cuando el representante es un hombre, entonces el gobierno es una MONARQUÍA; cuando lo es una asamblea de todos cuantos quieren concurrir a ella, tenemos una DEMOCRACIA o gobierno popular; cuando la asamblea es de una parte solamente, entonces se denomina ARISTOCRACIA. No puede existir otro género de gobierno, porque necesariamente uno, o más o todos deben tener el poder soberano (que como he mostrado ya, es indivisible).

Existen otras denominaciones de gobierno, en las historias y libros de política: tales son, por ejemplo, la *tiranía* y la *oligarquía*. Pero estos no son nombres de otras formas de gobierno, sino de las mismas formas mal interpretadas. En efecto, quienes están descontentos bajo la *monarquía* la denominan *tiranía*; a quienes les desagrada la *aristocracia* la llaman *oligarquía*; igualmente, quienes se encuentran agraviados bajo una *democracia* la llaman *anarquía*, que significa falta de gobierno. Pero yo me imagino que nadie cree que la falta de gobierno sea una nueva especie de gobierno; ni, por la misma razón, puede creerse que el gobierno sea de una clase cuando agrada, y de otra cuando los súbditos están disconformes con él o son oprimidos por los gobernantes.

La diferencia entre estos tres géneros de gobierno no consiste en la diferencia de poder, sino en la diferencia de conveniencia o aptitud para producir la paz y seguridad del pueblo, fin para el cual fueron instituidos...Aunque las formas de soberanía no sean, como he indicado, más que tres, a saber: monarquía, donde la ejerce una persona; democracia, donde reside en la asamblea general de los súbditos, o aristocracia, en que es detentada por una asamblea nombrada por personas determinadas, o distinguidas de otro modo de los demás, quien haya de considerar los Estados que en particular han existido y existen en el mundo, acaso no pueda reducirlas cómodamente a tres, y propenda a pensar que hay otras formas resultantes de la mezcla de aquéllas. Por ejemplo, monarquías electivas, en las que los reyes tienen entre sus manos el poder soberano durante algún tiempo; o reinos en los que el rey tiene un poder limitado, no obstante lo cual la mayoría de los escritores llaman monarquías a esos gobiernos. Análogamente, si un gobierno popular o aristocrático sojuzga un país enemigo, y lo gobierna con un presidente procurador u otro magistrado, puede parecer, acaso, a primera vista, que sea un gobierno democrático o aristocrático; pero no es así. Porque los reyes electivos no son soberanos, sino ministros del soberano; ni los reyes con poder limitado son soberanos, sino ministros de quienes tienen el soberano poder. Ni las providencias que están sujetas a una democracia o aristocracia de otro Estado, democrática o aristocráticamente gobernado, están regidas monárquicamente.

CAPÍTULO XXIX
De las Causas que Debilitan o Tienden a la DESINTEGRACIÓN de un Estado.

Aunque nada de lo que los hombres hacen puede ser inmortal, si tienen el uso de razón de que presumen, sus Estados pueden ser asegurados, en definitiva, contra el peligro de perecer por enfermedades internas. En efecto, por la naturaleza de su institución están destinados a vivir tanto como el género humano, o como las leyes de naturaleza, o como la misma justicia que les da vida. Por consiguiente, cuando llegan a desintegrarse no por la violencia externa, sino por el desorden intestino, la falta no está en los hombres, sino en la *materia*; pero ellos son quienes la *modelan* y ordenan. Cuando los hombres se molestan con sus mutuas irregularidades, desean de todo corazón acoplarse entre sí dentro de un firme y sólido edificio, tanto por necesidad del arte de hacer leyes útiles para regular, según ellas, sus acciones, como por su humildad y paciencia para sufrir que sean eliminados los rudos y ásperos puntos de su presente grandeza; ahora bien, sin la ayuda de un arquitecto muy hábil, no lograrán verse reunidos sino en una edificación defectuosa, que pesando considerablemente sobre su propia época, vendrá a caer sin remedio sobre las cabezas de su posteridad.

Entre las *enfermedades* de un Estado quiero considerar, en primer término, las que derivan de una institución imperfecta, y semejan a las enfermedades de un cuerpo natural, que proceden de una procreación defectuosa.

Una de ellas es que *un hombre, para obtener un reino, se conforma a veces con menos poder del necesario para la paz y defensa del Estado.* Suele ocurrir, entonces, que cuando el ejercicio del poder otorgado tiene que recuperarse para la salvación pública, sugiere la impresión de un acto injusto, lo cual (cuando la ocasión se presenta) dispone a muchos hombres a la rebeldía. Del mismo modo que los cuerpos de los niños engendrados por padres enfermos, se hallan sujetos bien sea a una muerte prematura, o a purgar su mala calidad derivada de una concepción viciosa, que se manifiesta en cálculos y pústulas, cuando los reyes se niegan a sí mismos una parte necesaria de su poder, no es siempre (aunque sí a veces) por ignorancia de lo que es necesario para el cargo que asumen, sino en muchas ocasiones por esperanza de recobrarlo otra vez, a su antojo. Sin embargo, no razonan bien, porque quienes antes mantenían su poder pueden se protegidos contra él por los Estados extranjeros, y teniendo en cuenta el bien de sus propios súbditos, pocas ocasiones se les escapan de *debilitar* la situación de sus vecinos.

En segundo lugar observo las *enfermedades* de un Estado, procedentes del veneno de las doctrinas sediciosas, una de las cuales afirma *que cada hombre en particular es juez de las buenas y de las malas acciones.* Esto es cierto en la condición de mera naturaleza, en que no existen leyes civiles, así como bajo un gobierno civil en los casos que no están determinados por la ley. Por lo demás es manifiesto que la medida de las buenas y de las malas acciones es la ley civil, y el juez es el legislador que siempre representa al Estado. Por esta falsa doctrina los hombres propenden a discutir entre sí y a disputar acerca de las órdenes del Estado, procediendo, después, a obedecerlo o a desobedecerlo, según consideran más oportuno a su razón privada. Con ello el Estado se distrae y *debilita*.

Otra doctrina repugnante a la sociedad civil es que *cualquiera cosa que un hombre hace contra su conciencia es un pecado*, doctrina que depende de la presunción de hacerse a sí mismo juez de lo bueno y de lo malo. En efecto, la conciencia de un hombre y su capacidad de juzgar son la misma cosa; y como el juicio, también la conciencia puede equivocarse. Por consiguiente, si quien no está sujeto a ninguna ley civil peca en todo cuanto hace contra su conciencia, porque no tiene otra regla que seguir, sino su propia razón, no ocurre lo mismo con quien vive en un Estado, puesto que la ley es la conciencia pública mediante la cual se ha propuesto ser guiado. De lo contrario y dada la diversidad que existe de pareceres privados, que se traduce en otras tantas opiniones particulares, forzosamente se producirá confusión en el Estado, y nadie se preocupará de obedecer al poder soberano, más allá de lo que parezca conveniente a sus propios ojos.

También se ha enseñado comúnmente *que la fe y la santidad no se alcanzan por el estudio y la razón, sino por inspiración o infusión sobrenatural*. Concedido esto, yo no comprendo por qué un hombre debe dar razón de su fe, o por qué cada cristiano no debe ser también un profeta, o por qué un hombre debe guiarse por la ley de su país más bien que por su propia inspiración como norma de sus acciones. Y así, nuevamente caemos en la falta de tomar sobre nosotros la tarea de juzgar sobre el bien y el mal; o de instituir como jueces de ello hombres particulares que pretenden estar sobrenaturalmente inspirados para la disolución de todo el gobierno civil. La fe viene de escuchar; y el escuchar, de aquellos accidentes que nos guían a la presencia de quien nos habla; tales accidentes son todos arbitrados por al Omnipotencia divina; sin embargo, no son sobrenaturales, sino solamente inobservables par ala gran mayoría de quienes concurren a cada efecto. Ciertamente la fe y la santidad no son muy frecuentes, pero no son milagros, sino cualidades que sobrevienen por la educación, disciplina, corrección y otras vías naturales por las cuales actúa Dios sobre su elegido, en el tiempo que considera adecuado. Estas tres opiniones, perniciosas a la paz y al gobierno, han procedido, en esta comarca del mundo, principalmente de las lenguas y plumas de divinos indoctos, que reuniendo las palabras de la Sagrada Escritura de modo diferente a lo que resulta aceptable para la razón, pretenden hacer pensar a los hombres que la santidad y la razón natural no pueden coexistir.

Una carta opinión repugnante a la naturaleza de un Estado es que *quien tiene el poder soberano esté sujeto a las leyes civiles*. Es cierto que los soberanos están sujetos, todos ellos, a las leyes de naturaleza, porque tales leyes son divinas y no pueden ser abrogadas por ningún hombre o Estado. Pero el soberano no está sujeto a leyes formuladas por él mismo, es decir, por el Estado, porque estar sujeto a las leyes es estar sujeto al Estado, es decir, al representante soberano, que es él mismo; lo cual no es sujeción, sino libertad de las leyes. Este error que coloca las leyes por encima del soberano, sitúa también sobre él un juez, y un poder para castigarlo; ello equivale a hacer un nuevo soberano, y por la misma razón un tercero, para castigar al segundo, y así sucesivamente, sin tregua, hasta la confusión y disolución del Estado.

Una quinta doctrina que tiende a la disolución del Estado afirma *que cada hombre particular tiene una propiedad absoluta en sus bienes, y de tal índole que excluye el derecho del soberano*. Cada persona tiene, en efecto, una propiedad que excluye el derecho de cualquier otro súbdito, y la tiene solamente por el poder soberano sin cuya protección cualquier otro hombre tendría igual derecho a la misma. Pero si el derecho del soberano queda, así, excluido, no puede realizar la misión que le fue encomendada, a saber: la de defenderlos contra los enemigos exteriores y contra las injurias mutuas; en consecuencia, el Estado cesa de existir.

Y si la propiedad de los súbditos no excluye el derecho del representante soberano a sus bienes, mucho menos a sus cargos de judicatura o ejecución, en los que representan al soberano mismo.

Existe una sexta doctrina directa y llanamente contraria a la esencia de un Estado: según ella *el soberano poder puede ser dividido*. Ahora bien, dividir el poder de un Estado no es otra cosa que disolverlo, porque los poderes divididos se destruyen mutuamente uno a otro. En virtud de estas doctrinas los hombres sostienen principalmente a algunos que haciendo profesión de las leyes tratan de hacerlas depender de su propia enseñanza, y no del poder legislativo.

En cuanto a la rebelión, en particular contra la monarquía, una de las causas más frecuentes de ello es la lectura de los libros de política y de historia, de los antiguos griegos y romanos. De esas lecturas, los jóvenes y todos aquellos que no están provistos con el antídoto de una sólida razón, reciben una impresión fuerte y deliciosa de los grandes hechos de armas realizados por los conductores de ejércitos, formándose, además, una idea grata de todo lo que ellos han hecho, e imaginado que su gran prosperidad no ha procedido de la emulación de hombres particulares, sino de la virtud de su forma popular de gobierno; entre tanto, no consideran las frecuentes sediciones y guerras civiles producidas por la imperfección de su política. A base, como digo, de la lectura de tales libros, los hombres se han lanzado a matar a sus reyes, porque los escritores griegos y latinos, en sus libros y discursos de política, consideraban legítimo y laudable para cualquier hombre hacer eso, sólo que a quien tal hacía lo llamaban *tirano*. Ni decían regicidio, es decir, asesinato de un rey, sino *tiranicidio*, asegurando que el asesinato de un tirano es legítimo. A base de los mismos libros, quienes viven bajo un monarca abrigan la opinión de que los súbditos en un Estado popular gozan de libertad, mientras que en una monarquía son esclavos todos ellos. Digo que quienes viven en régimen monárquico abrigan tal opinión, y no los que viven en un gobierno popular, porque no encuentran tal materia. En suma, no puedo imaginar cómo una cosa puede ser más perjudicial a una monarquía que el permitir que tales libros sean públicamente leídos sin someterlos a un expurgo realizado por maestros discretos, aptos para eliminar el veneno que esos libros contienen. Yo no dudo en comparar este veneno con la mordedura de un perro rabioso, que es una enfermedad que los médicos llaman *hidrofobia* u *horror al agua*. En efecto, quien resulta mordido así, tiene el continuo tormento de la sed, y aun aborrece el agua; se halla en un estado tal como si el veneno tendiera a convertirlo en un perro. Así, en cuanto una monarquía ha sido mordida en lo vivo por esos escritores democráticos que continuamente ladran contra tal régimen, no hace falta otra cosa sino un monarca fuerte, a quien, sin embargo, aborrecen cuando lo tienen, por una cierta *tiranofobia* o terror de ser fuertemente gobernados.

Del mismo modo que han existido doctores que sostienen la existencia de tres espíritus en el hombre, así también piensan algunos que existen, en el Estado, espíritus diversos (es decir, diversos soberanos) y no uno solo, y establecen una *supremacía* contra la *soberanía; cánones* contra *leyes,* y *autoridad eclesiástica* contra autoridad *civil*, perturbando las mentes humanas con palabras y distinciones que por sí mismas nada significan, pero que con su oscuridad revelan que en la oscuridad pulula, como algo invisible, otro reino nuevo, algo así como un reino fantástico. Teniendo en cuenta que, evidentemente, el poder civil y el poder del Estado son la misma cosa, y que la supremacía y el poder de hacer cánones y de otorgar grados incumbe al Estado, se sigue que donde uno es soberano, otro es supremo; donde uno puede hacer leyes, otro hace cánones, siendo preciso que existan dos Estados para los mismos súbditos, con lo cual un reino resulta dividido en sí mismo y no puede subsistir. Por otra parte, a pesar de la distinción insignificante de *temporal* y *espiritual*, siguen existiendo dos reinos, y cada súbdito está sujeto a dos señores. El *poder eclesiástico* que aspira al derecho de declarar lo que es pecado, aspira, como consecuencia, a declarar lo que es ley (el pecado no es otra cosa que la trasgresión de la ley); a su vez, el *poder civil* propugna por declarar lo que es ley, y cada súbdito debe obedecer a dos dueños, que quieren ver observados sus mandatos como si fueran leyes, lo cual es imposible. O bien, si existe un reino, el civil, que es el poder del Estado, debe subordinarse al espiritual, y entonces no existe otra soberanía sino la espiritual; o el poder espiritual debe estar subordinado al temporal, y entones no existe supremacía sino en lo temporal. Por consiguiente, si estos dos poderes se oponen uno a otro, forzosamente el Estado se hallará en gran peligro de guerra civil y desintegración. En efecto, siendo el poder civil más visible, y estando sometido a la luz, más clara, de la razón natural, no puede escoger otra salida sino atraerse, en todo momento, una parte muy considerable del pueblo. Aunque la autoridad *espiritual* se halla envuelta en la oscuridad de las distinciones escolásticas y de las palabras enérgicas, como el temor del infierno y de los fantasmas es mayor que otros temores, no deja de procurar un estímulo suficiente a la perturbación y, a veces, a la destrucción del Estado. Es ésta una enfermedad que con razón puede compararse con la epilepsia (que los judíos consideraban como una especie de posesión por los espíritus) en el cuerpo natural. En efecto, en esta enfermedad existe un espíritu antinatural, un viento en la cabeza que obstruye las raíces de los nervios, y, agitándolos violentamente, elimina la moción que naturalmente tendrían por el poder del espíritu en el cerebro, y como consecuencia causa mociones violentas e irregulares (lo que los hombres llaman convulsiones) en los distintos miembros, hasta el punto de que quien se ve acometido por esa afección, cae a veces en el agua, y a veces en el fuego, como privado de sus sentidos; así también, en el cuerpo político, cuando el poder espiritual agita los miembros de un Estado con el terror de los castigos y la esperanza de recompensas (que son los nervios del cuerpo político en cuestión), de otro modo que como deberían ser movidos por el poder civil (que es el alma del Estado), y por medio de extrañas y ásperas palabras sofoca su entendimiento, necesariamente trastorna al pueblo, y o bien ahoga el Estado en la opresión, o lo lanza al incendio de una guerra civil.

A veces, también, en el gobierno meramente civil existe más de un alma, por ejemplo, cuando el poder recaudar dinero (que corresponde a la facultad nutritiva) depende de una asamblea general, quedando el poder de un hombre, y el poder de hacer leyes (que es la facultad racional) en el consentimiento accidental, no sólo de esos dos elementos, sino, acaso, de un tercero. Esto pone en peligro al Estado, a veces por la falta de respeto a las buenas leyes, pero en la mayoría de los casos por falta de aquella nutrición que es necesaria a la vida y al movimiento. En efecto, aunque pocos perciban que ese gobierno no es gobierno, sino división del Estado en tres facciones, y le denominen monarquía mixta, la verdad es que no se trata de un Estado independiente, sino de tres facciones independientes; ni de una persona representativa, sino de tres. En el reino de Dios puede haber tres personas independientes sin quebrantamiento de la unidad en el Dios que reina; pero donde reinan los hombres, esto se halla sujeto a diversidad de opiniones, y no puede subsistir así. Por consiguiente, si el rey representa la persona del pueblo, y la asamblea general también la representa, y otra asamblea representa la persona de una parte del pueblo, no existe en realidad una persona ni un soberano, sino tres personas y tres soberanos distintos.

Ignoro a qué enfermedad natural del cuerpo humano puedo comparar exactamente esta irregularidad de un Estado. Pero recuerdo haber visto un hombre que tenía otro hombre creciendo al lado suyo, con cabeza, brazos, torso y estómago propios: si hubiera tenido otro hombre pegado al lado opuesto, la comparación hubiera podido resultar exacta.[17]

---

[17] Thomas Hobbes. Leviatán Fondo de Cultura Económica. México 2006. Pgs.86-102

John Locke

(1632-1704)

*...todos cuantos consienten en formar un cuerpo político bajo
un gobierno,
aceptan ante todos los miembros de esa sociedad la obligación
de someterse
a la resolución de la mayoría, y dejarse guiar por ella.*

Ensayo sobre el gobierno civil

**En oposición a Hobbes, Locke no considera la división de pode-
res una enfermedad del Estado. Sin precisar aun los alcances de
esta división, señala como poder supremo el de hacer las leyes.
Su idea del pacto o contrato social posee fuertes características individualistas, que lo distinguen de la propuesta que más
tarde hará Rousseau.**

Hacia la division de poderes

Entiendo, por poder político el derecho de hacer leyes que estén sancionadas con la pena capital, y, en consecuencia, de las
sancionadas con penas menos graves, para la reglamentación y
protección de la propiedad; y el de emplear las fuerzas del Estado
para imponer la ejecución de tales leyes, y para defender a este
de todo atropello extranjero; y todo ello únicamente con miras al
bien público.

El hombre, nace con un título a la perfecta libertad y al disfrute
ilimitado de todos los derechos y privilegios de la ley natural.
Tiene, pues, por naturaleza, al igual que cualquier otro hombre o
de cualquier número de hombres que haya en el mundo, no sólo
el poder de defender su propiedad, es decir, su vida, su libertad y
sus bienes, contra los atropellos y acometidas de los demás; tiene
también el poder de juzgar y de castigar los quebrantamientos de
esa ley cometidos por otros, en el grado que en su convencimiento
merece la culpa cometida, pudiendo, incluso, castigarla con la
muerte cuando lo odiosos de los crímenes cometidos lo exija, en

opinión suya. Ahora bien: no pudiendo existir ni subsistir una sociedad política sin poseer en sí misma el poder necesario para la defensa de la propiedad, y para castigar los atropellos cometidos contra la misma por cualquiera de los miembros de dicha sociedad, resulta que sólo existe sociedad política allí, y allí exclusivamente, donde cada uno de los miembros ha hecho renuncia de ese poder natural, entregándolo en manos de la comunidad para todos aquellos casos que no le impiden acudir a esa sociedad en demanda de protección para la defensa de la ley que ella estableció. Vemos, pues, que al quedar excluido el juicio particular de cada uno de los miembros, la comunidad viene a convertirse en árbitro y que, interpretando las reglas generales y por intermedio de ciertos hombres autorizados por esa comunidad para ejecutarlas, resuelve todas las diferencias que puedan surgir entre los miembros de dicha sociedad en cualquier asunto de Derecho, y castiga las culpas que cualquier miembro haya cometido contra la sociedad, aplicándole los castigos que la ley tiene establecidos. Así resulta fácil discernir quiénes viven juntos dentro de una sociedad política y quiénes no. las personas que viven unidas formando un mismo cuerpo y que disponen de recurrir, con autoridad para decidir las disputas entre ellos y castigar a los culpables, viven en sociedad civil los unos con los otros. Aquellos que no cuentan con nadie a quien apelar, quiero decir, a quien apelar en este mundo, siguen viendo en el estado de Naturaleza, y, a falta de otro juez, son cada uno de ellos jueces y ejecutores por sí mismos, ya que, según lo he demostrado anteriormente, es ese el estado perfecto de Naturaleza.

De ese modo, el Estado viene a disponer de poder para fijar el castigo que habrá de aplicarse a las distintas transgresiones, según crea que lo merecen, cometidas por los miembros de esa sociedad. Este es el poder de hacer las leyes. Dispone también del poder de castigar cualquier daño hecho a uno de sus miembros por alguien que no lo es. Eso constituye el poder de la paz y de la guerra. Ambos poderes están encaminados a la defensa de la propiedad de todos los miembros de dicha sociedad hasta donde sea posible. Pero aunque cada hombre que entra a formar parte de la sociedad ha hecho renuncia de su poder natural para castigar los atropellos cometidos contra la ley de Naturaleza siguiendo su propio juicio personal, resulta que, al renunciar a favor del poder legislativo al propio juicio de los daños sufridos en todos aquellos casos en que puede apelar al magistrado, ha renunciado, por eso mismo, a favor del Estado al empleo de su propia fuerza en la ejecución de las sentencias dictadas por éste, y tiene que prestársela siempre que sea requerido para ello, puesto que se trata de juicios propios dictados por él mismo o por quien lo representa. Ahí nos encontramos con el origen del poder legislativo y del poder ejecutivo de la sociedad civil, que tiene que juzgar, de acuerdo con leyes establecidas, el grado de castigo que ha de aplicarse a los culpables cuando han cometido una falta dentro de ese Estado; y también es ese el origen del poder para las sentencias que en determinados momentos tenga que dictar, apoyándose en las circunstancias de hecho, sobre la vindicación de atropellos cometidos desde el exterior. En ambos casos, cuando ello sea necesario, puede emplear toda la fuerza de todos sus miembros.

En su consecuencia, siempre que cierto número de hombres se une en sociedad renunciando cada uno de ellos al poder de ejecutar la ley natural, cediéndolo a la comunidad, entonces y sólo entonces se constituye una sociedad política o civil. Ese hecho se produce siempre que cierto número de hombres que vivían en el estado de Naturaleza se asocian para formar un pueblo, un cuerpo político, sometido a un gobierno supremo, o cuando alguien se adhiere y se incorpora a cualquier gobierno ya constituido. Por ese hecho autoriza a la sociedad o lo que es lo mismo, a su poder legislativo para hacer las leyes en su nombre según convenga al bien público de la sociedad y para ejecutarlas siempre que se requiera su propia asistencia (como si se tratase de decisiones propias suyas). Eso es lo que saca a los hombres de un estado de Naturaleza y los coloca dentro de una sociedad civil, es decir, el hecho de establecer en este mundo un juez con autoridad para decidir todas las disputas y reparar todos los daños que pueda sufrir un miembro cualquiera de la misma. Ese juez es el poder legislativo, o lo son los magistrados que el mismo señale. Siempre que encontremos a cierto número de hombres asociados entre sí, pero sin disponer de ese poder decisivo a quien apelar, podemos decir que siguen viviendo en el estado de Naturaleza.

De esa manera, todos cuantos consienten en formar un cuerpo político bajo un gobierno, aceptan ante todos los miembros de esa sociedad la obligación de someterse a la resolución de la mayoría, y dejarse guiar por ella; de otro modo, nada significaría el pacto inicial por el que cada uno de los miembros se integra con los demás dentro de la sociedad, y no existiría tal pacto si cada miembro siguiese siendo libre y sin más lazos que los que tenía cuando se encontraba en el estado de Naturaleza. ¿Habría siquiera sombra de contrato o de nuevo compromiso si cada miembro no se sintiese obligado más que a lo que le pareciese bien a él, o a lo que aceptase por propia voluntad de los decretos de la sociedad a que pertenece? De hacerlo así gozaría de una libertad tan grande como la que tenía antes de aceptar el pacto, y como la de cualquier otro hombre en estado de Naturaleza que aceptase someterse y conseguir en los actos de la misma que a él le agradasen.

Si no existe razón para que el consentimiento de la mayoría sea considerado como decisión de la totalidad y obligatorio para todos, no habrá nada que pueda convertir a una resolución en acto del conjunto fuera del consentimiento unánime. Ahora bien: es casi siempre imposible conseguir ese consentimiento unánime, porque las enfermedades y los negocios profesionales alejan forzosamente de las asambleas públicas a cierto número de personas, aun tratándose de sociedades muy inferiores en número a las que integran un Estado. Además resulta poco menos que imposible conseguir la unanimidad, como consecuencia de la variedad de opiniones y de la pugna de intereses que se manifiesta fatalmente en cuanto se reúnen unos cuantos hombres. De modo, pues, que si el ingreso en una sociedad se hiciese en tales condiciones, sería como las visitas de Catón al teatro, que entraba solo para salir. Una constitución de esa clase reduciría al poderosos Leviatán a una duración más corta que la de la más débil de las criaturas, y ni siquiera le permitiría durar el espacio del día en que nació, cosa imposible de suponer, ya que resulta impensable que los seres racionales anhelen constituirse y formar sociedades únicamente para disolverlas. Allí donde la mayoría no puede obligar a los demás miembros, es imposible que la sociedad actúe como un solo cuerpo y, por consiguiente, volverá inmediatamente a disolverse.

Eso fue lo que ocurrió en el mundo, desde el principio hasta nuestros días. Hoy mismo, el haber nacido bajo una sociedad política y constituida de largo tiempo atrás con leyes establecidas y formas de gobierno determinadas no constituye para los hombres estorbo alguno para su libertad, ni más ni menos que si hubiesen nacido en las selvas entre los pueblos errantes que viven en ellas. Quienes quisieran convencernos de que por el hecho de haber nacido bajo un gobierno nos encontramos naturalmente convertidos en súbditos del mismo, y ya no tenemos título ni derecho alguno a la libertad del estado de Naturaleza, no tiene posibilidad de alegar otra razón (una vez rechazada la del poder paternal, que hemos refutado ya) sino la de que por haber salido ya nuestros padres o progenitores del estado de libertad natural, se comprometieron ellos y comprometieron a sus descendientes a un sometimiento perpetuo al poder que ellos aceptaron. Ciertamente que cada cual está obligado a cumplir los compromisos que ha contraído o las promesas que ha hecho, por ningún pacto puede obligar a sus hijos o a su posteridad. Cuando un hijo llega a la mayoría de edad viene a ser tan libre en todo como su padre, de modo que un acto del padre no puede disponer de la libertad del hijo, como no puede disponer de la de nadie. Puede, sí, vincular a la herencia de sus tierras determinadas condiciones. Como súbdito que es de una determinada comunidad, obligando con ello a su hijo a seguir en ella si quiere disfrutar de las propiedades que fueron de su padre, éste puede disponer de ellas y someterlas a las normas que bien le parezcan.

Esto ha sido lo que, por regla general, ha inducido al error que reina en esta materia. Los Estados no permiten que se desmiembre parte alguna de su extensión territorial ni que ésta sea disfrutada sino por los miembros de su misma comunidad; en esas condiciones, el hijo no puede corrientemente disfrutar de las posesiones de su padre si no es sometiéndose a las mismas condiciones que lo estaba éste, y para ello tiene que formar parte de la sociedad, colocándose así bajo el gobierno que se halla ya establecido y siendo uno más entre los súbditos del mismo. Como de ese modo resulta que los hombres libres nacidos bajo un determinado gobierno dan el consentimiento, único modo de hacerlos miembros del Estado, separadamente y a medida que cada cual llega a la mayoría de edad, y no lo dan conjuntamente como una multitud, nadie repara en ese consentimiento, nadie piensa en modo alguno que se otorga ni que sea necesario, y llegan a la conclusión de que son súbditos tan naturalmente como son hombres.

Al ser, según hemos demostrado, libre todo hombre, por naturaleza, no pudiendo imponérsele que se someta a ningún poder terrenal si no es por su propio consentimiento, habrá que estudiarse qué se entiende por declaración suficiente del consentimiento de un hombre para someterse a las leyes de un determinado gobierno. Existe una distinción corriente entre consentimiento expreso y consentimiento tácito, que podrá aplicarse a nuestro caso actual. Nadie pone en duda que el consentimiento expreso de un hombre para entrar en una sociedad lo convierte en miembro perfecto de la misma, en súbdito de aquel gobierno. La dificultad estriba en ponerse de acuerdo sobre lo que debe entenderse por consentimiento tácito y hasta qué punto liga este, es decir, hasta qué punto se considerará que una persona ha consentido, sometiéndose de ese modo a un gobierno determinado, en los casos en que no ha manifestado expresamente ese consentimiento. En cuanto a eso, digo que todas aquellas personas que tienen bienes o el disfrute de una parte cualquiera de los dominios territoriales de un gobierno, otorga con ello su consentimiento tácito y se obligan a obedecer desde es momento las leyes de tal gobierno mientras sigan disfrutando de esos bienes y posesiones, y eso en las mismas condiciones que todos los demás súbditos, lo mismo si estas tierras han de pertenecerle a él y a sus herederos para siempre como si solo ha de vivir en ellas una semana, o si se limita a viajar libremente por las carreteras. En efecto, ese consentimiento puede consistir simplemente en el hecho de vivir dentro del territorio de dicho gobierno.

Para comprender esto mejor será bueno que meditemos en que desde el momento en que un hombre se incorpora a un Estado cualquiera, entrando a formar parte del mismo de allí en adelante, anexiona y somete a la comunidad todos los bienes que ya posee y los que podrá adquirir, siempre que éstos no dependan ya de otro gobierno. Constituiría una contradicción palmaria que alguien entrase en sociedad con otros para la seguridad y la reglamentación de la propiedad, y que las tierras que posee, cuya propiedad habrá de regularse por las leyes de la sociedad, queden fuera de la jurisdicción del gobierno de la misma al que él y la propiedad de sus tierras se hallan sometidos. De modo, pues, que por el acto mismo por el que una persona que antes era libre se agrega a cualquier Estado, agrega también a éste sus bienes, que antes eran libres. Ambos, la persona y los bienes, quedan sujetos al gobierno y a la soberanía de aquel Estado mientras éste exista. De modo que quien de allí en adelante adquiera por herencia, compra, autorización o de otra manera cualquiera el disfrute de unas tierras que dependen del gobierno de dicho Estado, sólo puede tomar posesión de ellas conformándose a la condición a que se encuentran sometidas, es decir, a obedecer al gobierno del Estado bajo cuya jurisdicción se encuentran, y eso en las mismas condiciones que los demás súbditos.

Nada puede hacer a un hombre súbdito o miembro de un Estado sino su ingreso en el mismo por compromiso positivo, promesa expresa y pacto. Esa es mi manera de pensar en lo referente al comienzo de las sociedades políticas y al consentimiento que convierte a un hombre en miembro de un estado determinado.

Si el hombre es tan libre como hemos explicado en el estado de Naturaleza, si es señor absoluto de su propia persona y de sus bienes, igual al hombre más alto y libre de toda sujeción, ¿por qué razón va a renunciar a esa libertad, a ese poder supremo para someterse al gobierno y a la autoridad de otro poder? La respuesta evidente es que, a pesar de disponer de tales derechos en el estado de Naturaleza, es muy inseguro en ese estado el disfrute de los mismos, encontrándose expuesto constantemente a ser atropellado por otros hombres. Siendo todos tan reyes como él, cualquier hombre es su igual; como la mayor parte de los hombres no observan estrictamente los mandatos de la equidad y de la justicia, resulta muy inseguro y mal salvaguardado el disfrute de los bienes que cada cual posee en ese estado. Esa es la razón de que los hombres estén dispuestos a abandonar esa condición natural suya que, por muy libre que sea, está plagada de sobresaltos y de continuos peligros. Tienen razones le parecen para su propia salvaguardia y la de los demás, dentro de la ley natural. Por esta ley común a todos, él y todos los demás hombres forman una sola comunidad, constituyen una sola sociedad, y eso los distingue del resto de los criaturas. Si no fuese por corrupción y los vicios de ciertos hombres degenerados, no habría necesidad de ninguna otra ley, ni de que los hombres se apartasen de esa alta y natural comunidad, para asociarse en combinaciones de menor importancia. El otro poder que el hombre tiene en el estado de Naturaleza es el de castigar a los delitos cometidos contra ley. Pero el hombre renuncia a esos dos poderes cuando entra a formar parte de una sociedad política particular, si se me permite esta palabra, concreta, y se incorpora a un Estado independiente del resto de los hombres.

El primero de esos poderes, es decir, el de hacer lo que le parece bien para su propia salvaguardia y la de los demás hombres, los entrega a la reglamentación de las leyes que dicta la sociedad, en la medida que su propia salvaguardia y la de los demás miembros de la sociedad lo requiere. Esas leyes de la sociedad restringen en muchas cosas la libertad que le ha sido otorgada por la ley de la Naturaleza.

En segundo lugar, renuncia de una manera total al poder que tenía de castigar, y compromete su fuerza natural, esa fuerza de la que antes podía servirse por su propia autoridad para ejecutar la ley natural, según creía conveniente, a ponerla al servicio del poder ejecutivo de la sociedad, cuando sus leyes lo exijan. Eso porque ahora se encuentra en una nueva situación y en ella va a disfrutar de muchas ventajas derivadas del trabajo, de la ayuda y de la compañía de los demás miembros de la comunidad que, además, lo protege con todo su poder. Así, pues, tiene que renunciar, en la búsqueda de sus ventajas personales, a la parte de su libertad natural que exige el bien, la prosperidad y la seguridad de la sociedad. Esto no es solo indispensable, sino que es también justo, puesto que todos los demás miembros renuncian igualmente.

Sin embargo, aunque al entrar en sociedad renuncian los hombres a la igualdad, a la libertad y al poder ejecutivo de que disponían en el estado de Naturaleza y hacen entrega de los mismos a la sociedad para que el poder legislativo disponga de ellos según lo requiera el bien de esa sociedad, y habida cuenta de que el propósito de todos los que la componen es salvaguardarse mejor en sus personas, libertades y propiedades (ya que no puede suponerse que una criatura racional cambie deliberadamente de estado para ir a peor), no cabe aceptar que el poder de la sociedad política, o de los legisladores instituidos por ella, pretenda otra cosa que el bien común, hallándose obligados a salvaguardar las propiedades de todos mediante medidas contra los defectos arriba señalados, que convierten en inseguro e intranquilo el estado de Naturaleza. Por esa razón, quien tiene en sus manos el poder legislativo o supremo de un Estado se halla en la obligación de gobernar mediante leyes fijas y establecidas, promulgadas y conocidas por el pueblo; no debe hacerlo por decretos extemporáneos. Es preciso que establezca jueces rectos e imparciales encargados de resolver los litigios mediante aquellas leyes. Por último, empleará la fuerza de la comunidad dentro de la misma únicamente para hacerlas ejecutar, y en el exterior para evitar o para exigir reparación de los atropellos extranjeros, y también para asegurar a la comunidad contra las incursiones violentas y la invasión. Y todo esto debe ser encaminado al único objeto de conseguir la paz, la seguridad y el bien de la población.

Hemos visto ya que al reunirse por vez primera los hombres para formar una sociedad política, la totalidad del poder de la comunidad radica naturalmente en la mayoría de ellos. Por eso puede la mayoría emplear ese poder en dictar de tiempo en tiempo leyes para la comunidad y en ejecutar por medio de funcionarios nombrados por ella esas leyes. En esos casos la forma de gobierno es una democracia perfecta. Puede también colocar la facultad de hacer leyes en manos de unos pocos hombres selectos, y de sus herederos o sucesores; en ese caso es una oligarquía. Puede igualmente colocarlo en las manos de un solo hombre, y en ese caso es una monarquía. Si dicho poder está vinculado a él y a sus descendientes, la monarquía es hereditaria; si es solamente mientras viva, y a su muerte el poder de nombrarle sucesor vuelve a los miembros de la sociedad será una monarquía electiva. Y dentro de esas formas pueden situarse otras que tengan algo de ellas, según se crea conveniente. Si la mayoría otorga al principio el poder legislativo a una sola o a varias personas mientras vivan, o para un tiempo limitado, pasado el cual el poder supremo revertirá de nuevo a la mayoría, puede entonces la comunidad colocarlo nuevamente en quien bien le parezca, y de ese modo establecer una nueva forma de gobierno. Como la forma de gobierno depende de que se coloque el poder supremo, que es el legislativo, en unas u otras manos, la forma de gobierno del Estado dependerá de la manera como se otorgue el poder de hacer las leyes, porque es imposible concebir que un poder inferior de órdenes a otro superior.

Debe quedar bien claro que siempre que empleo la palabra Estado no me refiero precisamente a una democracia, ni a ninguna forma concreta de gobierno. Entiendo con esa palabra la comunidad independiente que los latinos llamaban *civitas*, que es a la que mejor corresponde nuestro vocablo inglés *commonwealth*. Esta es la que mejor expresa esa clase de sociedad de hombres; mejor que comunidad (porque dentro de un Estado puede haber comunidades subordinadas), y mucho mejor todavía que *city*. Para evitar, pues, ambigüedades pido permiso para emplear la palabra *commonwealth* en ese sentido que es el mismo en que ya el rey Jacobo la empleó y que es, a mi entender, el suyo. Si a alguien le desagrada y me sugiere otro más apropiado, estoy dispuesto a admitirlo.[18]

---

[18] John Locke. Ensayo Sobre el Gobierno Civil. Ediciones Gernika. México 2005. Pgs. 3,77, 85-89, 93

Montesquieu

(1689-1755)

Todo se habría perdido si el mismo hombre,
la misma corporación de próceres,
la misma asamblea del pueblo
ejerciera los tres poderes:
el de dictar las leyes;
el de ejecutar las resoluciones públicas
y el de juzgar los delitos o los pleitos entre particulares.

El Espíritu de las Leyes

La división de poderes, tal como la conocemos y se practica en las democracias actuales se atribuye, y con razón, a Montesquieu. Sin embargo, la propuesta de este autor tiene reminiscencias del gobierno mixto que proponía Cicerón. Quizás la principal diferencia estriba en que, Cicerón no logró convencer a sus conciudadanos de la bondad de esa idea, mientras que, poco después de que la expresara Montesquieu, se volvió realidad.

La division de poderes

LO QUE ES EL AMOR A LA REPÚBLICA EN LA DEMOCRACIA

El amor a la república, es una democracia, es el amor a la democracia; el amor a la democracia es el amor a la igualdad.

Amar la democracia es también amar la frugalidad. Teniendo todos el mismo bienestar y las mismas ventajas, deben gozar todos de los mismos placeres y abrigar las mismas esperanzas; lo que no se puede conseguir si la frugalidad no es general.

En una democracia, el amor a la igualdad limita la ambición al solo deseo de prestar a la patria más y mayores servicios que los demás ciudadanos. Todos no pueden hacerle iguales servicios, pero todos deben igualmente hacérselos, cada uno hasta donde pueda. Al nacer, ya se contrae con la patria una deuda inmensa que nunca se acaba de pagar.

Así las distinciones, en la democracia, se fundan y se originan en el principio de igualdad, aunque ésta parezca suprimida por mayores servicios o talentos superiores.

El amor a la frugalidad limita el deseo de poseer lo necesario para la familia, aunque se quiera lo superfluo para la patria. Las riquezas dan un poder del que un ciudadano no puede hacer uso para sí, pues ya no sería igual a los otros; como no puede gozar de las delicias que aquéllas proporcionan, pues habría desigualdad.

Por eso las buenas democracias, al establecer el principio de la sobriedad doméstica, abrieron la puerta a los dispendios públicos, tal como se hizo en Atenas y después en Roma. Allí la magnificencia y la profusión nacían de la sobriedad; así como la religión pide que las manos estén puras si han de hacer ofrendas a los dioses, las leyes querían costumbres sobrias para poder contribuir cada uno al esplendor de la patria.

El buen sentido de las personas consiste en la mediocridad de su talento, como su felicidad en la medianía de su fortuna. Estaría cuerdamente gobernada una república en la que las leyes formaran muchas gentes de buen sentido y pocos sabios; sería feliz si se compusiera de hombres contentos con su suerte.

DISTINTOS SIGNIFICADOS QUE TIENE LA PALABRA LIBERTAD

No hay palabra que tenga más acepciones y que de tantas maneras diferentes haya impresionado los espíritus, como la palabra *libertad*. Para unos significa la felicidad de deponer al mismo a quien ellos dieron un poder tiránico; para otros la facultad de elegir a quien han de obedecer; algunos llaman libertad al derecho de usar armas, que supone el de poder recurrir a la violencia; muchos entienden que es el privilegio de no ser gobernados más que por un hombre de su nación y por sus propias leyes. Pueblo existe que tuvo por libertad el uso de lenguas barbas. Hay quien une ese nombre a determinada forma de gobierno, con exclusión de las otras. Unos la cifran en el gobierno republicano, otros en la monarquía. Cada uno llama libertad al gobierno que se ajusta más a sus costumbres o sus inclinaciones; pero es lo más frecuente que la pongan los pueblos en la república y no la vean en las monarquías, porque en aquélla no tienen siempre delante de los ojos los instrumentos de sus males. En fin, como en las democracias tiene el pueblo más facilidad para hacer casi todo lo que quiere, ha puesto la libertad en los gobiernos democráticos y ha confundido el poder del pueblo con la libertad del pueblo.

EN QUÉ CONSISTE LA LIBERTAD

Es verdad que en las democracias el pueblo, aparentemente, hace lo que quiere; mas no consiste la libertad política en hacer lo que se quiere. En un Estado, es decir, en una sociedad que tiene leyes, la libertad no puede consistir en otra cosa que en poder hacer lo que se debe querer y en no ser obligado a hacer lo que no debe quererse.

Es necesario distinguir lo que es independencia de lo que es libertad. La libertad es el derecho de hacer lo que las leyes permitan, y si un ciudadano pudiera hacer lo que las leyes prohíben, no tendría más libertad, porque los demás tendrían el mismo poder.

La democracia y la aristocracia no son Estados libres por su naturaleza. La libertad política no reside fuera de los gobiernos moderados. Pero en los Estados moderados tampoco la encontramos siempre; sería indispensable para encontrarla e ellos que no se abusara del poder, y nos ha enseñado una experiencia eterna que todo hombre investido de autoridad abusa de ella. No hay poder que no incite al abuso, a la extralimitación. ¡Quién lo diría! ni la virtud puede ser ilimitada.

Para que no se abuse del poder, es necesario que le ponga límites la naturaleza misma de las cosas. Una Constitución puede ser tal, que nadie sea obligado a hacer lo que la ley no manda expresamente ni a no hacer lo que expresamente no prohíbe.

DEL OBJETO DE CADA ESTADO

Aunque todos los Estados tienen en general un mismo objeto, que es conservarse, cada uno tiene un particular su objeto propio. El de Roma era el engrandecimiento; el de Esparta la guerra; la religión era el objeto de las leyes judaicas; la tranquilidad pública el de las leyes de china; la navegación era el objeto de los rodios; la libertad natural era el único objeto de los pueblos salvajes; los pueblos despóticos tenían por único o principal objeto de satisfacción del príncipe; las monarquías su gloria y la del Estado; la independencia de cada individuo es el objeto de las leyes de Polonia, de lo que resulta una opresión general.

Pero hay también en el mundo una nación cuyo código constitucional tiene por objeto la libertad política. Vamos a examinar los principios fundamentales de su Constitución. Si son buenos, en ellos veremos la libertad como en un espejo.

Para descubrir la liberad política en la Constitución no hace falta buscarla. Si podemos verla donde está, si la hemos encontrado en los principios, ¿qué más queremos?

En cada Estado hay tres clases de poderes: el poder legislativo, el poder ejecutivo de las cosas relativas al derecho de gentes, y el poder ejecutivo de las cosas que dependen del derecho civil.

En virtud del primero, el príncipe o jefe del Estado hace leyes transitorias o definitivas, o deroga las existentes. Por el segundo, hace la paz o la guerra, envía y recibe embajadas, establece la seguridad pública y precave las invasiones. Por el tercero, castiga los delitos y juzga las diferencias entre particulares. Se llama a este último poder judicial, y al otro poder ejecutivo del Estado.

La libertad política de un ciudadano es la tranquilidad de espíritu que proviene de la confianza que tiene cada uno en su seguridad: para que esta libertad exista, es necesario un gobierno tal que ningún ciudadano pueda temer a otro.

Cuando el poder legislativo y el poder ejecutivo se reúnen en la misma persona o el mismo cuerpo, no hay libertad; falta la confianza, porque puede temerse que el monarca o el Senado hagan leyes tiránicas y las ejecuten ellos mismos tiránicamente.

No hay libertad si el poder de juzgar no está bien deslindado del legislativo y del poder ejecutivo. Si no está separado del poder legislativo, se podría disponer arbitrariamente de la libertad y la vida de los ciudadanos; como que el juez sería legislador. Si no está separado del poder ejecutivo, el juez podría tener la fuerza de un opresor.

Todo se habría perdido si el mismo hombre, la misma corporación de próceres, la misma asamblea del pueblo ejerciera los tres poderes: el de dictar las leyes; el de ejecutar las resoluciones públicas y el de juzgar los delitos o los pleitos entre particulares.

El poder judicial no debe dársele a un Senado permanente, sino ser ejercido por personas salidas de la masa popular, periódica y alternativamente designada de la manera que la ley disponga, las cuales formen un tribunal que dure poco tiempo, el que exija la necesidad.

De este modo se consigue que el poder de juzgar, tan terrible entre los hombres, no sea función exclusiva de una clase o de una profesión; al contrario, será un poder, por decirlo así, invisible y nulo. No se tienen jueces constantemente a la vista; podrá temerse a la magistratura, no a los magistrados.

Bueno sería que en las acusaciones de mucha gravedad, el mismo culpable, concurrentemente con la ley, nombrara jueces; o a lo menos que tuviera el derecho de recusar a tantos que los restantes parecieran su propia elección.

Los otros dos poderes, esto es, el legislativo y el ejecutivo, pueden darse a magistrados fijos o a cuerpos permanentes, porque no se ejercen particularmente contra persona alguna; el primero expresa la voluntad general del Estado, el segundo ejecuta la misma voluntad.

Pero si los tribunales no deben ser fijos, los juicios deben serlo; de tal suerte que no sean nunca otra cosa que un texto preciso de la ley. Si fueran nada más que una opinión particular del juez, se viviría en sociedad sin saberse exactamente cuáles son las obligaciones contraídas.

Es necesario también que los jueces sean de la condición del acusado, sus iguales, para que no pueda sospechar ninguno que ha caído en manos de personas inclinadas a maltratarle.

Si el poder legislativo le deja al ejecutivo la facultad de encarcelar a ciudadanos que pueden dar fianza de su conducta, ya no hay libertad; pero pueden ser encarcelados cuando son objeto de una acusación capital, porque en ese caso quedan sometidos a la ley y por consiguiente la libertad no padece.

Si el poder legislativo se creyera en peligro por alguna conjuración contra el Estado, o por alguna inteligencia secreta con los enemigos exteriores, también podría permitirle al poder ejecutivo, por un tiempo limitado y breve, que hiciera detener a los ciudadanos sospechosos, los que perderían la libertad temporalmente para recuperarla y conservarla después, no dejando por lo tanto de ser hombres libres.

Como en un Estado libre todo hombre debe estar gobernado por sí mismo, sería necesario que el pueblo en masa tuviera el poder legislativo: pero siendo esto imposible en los grandes Estados y teniendo muchos inconvenientes en los pequeños, es menester que el pueblo haga por sus representantes lo que no puede hacer por sí mismo.

Se conocen mucho mejor las necesidades de la ciudad en que se vive que las de otras ciudades, y se juzga mejor de la capacidad de los convecino que de la de los demás compatriotas. Importa pues que los individuos del cuerpo legislativo no se saquen en general del cuerpo de la nación; lo conveniente es que cada lugar tenga su representante, elegido por los habitantes del lugar.

La mayor ventaja de las representaciones electivas es que los representantes son capaces de discutir las cuestiones. El pueblo no es capaz; y este es, precisamente, uno de los mayores inconvenientes de la democracia.

Todos los ciudadanos de los diversos distritos deben tener derecho a la emisión de voto para elegir su diputado, excepto aquellos que por su bajeza estén considerados como seres sin voluntad propia.

El cuerpo representante no se elige tampoco para que tome ninguna resolución activa, cosa que no haría bien, sino para hacer leyes y para fiscalizar la fiel ejecución de las que existan; esto es lo que le incumbe, lo que hace muy bien; y no hay quien lo haga mejor.

Hay siempre en un Estado gentes distinguidas, sea por su cuna, por sus riquezas o por sus funciones; si se confundieran entre el pueblo y no tuvieran más que un voto como todos los demás, la libertad común sería esclavitud para ellas; esas gentes no tendrían ningún interés en defenderla, porque la mayor parte de las resoluciones les parecerían perjudiciales. Así la parte que tengan en la obra legislativa debe ser proporcionada a su representación en el Estado, a sus funciones, a su categoría; de este modo llegan a formar un cuerpo que tiene derecho a detener las empresas populares, como el pueblo tiene derecho a contener las suyas.

Esto quiere decir que el poder legislativo debe confiarse a un cuerpo de nobles, al mismo tiempo que a otro elegido para representar al pueblo. Ambos cuerpos celebrarán sus asambleas y tendrán sus debates separadamente, porque tienen miras diferentes y sus intereses son distintos.

De los tres poderes de que hemos hecho mención, el de juzgar es casi nulo. Quedan dos: el legislativo y el ejecutivo. Y como los dos tienen necesidad de un fuerte poder moderador, servirá para este efecto la parte del poder legislativo compuesta de aristócratas.

Este cuerpo de nobles debe ser hereditario. Lo es, primeramente, por su propia índole; y en segundo término, por ser indispensable que tenga un verdadero interés en conservar sus prerrogativas, odiosas por sí mismas y que, en un Estado libre, están siempre amenazadas.

Pero, como un poder hereditario puede ser inducido a cuidarse preferentemente de sus intereses particulares y a olvidar los del pueblo, es preciso que las cosas en que tenga un interés particular, como las leyes concernientes a tributación, no sean de su incumbencia; por eso los impuestos los fija y determina la cámara popular. Tiene parte la cámara hereditaria en la obra legislativa, por su facultad de impedir; pero no tiene la facultad de estatuir.

Llamo *facultad de estatuir* al derecho de legislar por sí mismo o de Corregir lo que haya ordenado otro. Llamo *facultad de impedir* al derecho de anular una resolución tomada por cualquiera otro: éste era el poder de los tributos de Roma. Aunque el que tiene el derecho de impedir puede tener también el derecho de aprobar, esta aprobación no es otra cosa que una declaración de que no usa de su facultad de impedir, la cual declaración se deriva de la misma facultad.

El supremo poder ejecutor debe estar en las manos de un monarca, por ser una función de gobierno que exige casi siempre una acción momentánea y está mejor desempeñada por uno que por varios; en cambio lo que depende del poder legislativo lo hacen mejor algunos que uno solo.

Si no hubiera monarca, y el poder supremo ejecutor se le confiara a cierto número de personas pertenecientes al cuerpo legislativo, la libertad desaparecería; porque estarían unidos los dos poderes, puesto que las mismas personas tendrían parte en los dos.

Si el cuerpo legislativo estuviera una larga temporada sin reunirse, tampoco habría libertad; porque, una de dos: o no habría ninguna resolución legislativa, cayendo el Estado en la anarquía, o las resoluciones de carácter legislativo serían tomadas por el poder ejecutor, resultando entonces el absolutismo.

Pero si el poder legislativo, en un Estado libre, no debe inmiscuirse en las funciones del ejecutivo ni paralizarlas, tiene el derecho y debe tener la facultad de examinar de qué manera las leyes que él ha hecho han sido ejecutadas. Es la ventaja que tiene este gobierno sobre el de Creta y el de Lacedemonia, donde los cosmos y los *éforos* no daban cuenta de su administración.

De todas maneras, ya sea cual fuere su fiscalización, el cuerpo legislativo no debe tener el derecho de juzgar a nadie y mucho menos al que ejecuta: la conducta y la persona de ése deben ser indiscutibles, sagradas, porque siendo su persona tan necesaria al Estado, para que el cuerpo legislativo no se haga tiránico, desde el momento que fuera acusada y juzgada la libertad desaparecería.

En este caso el Estado dejaría de ser una monarquía: sería una república sin libertad. Pero como el que ejecuta no puede hacerlo mal, sino por culpa de malos consejeros, que odian las leyes como ministros, estos son los que deben ser perseguidos y penados. A no ser así, el pueblo no recibiría jamás satisfacción ni podría pedir cuenta de las injusticias que se hicieran.

Tal es la ventaja que ofrece este gobierno, si se le compara con la mayor parte de las repúblicas antiguas, en las cuales se daba el abuso de que el pueblo era, al mismo tiempo, juez y acusador.

No me propongo examinar aquí si los ingleses gozan actualmente de esa libertad, o no. Me basta consignar que la tienen establecida en sus leyes; no quiero saber más.

Yo no pretendo con lo dicho, ni rebajar a los demás gobiernos ni suponer que esa extremada libertad política deba mortificar a los que gozan de una libertad moderada. ¿Cómo es posible que yo diga eso, creyendo como creo que ni el exceso de razón es siempre deseable, y que los hombres se acomodan casi siempre a los medios mejor que a los extremos?[19]

---

[19] Montesquieu. El Espiritu de las Leyes. Editorial Porrúa. México 2003. Pgs. 40, 143-144, 146

Voltaire

(1694-1788)

Aquí no oiréis hablar de justicia alta, media, baja...

Cartas filosóficas

La tolerancia, la libertad de expresión, el respeto a todas las opiniones, pero también el antidogmatismo y el apego a la ciencia, predicados por Voltaire, contrastaban con el absolutismo imperante en Francia, lo que con frecuencia lo llevó a exiliarse. Desde Inglaterra escribió varias cartas, una de las cuales, en que hace el elogio de la Cámara de los Comunes, es la que aquí se reproduce.

De Inglaterra para Francia

CARTA IX
DEL GOBIERNO

Esa mezcla dichosa en el gobierno de Inglaterra, ese acuerdo entre los Comunes, los Lores y el rey no ha subsistido siempre. Inglaterra ha sido esclava durante mucho tiempo; lo ha sido de los romanos, los sajones, los daneses, los franceses. Guillermo el Conquistador la gobernó con un cetro de hierro; dispuso de los bienes y la vida de sus nuevos súbditos como un monarca de Oriente; prohibió, bajo pena de muerte, que inglés alguno osara tener en su casa fuego y luz después de las ocho de la noche, ya sea porque pretendiera de ese modo impedir sus reuniones nocturnas o porque haya querido ensayar, mediante prohibición tan extraña, hasta dónde puede llegar el poder de los hombres sobre otros hombres.

Verdad es que antes y después de Guillermo el Conquistador los ingleses tuvieron parlamentos; se vanagloriaban de ello como si esas asambleas, denominadas entonces parlamentos, compuestas de tiranos eclesiásticos y de pillos designados con el nombre de barones, hubieran sido realmente los guardianes de la libertad y de la felicidad pública.

Los bárbaros, que desde las márgenes del mar Báltico se precipitaron sobre el resto de Europa, trajeron con ellos la costumbre de los estados o parlamentos, alrededor de los cuales se hace tanto ruido y que en realidad se conocen tan poco. Verdad es que los reyes de entonces no eran despóticos; pero no por ello dejaban los pueblos de gemir en una servidumbre miserable. Los jefes de esos salvajes, que habían devastado Francia, Italia, España e Inglaterra, se hicieron monarcas; sus capitanes se repartieron entre ellos las tierras de los vencidos; de ahí provienen esos margraves, esos *lairds*, esos barones, esos subtiranos que disputaban a menudo con su rey los despojos de los pueblos. Eran aves de rapiña que luchaban contra un águila para chupar la sangre de las palomas; cada pueblo tenía cien tiranos en lugar de un buen señor. Bien pronto los sacerdotes se hicieron de la partida. El destino de los galos, los germanos, los insulares de Inglaterra, fue siempre el de ser gobernados por sus druidas y por los jefes de sus aldeas, antigua especie de barones, pero menos tiránicos que sus sucesores. Esos druidas se decían mediadores entre la divinidad y los hombres: hacían las leyes, excomulgaban, condenaban a muerte. Los obispos sustituyeron poco a poco su autoridad temporal en el gobierno godo y vándalo. Los papas se pusieron a su cabeza; y con breves, bulas y monjes hicieron temblar a los reyes, los depusieron, los hicieron asesinar y extrajeron de Europa todo el dinero que pudieron. El imbécil Inas, uno de los tiranos de la heptarquía de Inglaterra, fue el primero que en una peregrinación a Roma se sometió a pagar el dinero de San Pedro (que equivalía a un escudo de nuestra moneda) por cada casa de su territorio. La isla entera siguió bien pronto su ejemplo. Inglaterra se convirtió poco a poco en una provincia del Papa; el Santo Padre enviaba de vez en cuando a sus legados para recoger impuestos exorbitantes. Por último, Juan Sin Tierra hizo cesión formal de su reino a Su Santidad, que lo había excomulgado, pero los barones, que no quedaron satisfechos, expulsaron a ese rey miserable y pusieron en su lugar a Luís VIII, padre de San Luís, rey de Francia, pero no tardaron en hastiarse del recién llegado y lo hicieron cruzar de nuevo el mar.

En tanto los barones, los obispos y los papas desgarraban Inglaterra, porque todos querían mandar, el pueblo, la parte más numerosa y útil y virtuosa de los hombres, compuesta por los que estudian las leyes y las ciencias, los negociantes, los artesanos, los trabajadores, en suma, por los que no ejercen la tiranía; el pueblo, digo, era mirado por ellos como animales inferiores al hombre; era preciso, entonces, que los Comunes formaran parte del gobierno;

eran los villanos: su trabajo y su sangre pertenecían a sus amos, que se llamaban nobles. La mayoría de los hombres era en Europa lo que son todavía en muchos lugares del norte. Siervos de un señor, ganado que se vende y se compra con la tierra. Se han necesitado siglos para hacer justicia a la humanidad, para comprender que era horrible que el gran número sembrara y el pequeño número recogiera, ¿y no es dicha para los franceses que el poderío de esos pequeños bandidos haya sido exterminado en Francia por el poder legítimo de nuestros reyes, como lo fue en Inglaterra por la autoridad legítima del rey y del pueblo? Felizmente, gracias a la conmoción que las disputas de los reyes y los grandes produjeron en los imperios, los grilletes de las naciones se aflojan un tanto; en Inglaterra, la libertad nació del conflicto entre los tiranos; los barones obligaron a Juan Sin Tierra y a Enrique III a conceder esa famosa Carta, cuyo objeto principal fue poner a los reyes bajo la dependencia de los lores, pero que favoreció algo al resto de la nación en función de que en esta oportunidad se pusieran de parte de sus supuestos protectores. Esa gran Carta, considerada el origen sagrado de las libertades inglesas, permite comprender cuán poco conocida era la libertad.

Su título mismo prueba que el rey lo era por derecho absoluto, y que los barones y el clero sólo obligaban a despojarse de ese supuesto derecho porque eran más fuertes.

He aquí como comienza la gran Carta: "Nos, acordamos por nuestra libre voluntad los privilegios siguientes a los arzobispos, obispos, abates, priores y barones de nuestro Reino, etcétera".

En los artículos de esta Carta no se dice una sola palabra de la Cámara de los Comunes, lo que prueba que no existía todavía, o que existía sin poder. En ella se especifican quiénes eran los hombres libres de Inglaterra: triste demostración de que había quienes no lo eran. Del artículo 32 se deduce que los hombres supuestamente libres debían tributo a su señor. Libertad semejante tenía aún mucho de esclavitud.

Por el artículo 21, el rey ordena que sus oficiales no podrán en lo sucesivo tomar por la fuerza los caballos y los carros de los hombres libres, salvo pagándolos. Esta reglamentación pareció al pueblo una verdadera libertad, porque suprimía una tiranía mayor.

Enrique VII, afortunado conquistador y gran político, que simulaba simpatizar con los barones, pero que los odiaba y temía, se ingenió para enajenar sus tierras. De este modo los villanos, que luego adquirieron bienes con su trabajo, compraron los castillos de los ilustres pares que se habían arruinado por sus locuras. Poco a poco las tierras cambiaron de dueños.

La Cámara de los Comunes se hizo cada vez más poderosa, las familias de los antiguos pares se extinguieron con el tiempo; y como en realidad no hay pares que sean nobles en Inglaterra de acuerdo con la ley, ya no habría nobleza en ese país si los reyes no hubieran creado de cuando en cuando nuevos barones y conservado la orden de los pares, que tanto habían temido en otro tiempo, para oponerla a la de los Comunes que se había tornado demasiado temible.

Todos estos nuevos pares que componen la Cámara Alta reciben sus títulos del rey, y ninguna otra cosa más, ya que ninguno posee tierras que lleven su nombre: uno es duque de Dorset y no tiene una pulgada de tierra en Dorsetshire; otro es conde de una aldea y apenas sabe dónde está situada; tiene poder en el Parlamento y no en otra parte.

Aquí no oiréis hablar de justicia alta, media y baja, ni del derecho de cazar en las tierras de un ciudadano, quien no tiene la libertad de disparar un tiro de fusil en su propio campo.

Un hombre no está exento, por el hecho de ser noble o sacerdote, de pagar tasas; todos los impuestos son fijados por la Cámara de los Comunes que, siendo sólo la segunda por su jerarquía, es la primera por su prestigio.

Los señores y los obispos pueden rechazar el *Bill* de los Comunes cuando se trata de la tasa, pero no les está permitido introducir ninguna modificación; es preciso que lo aprueben o lo rechacen sin limitaciones. Cuando el *Bill* es confirmado por los lores y aprobado por el rey, entonces todo el mundo paga; cada uno contribuye, no según su calidad (lo que sería absurdo), sino de acuerdo con sus ingresos; no existe la talla ni la capitación arbitraria, sino una tasa real sobre las tierras. Éstas fueron valuadas durante el reinado del famoso Guillermo III y se les fijaron precios inferiores a los verdaderos.

La tasa sigue siendo la misma, por más que los ingresos de las tierras hayan aumentado; de este modo, nadie es oprimido ni nadie se queja. El campesino no usa zuecos que le martiricen los pies; come pan blanco, está bien vestido, no teme aumentar el número de sus animales ni cubrir su techo con tejas por miedo a que le eleven los impuestos al año siguiente. Se ven muchos campesinos que tienen alrededor de doscientos mil francos de renta y que no desdeñan seguir cultivando la tierra que los ha enriquecido y en la cual viven libres.[20]

---

[20] Voltaire. Cartas Filosóficas. Centro editor de América Latina. Buenos Aires 1968. Pgs. 56-60

J.J. Rousseau

(1712-1778)

Manifiestamente es contrario a la ley natural
de cualquier manera que se defina,
que un niño ordene a un viejo,
que un imbécil a un sabio
y que un puñado de gentes reboce de lo superfluo
mientras la multitud hambrienta carece de lo necesario.

El Contrato Social

La soberanía popular, como origen del Estado, reúne y clarifica las ideas expuestas por Hobbes, Locke, Montesquieu y Voltaire. En *El Contrato Social*, Rousseau lleva a su consecuencia lógica el pensamiento de la ilustración.

La soberanía popular

CAPÍTULO VI
DEL PACTO SOCIAL

Supongo a los hombres llegados a un punto en que los obstáculos que se oponen a su conservación en el estado natural vencen con su resistencia a las fuerzas que cada individuo puede emplear para mantenerse en ese estado. Entonces, ese estado primitivo no puede ya subsistir, y el género humano perecería si no cambiase su manera de ser.

Ahora bien, como los hombres no pueden engendrar nuevas fuerzas, sino solamente aunar y dirigir las que existen, no les queda otro medio, para subsistir, que formar por agregación una suma de fuerzas que pueda superar la resistencia, ponerlas en juego mediante un solo móvil y hacerlas actuar de consuno.

Esta suma de fuerzas no puede nacer más que del concurso de varios; pero como la fuerza y la libertad de cada hombre son los primeros instrumentos de su conservación, ¿cómo los comprometerá sin perjudicarse y sin descuidar las atenciones que se debe a sí mismo? Esta dificultad aplicada a mi tema puede enunciarse en estos términos:

"Encontrar una forma de asociación que defienda y proteja con toda la fuerza común a la persona y los bienes de cada asociado, y por lo cual, uniéndose cada uno a todos, no obedezca, sin embargo, más que a sí mismo y permanezca tan libre como antes." Tal es el problema fundamental, cuya solución da el contrato social.

Las cláusulas de este contrato están de tal modo determinadas por la naturaleza del acto, que la menor modificación las haría vanas y de nulo efecto; de suerte que, aunque no hayan sido acaso nunca formalmente enunciadas, son en todas partes las mismas, en todas partes tácitamente admitidas y reconocidas; hasta que, violando el pacto social, cada uno vuelve a sus primeros derechos y recupera su libertad natural, perdiendo la libertad convencional por la que renunció a aquella.

Estas cláusulas, bien entendidas, se reducen todas a una sola: la enajenación total de cada asociado con todos sus derechos a toda la comunidad. Pues, en primer lugar, dándose cada uno todo entero, la condición es igual para todos, y siendo igual para todos, ninguno tiene interés en hacerla onerosa para los demás.

Por otra parte, dándose cada uno sin reserva, la unión es todo lo perfecta que puede ser y ningún asociado tiene ya nada que reclamar. Pues si les quedaran algunos derechos a los particulares, como no habría ningún superior común que pudiera fallar entre ellos y el público, siendo cada cual su propio juez pretendería en seguida serlo en todo, subsistiría el estado de naturaleza y la asociación llegaría a ser necesariamente tiránica o inútil.

En fin, como dándose cada uno a todos no se da a nadie, y como no hay un solo asociado sobre el cual no se adquiera el mismo derecho que a él se le cede sobre uno mismo, se gana el equivalente de todo lo que se pierde, y más fuerza para conservar lo que se tiene.

De suerte que si se separa del pacto social lo que no forma parte de su esencia, resultará que se reduce a los términos siguientes: *Cada uno de nosotros pone en común una persona y todo su poder bajo la suprema dirección de la voluntad general; y recibimos en cuerpo a cada miembro como parte indivisible del todo.*

En el mismo instante, en lugar de la persona particular de cada contratante, este acto de asociación produce un cuerpo moral y colectivo compuesto de tantos miembros como votos tiene la asamblea, el cual recibe de este mismo acto su unidad, su *yo* común, su vida y su voluntad. Esta persona pública que se forma así, por la unión de todas las demás, tomaba en otro tiempo el nombre de *Ciudad* [21], y toma ahora el de *República* o el de *cuerpo político*, al cual llaman sus miembros *Estado* cuando es pasivo, *Soberano* cuando es activo, *Poder* cuando lo comparan con otros de su misma especie. Por lo que se refiere a los asociados, toman colectivamente el nombre de *Pueblo*, y se llaman en particular *Ciudadanos* como participantes en la autoridad soberana, y *Súbditos* como sometidos a las leyes del Estado. Pero estos términos sueles confundirse y tomarse uno por otro; basta saber distinguirlos cuando son empleados en su sentido preciso.

CAPÍTULO VII
DEL SOBERANO

Por esta fórmula se ve que el acto de asociación implica un compromiso recíproco del público con los particulares, y que cada individuo, al contratar, por decirlo así, consigo mismo, resulta comprometido en un doble aspecto: como miembro del soberano frente a los particulares, y como miembro del Estado frente al soberano. Pero aquí no se puede aplicar la máxima del derecho civil de que a nadie obligan los compromisos asumidos consigo mismo; pues sin duda hay diferencia entre obligarse ante sí mismo o ante un todo del que se forma parte.

Hay que observar también que la deliberación pública, que puede obligar a todos los súbditos ante el soberano, a causa de los

---

[21] El verdadero sentido de esta palabra se ha borrado casi por completo entre los modernos: la mayor parte toma una población por una ciudad* y un burgués por un ciudadano. No sabe que las casas se constituyen la población y los ciudadanos la ciudad. Este mismo error les costó caro en otro tiempo a los cartagineses. Yo no he leído que el título de *cives* haya sido dado nunca a lo súbditos de ningún príncipe, ni siquiera antiguamente a los macedonios, ni en nuestros días a los ingleses, aunque estén más cerca de la libertad que cualesquiera otros. Solamente los franceses emplean con toda familiaridad este nombre de "ciudadanos", porque no tienen de tal concepto ninguna idea verdadera, como puede verse en sus diccionarios, a no ser por lo cual incurrirían, al usurparlo, en el delito de lesa majestad: para ellos, este nombre expresa una virtud y no un derecho. Cuando Bodino ha querido hablar de nuestros ciudadanos y burgueses, ha incurrido en el gran error de tomar a los unos por los otros. M. d'Alambert, no se ha equivocado: ha distinguido muy bien, en su artículo "Genève", los cuatro órdenes de hombres (hasta cinco, incluyendo a los simples extranjeros) que existen en nuestra ciudad, y de los cuales solamente dos componen la República. Ningún otro autor, que yo sepa, ha entendido el verdadero sentido de la palabra "ciudadano".

dos diferentes aspectos en que cada uno es considerado, no puede, por la razón contraria, obligar al soberano ante sí mismo, y que, por consiguiente, es contrario a la naturaleza del cuerpo político que el soberano se imponga una ley que no puede infringir. No pudiendo considerarse más que en un único y mismo aspecto, se encuentra entonces en el caso de un particular contratante consigo mismo; de donde se ve que no hay ni puede haber ninguna clase de ley fundamental obligatoria para la corporación del pueblo, ni siquiera el contrato social. Lo cual no significa que esta corporación no pueda muy bien obligarse frente a un tercero en cuanto no se oponga a este contrato, pues, con relación al extranjero, resulta un ser simple, un individuo.

Pero como el cuerpo político o el soberano no sacan su ser sino de la santidad del contrato, no pueden nunca obligarse, ni siquiera frente a otro, a nada que derogue este acto primitivo, como enajenar alguna parte de sí mismo o someterse a otro soberano. Violar el acto por el cual existe sería destruirse, y lo que no es nada no produce nada.

Desde el momento en que esa multitud queda así unida en un cuerpo, no se puede atentar a uno de sus miembros sin atacar al cuerpo; menos aún atentar al cuerpo sin que los miembros se resientan. Así, el deber y el interés obligan igualmente a las dos partes contratantes a ayudarse mutuamente, y los mismos hombres deben procurar reunir bajo esta doble relación todas las ventajas que de ella se derivan.

Ahora bien, como el soberano está formado únicamente por los particulares que lo componen, no tiene ni puede tener interés contrario al de estos; por consiguiente, el poder soberano no tiene ninguna necesidad de garantía ante los súbditos, porque es imposible que el cuerpo quiera perjudicar a todos sus miembros; y luego veremos que no puede perjudicar a ninguno en particular. El soberano, por el simple hecho de serlo, es siempre todo lo que debe ser.

Pero no ocurre lo mismo con los súbditos frente al soberano; nada le respondería a este, a pesar del interés común, de los compromisos de aquellos, si no encontrara medios de asegurarse de su fidelidad.

En efecto, cada individuo puede, como hombre, tener una voluntad particular contraria o diferente a la voluntad general que tiene como ciudadano. Su interés particular puede hablarle de manera muy distinta que el interés común; su existencia absoluta y naturalmente independiente puede hacerle considerar lo que debe a la causa común como una contribución gratuita, cuya pérdida sería menos perjudicial para los demás que oneroso es para él el pago de la misma, y juzgando la persona moral que constituye el Estado como un ser de razón porque no es un hombre, gozaría de los derechos del ciudadano sin querer cumplir los deberes del súbdito, injusticia cuyo progreso causaría la ruina del cuerpo político.

Por eso, para que el pacto social no sea una formulario vano, implica tácitamente el compromiso, único que puede dar fuerza a los otros, de que el que se niegue a obedecer a la voluntad general será obligado a ello por todo el cuerpo; lo cual no significa otra cosa sino que se le obligará a ser libre; pues tal es la condición que, dando cada ciudadano a la patria, le garantiza de toda dependencia personal; condición que constituye al artificio y el funcionamiento de la máquina política y que es lo único que hace legítimas las obligaciones civiles, las cuales serían, sin esto, absurdas, tiránicas y expuestas a los más enormes abusos.

LA SOBERANIA ES INALIENABLE

La primera y más importante consecuencia de los principios que acabamos de exponer es que la voluntad general es la única que puede dirigir las fuerzas del Estado según el fin de su institución, que es el bien común; pues si la oposición de los intereses particulares ha hecho necesaria la creación de las sociedades, es el acuerdo de estos mismos intereses lo que la ha hecho posible. Es lo que hay de común en esos diferentes intereses lo que constituye el vínculo social, y, si no hubiera algún punto de coincidencia en todos los intereses, no podría existir ninguna sociedad. Ahora bien, la sociedad únicamente debe ser regida sobre este interés común.

Afirmo, pues, que la soberanía, no siendo más que el ejercicio de la voluntad general, no puede nunca ser enajenada, y que el soberano, que no es más que un ser colectivo, no puede estar representado más que por sí mismo: el poder puede transmitirse, pero no la voluntad.

En efecto, si no es imposible que una voluntad particular concuerde en algún punto con la voluntad general, es imposible, sin embargo, que este acuerdo sea duradero y constante, pues la voluntad particular tiende por su naturaleza a las preferencias y la voluntad general a la igualdad. Es más imposible aún que haya un fiador de este acuerdo, aunque hubiera de existir siempre; no sería un efecto del arte, sino del azar. El soberano puede muy bien decir: quiero actualmente lo que quiere tal hombre o, al menos, lo que dice querer; pero no puede decir: lo que este hombre quiera mañana lo querré yo también, porque es absurdo que la voluntad se encadene para el futuro, y porque no depende de ninguna voluntad consentir en nada que sea contrario al bien del ser que quiere. De suerte que, si el pueblo promete simplemente obedecer, se anula por este acto, pierde su cualidad de pueblo; desde el instante en que existe un amo, el soberano ya no existe, y queda por tanto destruido el cuerpo político.

LA SOBERANÍA ES INDIVISIBLE

Por la misma razón que la soberanía es inalienable, es indivisible, pues la voluntad es general[22] o no lo es; es la del cuerpo del pueblo o solamente la de una parte. En el primer caso, esa voluntad declarada es un acto de soberanía y hace ley. En el segundo, no es más que una voluntad particular, o un acto de magistratura; es, a lo sumo, un decreto.

Pero nuestros políticos, no pudiendo dividir la soberanía en su principio, la dividen en su objeto: la dividen en fuerza y en voluntad, en poder legislativo y en poder ejecutivo, en derechos de imposición, de justicia y de guerra; en administración interior y en poder de negociación con el extranjero: tan pronto confunden estas partes como las separan. Hacen del soberano un ser fantástico y formado por piezas ajenas; es como si compusieran un hombre con varios cuerpos, de los cuales, uno tendría ojos, otro brazos, otro pies, y nada más. Dicen que los charlatanes del Japón despedazan a un niño a la vista de los espectadores; luego, echando al aire todos sus miembros uno tras otro, vuelve a caer al niño vivo y entero. Tales son, aproximadamente, los juegos de manos de nuestros políticos; después de desmembrar el cuerpo social con una prestidigitación digna de feria, vuelven a juntar las piezas no se sabe cómo.

Este error procede de no haberse formado nociones exactas de la autoridad soberana, y de haber tomado por partes de esta autoridad lo que no era más que emanaciones de la misma. Así, por ejemplo, se ha considerado el acto de declarar la guerra y el

---

[22] Para que una voluntad sea general no es siempre necesario que sea unánime, pero es necesario que se cuenten todos los votos; toda exclusión formal rompe la generalidad.

de hacer la paz como actos de soberanía, lo que no son, puesto que cada uno de estos actos no es una ley, sino solamente una aplicación de la ley, un acto particular que determina el supuesto legal, como se verá más claramente cuando quede fijada la idea adscrita a la palabra *ley*.

Siguiendo la misma manera las otras divisiones, se encontraría que siempre que se cree ver la soberanía dividida, se cae en un error, que los derechos que se toman por partes de esta soberanía están todos subordinados a la misma y suponen siempre voluntades supremas de las que esos derechos no representan más que su ejecución.

¿PUEDE ERRAR LA VOLUNTAD GENERAL?

De lo que precede se deduce que la voluntad general es siempre recta y tiende siempre a la utilidad pública; pero no se deduce que las deliberaciones del pueblo tengan siempre la misma rectitud. Se quiere siempre su propio bien, peor no siempre se ve cuál es ese bien. Al pueblo no se le corrompe nunca, pero con frecuencia se le engaña, y es sólo entonces cuando parece que quiere lo que está mal.

Hay con frecuencia gran diferencia entre la voluntad de todos y la voluntad general; esta se refiere solo al interés común, la otra al interés privado, y no es más que una suma de voluntades particulares: pero quitad de esas mismas voluntades los más y los menos que se destruyen entre sí, y queda como suma de las diferencias la voluntad general.

Si, cuando el pueblo, suficientemente informado, delibera, no tuvieran los ciudadanos ninguna comunicación entre ellos, del gran número de pequeñas diferencias resultaría siempre la voluntad general, y la deliberación sería siempre buena. Pero cuando se forman facciones, asociaciones parciales a expensas de la grande, la voluntad de cada una de esas asociaciones resulta general en relación a sus miembros, y particular en relación al Estado. Entonces puede decirse que no hay tantos votantes como hombres, sino solamente tantos como asociaciones. Las diferencias se hacen menos numerosas y dan un resultado menos general. En fin, cuando una de estas asociaciones es tan grande que domina a todas las demás, ya no tenemos como resultado una suma de pequeñas diferencias, sino una diferencia única; entonces ya no hay voluntad general, y la opinión que prevalece no es más que una opinión particular. De modo que, para tener el verdadero enunciado de la voluntad general, importa que no haya sociedad particular dentro del Estado, y que cada ciudadano opine solo por sí mismo.

DE LOS LÍMITES DEL PODER SOBERANO

Si el Estado o la ciudad no es más que una persona moral cuya vida consiste en la unión de sus miembros, y su cuidado más importante es el de su propia conservación, le es necesaria una fuerza universal y compulsiva para mover y disponer cada parte de la manera más conveniente al todo. Así como la Naturaleza da a cada hombre un poder absoluto sobre todos sus miembros, el pacto social da al cuerpo político un poder absoluto sobre todos los suyos, y es este poder el que, dirigido por la voluntad general, lleva, como he dicho, el nombre de soberanía.

Pero, además de la persona pública, tenemos que considerar las personas privadas que la componen, y cuya vida y libertad son naturalmente independientes de ella. Se trata, pues, de distinguir bien los derechos respectivos de los ciudadanos y del soberano, y los deberes que los primeros tienen que cumplir, en calidad de súbditos, del derecho natural de que deben gozar en calidad de hombres.

Se reconoce que todo lo que, por el pacto social, enajena cada uno de su poder, de sus bienes, de su libertad, es solamente la parte de todo aquello cuyo uso importa a la comunidad, pero hay que reconocer también que el soberano es el único juez capaz de esta importancia.

Todos los servicios que un ciudadano puede prestar al Estado se les debe tan pronto como el soberano los pide; pero el soberano, por su parte, no puede cargar a los súbditos con ninguna cadena inútil a la comunidad; no puede siquiera quererlo; pues, bajo la ley de razón, lo mismo que bajo la ley de Naturaleza, no se hace nada sin causa.

Las obligaciones que nos ligan al cuerpo social no son obligatorias sino en cuanto son mutuas, y su naturaleza es tal que, cumpliéndolas, no se puede trabajar para otro sin trabajar también para sí mismo. ¿Por qué la voluntad general es siempre recta y por qué todos quieren constantemente la felicidad de cada uno de ellos, si no es porque no hay nadie que no se apropie esta palabra, *cada uno*, y que no piense en sí mismo al votar por todos? Lo que prueba que la igualdad de derecho y la noción de justicia que esta igualdad produce proviene de la preferencia que cada uno se da y, por consiguiente, de la naturaleza del hombre; que la voluntad general, para ser verdaderamente tal, debe serlo en su objeto así como en su esencia; que debe partir de todos para aplicarse a todos, y que pierde su rectitud natural cuando tiende a algún objeto individual y determinado, porque entonces, juzgando sobre lo que nos es ajeno, no tenemos ningún verdadero principio de equidad que nos guíe.

En efecto, tan pronto como se trata de un hecho o de un derecho particular sobre un punto que no ha sido reglamentado por una convención general y anterior, el asunto resulta contencioso. Es un pleito en el que los particulares interesados son una de las partes, y el público la otra, pero en el que yo no veo ni la ley que hay que seguir, ni el juez que debe fallar. Sería ridículo querer entonces referirse a una decisión expresa de la voluntad general, que solo puede ser la conclusión de una de las partes y que, por consiguiente, no es para la otra más que una voluntad ajena, particular, propensa en esa ocasión a la injusticia y sujeta al error. Así, de la misma manera que una voluntad particular no puede representar la voluntad general, la voluntad general, a su vez, cambia de naturaleza, teniendo un objeto particular, y no puede como general sentenciar ni sobre un hombre ni sobre un hecho.

De esto debe deducirse que lo que generaliza la voluntad no es tanto el número de votos como el interés común que los une; pues, en esta institución, cada uno se somete necesariamente a las condiciones que impone a los demás: acuerdo admirable del interés y de la justicia, que da a las deliberaciones comunes un carácter de equidad que vemos desaparecer en la discusión de todo asunto particular, por falta de un interés común que una e identifique la regla del juez con la de la parte.

Por cualquier lado que nos remontemos al principio, llegamos siempre a la misma conclusión: que el pacto social establece entre los ciudadanos tal igualdad que todos se obligan en las mismas condiciones y deben gozar todos los mismos derechos. Así, por naturaleza del pacto, todo acto de soberanía, o sea, todo acto auténtico de la voluntad general, obliga o favorece igualmente a todos los ciudadanos, de suerte que el soberano conoce solamente el cuerpo de la nación y no distingue a ninguno de los que la componen. ¿Qué es, pues, propiamente un acto de soberanía? No es un convenio del superior con el inferior, sino un convenio del cuerpo con cada uno de sus miembros. Convenio legítimo, porque tiene por base el contrato social; equitativo, porque es común a todos; útil, porque no puede tener otro objeto que el bien general, y sólido, porque tiene por fiador la fuerza pública y el poder supremo. Mientras los súbditos no están sometidos más que a tales convenios, no obedecen a nadie, sino solamente a su propia voluntad; y preguntar hasta dónde llegan los derechos respectivos del soberano y de los ciudadanos es preguntar hasta qué punto pueden estos obligarse con ellos mismos, cada uno con todos y todos con cada uno.

De aquí resulta que el poder soberano, con todo lo absoluto, con todo lo sagrado, con todo lo inviolable que es, no rebasa ni puede rebasar los límites de los convenios generales, y que todo hombre puede disponer plenamente de lo que estos convenios le han dejado de sus bienes y de su libertad; de suerte que el soberano no tiene nunca el derecho de cargar a un súbdito más que a otro, porque entonces, pasando el asunto a ser particular, el poder del soberano deja de ser competente.

Una vez admitidas estas distinciones, es completamente falso que en el contrato social haya ninguna verdadera renuncia por parte de los particulares; lejos de ello, su situación, por efecto de ese contrato, resulta en realidad preferible a la que tenían antes, y en lugar de una enajenación no han hecho sino un cambio ventajoso de una manera de estar incierta y precaria por otra mejor y más segura; de la independencia natural, por la libertad; del poder de perjudicar a otro, por su propia seguridad; y de su fuerza, que otros podían superar, por un derecho que la unión social hace invencible. Su vida misma, que han puesto al servicio del Estado, está continuamente protegida por el mismo Estado, y cuando la exponen por la defensa de este, ¿qué otra cosa hacen sino devolverle lo que de él han recibido? ¿Qué hacen que no hicieran más frecuentemente y con más peligro en el estado de naturaleza, cuando, en combates inevitables, defiendan a riesgo de su vida lo que les sirve para conservarla? Cierto que, llegado el caso, todos tienen que luchar por la patria; pero en cambio, nadie tiene que luchar por sí mismo. ¿No salimos ganando al correr por lo que constituye nuestra seguridad una parte de los riesgos que tendríamos que correr por nosotros mismos tan pronto como nos viéramos privados de esa seguridad?

DE LA LEY

Con el pacto social hemos dado existencia y vida la cuerpo político: ahora se trata de darle, con la legislación, movimiento y voluntad, pues el acto primitivo por el cual se forma y se unifica ese cuerpo no determina nada aún de lo que debe hacer para su conservación.

Lo que es bueno y conforme al orden lo es por la naturaleza de las cosas e independientemente de las convenciones humanas. Toda justicia viene de Dios, solo Dios es la fuente de la misma; pero si supiéramos recibirla de tan alto, no tendríamos necesidad ni de gobierno ni de leyes. Existe, sin duda, una justicia universal emanada de la simple razón; pero esta justicia, para ser admitida entre nosotros, debe ser recíproca. Consideradas las cosas humanamente, las leyes de justicia son vanas entre los hombres por falta de sanción natural; no hacen más que beneficiar al malo y perjudicar al justo, cuando este las observa con todo el mundo sin que nadie las observe con él. Se necesitan, pues, convenios y leyes para unir los derechos a los deberes y llevar la justicia a su objeto. En el estado de naturaleza, donde todo es común, yo no debo nada a aquellos a quines nada he prometido, no reconozco que sea de otro más que lo que me es inútil. No ocurre así en el estado civil, donde todos los derechos son fijados por la ley.

Pero, ¿qué es, al fin y al cabo, una ley? Mientras nos limitemos a no unir a esta palabra más que ideas metafísicas, continuaremos razonando sin entendernos, y cuando se haya dicho lo que es una ley de la Naturaleza, no por eso sabremos mejor lo que es una ley del Estado.

Ya he dicho que no había voluntad general sobre un objeto particular. En efecto, este objeto particular está dentro del Estado o fuera del Estado. Si está fuera del Estado, una voluntad que le es extraña no es general con relación a él; y si ese objeto está dentro del Estado forma parte del mismo: entonces se establece entre el todo y la parte una relación de la que resultan dos seres separados; por un lado la parte, y por otro el todo menos esta misma parte. Pero el todo menos una parte no es el todo, y mientras subsista esa relación no existe el todo, sino dos partes desiguales; de donde resulta que la voluntad de la una no es tampoco general con respecto a la otra.

El autor del *Espíritu de las leyes* ha mostrado en numerosos ejemplos el arte con que el legislador dirige la institución hacia cada uno de sus fines.

La constitución de un Estado resulta verdaderamente sólida y duradera cuando las conveniencias son de tal modo observadas que las razones naturales y las leyes coinciden en los mismos puntos y estas no hacen, por decirlo así, sino asegurar, acompañar, rectificar las otras. Pero si el legislador, equivocándose en su objeto, toma un principio diferente del que nace de la naturaleza de las cosas, y uno tiende a la servidumbre y otro a la libertad, uno a las riquezas y otro a la población, uno a la paz y otro a las conquistas, se verá que las leyes se debilitan, la constitución se altera, en el Estado habrá agitaciones continuas hasta que sea destruido o cambiado y la invencible Naturaleza haya recobrado su imperio.

DEL GOBIERNO EN GENERAL

Advierto al lector que este capítulo debe ser leído despacio, y que yo no conozco el arte de ser claro para quien no quiere prestar atención.

Todo acto libre tiene dos causas que concurren a producirlo: una, moral, la voluntad que determina el acto; otra física, el poder que lo ejecuta. Cuando yo voy hacia un objeto, lo primero que hace falta es que quiera ir hacia él; en segundo lugar, que mis pies me lleven. Lo mismo un paralítico que quiera correr que un hombre ágil que no quiera, se quedarán parados. El cuerpo político tiene los mismos móviles: en él se distinguen igualmente la fuerza y la voluntad. Esta con el nombre de *poder legislativo*, la otra con el nombre de *poder ejecutivo*. Nada se hace o nada debe hacerse sin el concurso de ambos.

Ya hemos dicho que el poder legislativo corresponde al pueblo, y solo al pueblo puede corresponder. En cambio, es fácil ver, por los principios ya expuestos, que el poder ejecutivo no puede corresponder a la generalidad como legisladora o soberana; porque este poder no consiste sino en actos particulares que no son de la incumbencia de la ley, ni por consiguiente de la del soberano, todos cuyos actos no pueden ser sino leyes.

La fuerza pública necesita, pues, un agente propio que la una y la haga actuar según las direcciones de la voluntad general, que sirva a la comunicación del Estado y del soberano, que haga en cierto modo en la persona pública lo que hace en el hombre la unión del alma y del cuerpo. Tal es en el Estado la razón del gobierno, erróneamente confundido con el soberano, del que es solo ministro.

¿Qué es, pues, el gobierno? Un cuerpo intermedio establecido entre los súbditos y el soberano para su mutua correspondencia, encargado de la ejecución de las leyes y del mantenimiento de la libertad, tanto civil como política.

Los miembros de este cuerpo se llaman magistrados o *reyes*, es decir, *gobernantes*; y el cuerpo entero lleva el nombre de *príncipe*. Así, los que pretenden que el acto por el cual un pueblo se somete a jefes no es un contrato, tienen mucha razón. No es más que una delegación, un empleo en el cual, simples oficiales del soberano, ejercen en su nombre el poder de que los ha hecho depositarios, y que puede limitar, modificar y retirar cuando le plazca, ya que la enajenación de tal derecho es incompatible con la naturaleza del cuerpo social y contraria al fin de la asociación.

Llamo, pues, *gobierno* o administración suprema, al ejercicio legítimo del poder ejecutivo, y príncipe o magistrado al hombre o al cuerpo encargado de esta administración.

Es en el gobierno donde se encuentran las fuerzas intermedias, cuyas relaciones componen la del todo al todo o del soberano al Estado. Se puede representar esta última relación por la de los extremos de una proporción continua, cuya media proporcional es el gobierno. El gobierno recibe del soberano las órdenes que da al pueblo, y para que el Estado se encuentre en un equilibrio estable es preciso, compensando todas las diferencias, que haya igualdad entre el producto o el poder del gobierno tomado en sí mismo y el producto o el poder de los ciudadanos, que son soberanos por una parte y súbditos por otra.

Además, no se podría alterar ninguno de estos tres términos sin romper inmediatamente la proporción. Si el soberano quiere gobernar, o si el magistrado quiere dar leyes, o si los súbditos se niegan a obedecer, el desorden sucede a la regla, la fuerza y la voluntad no actúan ya de consuno, y el Estado, disuelto, cae en el despotismo o en la anarquía. En fin, así como no hay más que una media proporcional entre cada relación, tampoco hay más que un buen gobierno posible en cada Estado. Pero, como mil acontecimientos pueden cambiar las relaciones de un pueblo, no solo diferentes gobiernos pueden ser buenos en diversos pueblos, sino en el mismo pueblo en diferentes tiempos.

De esta doble relación se deduce que la proporción continua

entre el soberano, el príncipe y el pueblo no es una idea arbitraria, sino una consecuencia necesaria de la naturaleza del cuerpo político. Se deduce también que siendo fijo y representado por la unidad uno de los extremos, a saber, el pueblo como súbdito, cada vez que la razón compuesta aumenta o disminuye, la razón simple aumenta o disminuye análogamente, y, por consiguiente, el término medio cambia. Lo cual demuestra que no existe una constitución de gobierno única y absoluta, sino que puede haber tantos gobiernos diferentes en naturaleza como Estados diferentes en extensión.

El gobierno es, en pequeño, lo que el cuerpo político que le encierra es en grande. Es una persona moral dotada de ciertas facultades, activa como el soberano, pasiva como el Estado, y que se puede descomponer en otras relaciones semejantes, de donde se deriva por consiguiente una nueva proporción, otra más en esta según el orden de los tribunales, hasta que se llega a un término medio indivisible, o sea a un solo jefe o magistrado supremo, que se puede representar, en medio de esta progresión, como la unidad entre la serie de las fracciones y la de los números. Sin meternos en esta multiplicación de términos, limitémonos a considerar el gobierno como un nuevo cuerpo en el Estado, distinto del pueblo y del soberano e intermedio entre uno y otro.

Entre estos dos cuerpos hay la diferencia esencial de que el Estado existe por sí mismo, y el gobierno no existe sino por el soberano. Así, la voluntad dominante del príncipe no es o no debe ser otra cosa que la voluntad general de la ley; su fuerza no es más que la fuerza pública concentrada en él: tan pronto como quiere sacar de sí mismo algún acto absoluto e independiente, la unión del todo comienza a relajarse. Si ocurriera, en fin, que el príncipe tuviera una voluntad particular más activa que la del soberano, y que, para obedecer a esta voluntad particular, hiciera uso de la fuerza pública que está en sus manos, de suerte que hubiera, por decirlo así, dos soberanos, uno de derecho y otro de hecho, desaparecería inmediatamente la unión social, y quedaría disuelto el cuerpo político.

No obstante, para que el cuerpo del gobierno tenga una existencia, una vida real que le distinga del cuerpo del Estado, para que todos sus miembros puedan obrar de concierto y responder al fin para que aquel fue instituido, necesita un *yo* particular, una sensibilidad común a sus miembros, una fuerza, una voluntad propia que tienda a su conservación. Esta existencia particular supone asambleas, consejos, un poder de deliberar, de resolver, derechos, títulos, privilegios que pertenecen al príncipe exclusivamente, y que hacen la condición del magistrado más honorable en proporción a su mayor dificultad. Las dificultades están en la manera de ordena en el todo ese todo subalterno, de suerte que no altere la constitución general al reafirmar la suya; que distinga siempre su fuerza particular, destinada a su propia conservación, de la fuerza pública, destinada a la conservación del Estado, y que, en una palabra, esté siempre dispuesto a sacrificar el gobierno al pueblo y no el pueblo al gobierno.

Por otra parte, aunque el cuerpo artificial del gobierno sea obra de otro cuerpo artificial y no tenga, en cierto modo, más que una vida prestada y subordinada, ello no impide que pueda actuar con más o menos vigor o celeridad, gozar, por decirlo así, de una salud más o menos robusta. En fin, sin alejarse directamente de la finalidad de su institución, puede apartarse de ella más o menos, según la manera como está constituido.

De todas estas diferencias nacen las relaciones diversas que el gobierno debe tener con el cuerpo del Estado, según las relaciones accidentales y particulares por las que este mismo gobierno es modificado; pues muchas veces, el gobierno mejor en sí mismo resultará el más vicioso si sus relaciones no son alteradas según los defectos del cuerpo político a que pertenece.[23]

---

[23] Juan Jacobo Rousseau. El Contrato Social. Editorial Aguilar. Madrid 1970. Pgs. 16-21, 27-35, 38-41, 59-65

V. HACIA
EL MUNDO MODERNO

Thomas Jefferson

(1743-1826)

Todos los hombres son creados iguales

Borrador de la Declaración de Independencia de los Estados Unidos de América

El borrador que Jefferson presentó, el 28 de junio de 1776, a los representantes de los Estados Unidos de América, reunidos en Congreso General, fue modificado, eliminando algunos párrafos, particularmente los de condena a la actitud del pueblo inglés y a la trata de esclavos. Aquí se reproduce el proyecto elaborado por Jefferson.

La búsqueda de la felicidad

Cuando en el curso de los acontecimientos humanos se hace necesario para un pueblo disolver los vínculos políticos que lo han ligado a otro y tomar entre las potencias de la tierra el puesto separado e igual a que las leyes de la naturaleza y el Dios de esa naturaleza le dan derecho, un justo respeto a la opinión de la humanidad exige que declare las causas que lo impulsan a la separación.

Sostenemos como evidentes estas verdades: que todos los hombres son creados iguales; que son dotados por su Creador de ciertos derechos inherentes e inalienables; que entre éstos están la vida, la libertad y la búsqueda de la felicidad; que para garantizar estos derechos se instituyen entre los hombres los gobiernos, que derivan sus poderes legítimos del consentimiento de los gobernados; que cuando quiera que una forma de gobierno se haga destructora de estos principios, el pueblo tiene el derecho a reformarla o abolirla e instituir un nuevo gobierno que se funde en dichos principios, y a organizar sus poderes en la forma que a su juicio ofrecerá las mayores probabilidades de alcanzar su seguridad y felicidad. La prudencia, claro está, aconsejará que no se cambie por motivos leves y transitorios gobiernos de antiguo establecidos; y, en efecto, toda la experiencia ha demostrado que la humanidad está más dispuesta a padecer, mientras los males sean tolerables, que a hacerse justicia aboliendo las formas a que está acostumbrada. Pero cuando una larga serie de abusos y usurpaciones, iniciada en un momento evidente y dirigida invariablemente al mismo objetivo, demuestra el designio de someter al pueblo a su despotismo absoluto, es su derecho, es su deber, derrocar ese gobierno y establecer nuevos resguardos para su futura seguridad. Tal ha sido el paciente sufrimiento de estas colonias; tal es ahora la necesidad que las obliga a erradicar su anterior sistema de gobierno. La historia del actual Rey de la Gran Bretaña es una historia de constantes agravios y usurpaciones, entre los cuales no se encuentra uno solo que contradiga el tenor uniforme del resto, encaminados todos directamente hacia el establecimiento de una tiranía absoluta sobre estos estados. Para probar esto, sometemos los hechos al juicio de un mundo imparcial, por cuya verdad empeñamos nuestra palabra aun no mancillada con falsedad.

El Rey se ha negado a aprobar las leyes más favorables y necesarias para el bienestar público.

Ha prohibido a sus gobernadores sancionar leyes de importancia inmediata y apremiante, a menos que su ejecución se suspenda hasta obtener su asentamiento; y una vez suspendidas se ha negado por completo a presentarles atención.

Se ha rehusado a aprobar otras leyes convenientes a grandes comarcas pobladas, a menos que esos pueblos renuncien al derecho de ser representados en la Legislatura; derecho que es inestimable para el pueblo y terrible sí, para los tiranos.

Ha convocado a los cuerpos legislativos en sitios desusados, incómodos y distantes del asiento de sus documentos públicos, con la sola idea de fatigarlos para cumplir con sus medidas.

Ha disuelto las Cámaras de Representantes, repetida y continuamente, por oponerse con firmeza viril a sus intromisiones en los derechos del pueblo.

Durante mucho tiempo, y después de esas disoluciones, se ha negado a permitir la elección de otras Cámaras; por lo cual, los poderes legislativos, cuyo aniquilamiento es imposible, han retornado al pueblo, sin limitación para su ejercicio; permaneciendo el Estado, mientras tanto, expuesto a todos los peligros de una invasión exterior y a convulsiones internas.

Ha tratado de impedir que se pueblen estos Estados, dificultando, con ese propósito, las Leyes de Naturalización de Extranjeros;

rehusando aprobar otras para fomentar su inmigración y elevando las condiciones para las Nuevas Adquisiciones de Tierras.

Ha permitido que la administración de justicia cese totalmente en algunos de estos Estados rehusando su aprobación a las leyes que establecen los poderes judiciales.

Ha hecho que nuestros jueces dependan solamente de su voluntad, para poder desempeñar sus cargos y en cuanto a la cantidad y pago de sus emolumentos.

Ha fundado una gran diversidad de oficinas nuevas, con poder auto asumido, enviando a un enjambre de funcionarios que acosan a nuestro pueblo y menguan su sustento.

En tiempos de paz, ha mantenido entre nosotros ejércitos permanentes y barcos de guerra, sin el consentimiento de nuestras legislaturas.

Ha influido para que la autoridad militar sea independiente de la civil y superior a ella.

Se ha asociado con otros para someternos a una jurisdicción extraña a nuestra constitución y no reconocida por nuestras leyes; aprobando sus actos de pretendida legislación: Para acuartelar, entre nosotros, grandes cuerpos de tropas armadas. Para protegerlos, por medio de un juicio ficticio, del castigo por los asesinatos que pudiesen cometer entre los habitantes de estos Estados. Para suspender nuestro comercio con todas las partes del mundo. Para imponernos impuestos sin nuestro consentimiento. Para privarnos de los beneficios de un juicio por jurado. Para transportarnos más allá de los mares, con el fin de ser juzgados por supuestos agravios. Para abolir en una provincia vecina el libre sistema de las leyes inglesas, estableciendo con ella un gobierno arbitrario y extendiendo sus límites, con el objeto de dar un ejemplo y disponer de un instrumento adecuado para introducir el mismo gobierno absoluto en estos Estados. Para suprimir en una provincia vecina el libre sistema de las leyes inglesas, estableciendo en ella un gobierno arbitrario y extendiendo sus límites, con el objeto de dar un ejemplo y disponer de un instrumento adecuado para introducir el mismo gobierno absoluto en estas Colonias. Para suprimir nuestras Cartas Constitutivas, abolir nuestras leyes más valiosas y alterar en su esencia las formas de nuestros gobiernos. Para suspender nuestras propias legislaturas y declararse investido con facultades para legislarnos en todos los casos, cualesquiera que éstos sean.

Ha abdicado de su gobierno en estos territorios retirando a sus gobernantes y declarándonos fuera de su lealtad y protección.

Ha saqueado nuestros mares, asolado nuestras costas, incendiado nuestras ciudades y destruido la vida de nuestro pueblo.

Al presente, está transportando grandes ejércitos de extranjeros mercenarios para completar la obra de muerte, desolación y tiranía, ya iniciada en circunstancias de crueldad y perfidia indignas del Jefe de una Nación civilizada.

Ha obligado a nuestros conciudadanos, aprehendidos en alta mar, a que tomen armas contra su país, convirtiéndolos así en los verdugos de sus amigos y hermanos, o a morir bajo sus manos.

Ha intentado lanzar sobre los habitantes de nuestras fronteras a los inmisericordes indios salvajes, cuya conocida disposición para la guerra se distingue por la destrucción de vidas, sin considerar edades, sexos ni condiciones de existencia.

Ha incitado traidoras insurrecciones de nuestros conciudadanos con la ilusión de la confiscación y pérdida de nuestros bienes.

Ha promovido una cruel guerra contra la misma naturaleza humana, violando los más sagrados derechos de vida y libertad en las personas de un pueblo distante, que nunca lo ofendió, capturándolas y llevándolas en esclavitud a otro hemisferio, o sufriendo una muerte miserable mientras se les transportaba. Esta guerra de piratería, el oprobio de las potencias infames, es la guerra del rey cristiano de la Gran Bretaña. Decidido a mantener un mercado en el que los hombres pueden ser comprados y vendidos, ha prostituido su negativa para suprimir cualquier intento legislativo que prohíba o restrinja este execrable comercio. Y si a ese conjunto de horrores no bastara una muerte diferente, ahora incita a esas mismas personas a tomar las armas entre nosotros y adquirir la libertad de la que los privó, asesinando al pueblo del que los substrajo, pagando así anteriores crímenes cometidos contra las libertades de un pueblo, impulsándolos a cometer crímenes contra las vidas de otro.

En cada etapa de estas opresiones, hemos pedido justicia en los términos más humildes: a nuestras repetidas peticiones se ha contestado solamente con repetidos agravios. Un Príncipe, cuyo carácter está así señalado con cada uno de los actos que pueden definir a un tirano, no es digno de ser el gobernante de un pueblo libre que quiere ser libre. Las generaciones futuras apenas creerán que la osadía de un hombre arriesgado, en el corto plazo de solo doce años, sentó las bases amplias y sin disimulo, para tiranizar a un pueblo nutrido por los principios de la libertad y constante en ellos.

Tampoco hemos dejado de dirigirnos a nuestros hermanos británicos. Los hemos prevenido de tiempo en tiempo de las tentativas de su poder legislativo para englobar en su jurisdicción a estos nuestros Estados. Les hemos recordado las circunstancias de nuestra emigración y radicación aquí, ninguna de las cuales podía permitir tan extraña pretensión ya que estas se efectuaron al costo de nuestra propia sangra y patrimonio, sin ayuda de la riqueza o de la fuerza de la Gran Bretaña; que al constituir nuestras varias formas de gobierno adoptamos en común al mismo rey, por lo tanto, estableciendo las bases de lealtad y amistad perpetua con ellos, pero que la sumisión a un parlamento no fue parte de nuestra constitución, ni siquiera una idea, si damos crédito a la historia y apelamos a su innato sentido de justicia y magnanimidad, tanto como a los vínculos de nuestro parentesco, a repudiar esas usurpaciones, las cuales eran capaces de interrumpir nuestras relaciones y correspondencia. También ellos han sido sordos a la voz de la justicia y de la consanguinidad y cuando han tenido oportunidad, por el curso regular de sus leyes, de remover de sus concejos a estos destructores de armonía, con su libre elección los han restablecido en el Poder. En este preciso momento permiten a su principal magistrado enviar soldados no solo de nuestra misma raza, sino a escoceses y mercenarios extranjeros para invadirnos y destruirnos. Estos hechos han dado la última puñalada al agonizante afecto y el espíritu viril nos manda renunciar para siempre a esta insensible hermandad. Debemos esforzarnos para olvidar nuestro antiguo afecto por ellos y considerarlos, como al resto de la humanidad: enemigos en la guerra, en la paz, amigos. Juntos habríamos tenido un gran pueblo libre, pero una comunidad de grandeza y libertad parece estar por debajo de su dignidad. Que así sea, ya que lo tendrán. El camino a la felicidad y a la gloria también se abre para nosotros; lo recorreremos apartados de ellos.

Por lo tanto, los Representantes de los Estados Unidos de América, convocados en Congreso General, en el nombre y por la autoridad de las buenas personas de estos Estados rechazamos y renunciamos a toda lealtad y sujeción a los reyes de la Gran Bretaña y a cuales quiera otros que quisieran reclamarlas por medio de ellos; disolvemos totalmente toda conexión política que hacia delante pudiera haber subsistido entre nosotros y el pueblo o parlamento de la Gran Bretaña y finalmente afirmamos y declaramos que estas Colonias son Estados libres e independientes y que como Estados libres e independientes tienen pleno poder para hacer la guerra, concertar la paz, concertar alianzas, establecer el comercio y efectuar los actos y providencias a que tienen derecho los Estados independientes.

Y en apoyo de esta Declaración, empeñamos nuestra vida, nuestra hacienda y nuestro sagrado honor[24]

[24] The Life and Selected Writings of Thomas Jefferson. Random House. Nueva Cork. 1993 Pgs. 23-29

Alexis de Tocqueville

(1805-1859)

Es necesaria una ciencia política nueva
a un mundo enteramente nuevo.

La Democracia en América. Introducción

La independencia de los Estados Unidos de América y la aplicación concreta de teorías que hasta entonces no habían superado el campo de las ideas, permite a Tocqueville, en su introducción a la Democracia en América, hacer un repaso de estas teorías y observar los resultados de su aplicación. Aun cuando Tocqueville toma a Francia como modelo histórico, la lectura de su introducción es un resumen de la evolución de las ideas políticas en el mundo occidental. Muchos ecos de los autores aquí citados se escuchan en estas pocas páginas.

La Igualdad

Entre las cosas nuevas que durante mi permanencia en los Estados Unidos, han llamado mi atención, ninguna me sorprendió más que la igualdad de condiciones. Descubrí sin dificultad la influencia prodigiosa que ejerce este primer hecho sobre la marcha de la sociedad. Da al espíritu público cierta dirección, determinado giro a las leyes; a los gobernantes máximas nuevas, y costumbres particulares a los gobernados.

Pronto reconocí que ese mismo hecho lleva su influencia mucho más allá de las costumbres políticas y de las leyes, y que no predomina menos sobre la sociedad civil que sobre el gobierno: crea opiniones, hace nacer sentimientos, sugiere usos y modifica todo lo que no es productivo.

Así, pues, a medida que estudiaba la sociedad norteamericana, veía cada vez más, en la igualdad de condiciones, el hecho generador del que cada hecho particular parecía derivarse, y lo volvía a hallar constantemente ante mí como un punto de atracción hacia donde todas sus observaciones convergían.

Entonces, transporté mi pensamiento hacía nuestro hemisferio, y me pareció percibir algo análogo al espectáculo que me ofrecía el Nuevo Mundo. Vi la igualdad de condiciones que, sin haber alcanzado como en los Estados Unidos sus límites extremos, se acercaba a ellos cada día más de prisa; y la misma democracia, que gobernaba las sociedades norteamericanas, me pareció avanzar rápidamente hacía el poder en Europa.

Desde ese momento concebí la idea de este libro.

Una gran revolución democrática se palpa entre nosotros. Todos la ven; pero no todos la juzgan de la misma manera. Unos la consideran como una cosa nueva y, tomándola por un accidente, creen poder detenerla todavía; mientras otros la juzgan indestructible, porque les parece el hecho más continuo, el más antiguo y el más permanente que se conoce en la historia.

Me remonto por un momento a lo que era Francia hace setecientos años. La veo repartida entre un pequeño número de familias que poseen la tierra y gobiernan a los habitantes. El derecho de mandar pasa de generación en generación con la herencia. Los hombres no tienen más que un solo medio de dominar los unos a los otros: la fuerza. No se reconoce otro origen del poder que la propiedad inmobiliaria.

Pero he aquí el poder político del clero que acaba de fundarse y que muy pronto va a extenderse. El clero abre sus filas a todos, al pobre y al rico, al labriego y al señor; la igualdad comienza a penetrar por la Iglesia en el seno del gobierno, y aquel que hubiera vegetado como un siervo en eterna esclavitud, se acomoda como sacerdote entre los nobles, y a menudo se sitúa por encima de los reyes.

Al volverse con el tiempo, más civilizada y más estable la sociedad, las diferentes relaciones entre los hombres se hacen más complicadas y numerosas. La necesidad de las leyes civiles se hace sentir vivamente. Entonces nacen los legistas. Salen del oscuro recinto de los tribunales y del reducto polvoriento de los archivos, y van a sentarse a la corte del príncipe, al lado de los barones feudales cubiertos de armiño y de hierro.

Los reyes se arruinan en las grandes empresas. Los nobles se agotan en las guerras privadas. Los labriegos se enriquecen con el comercio. La influencia del dinero comienza a sentirse en los asuntos del Estado. La negociación es una fuente nueva de poder, y los financieros se convierten en un poder político que se desprecia y adula al propio tiempo.

Poco a poco, las luces se difunden. Se despierta la afición a la literatura y a las artes. El talento llega a ser elemento de éxito, la ciencia, método de gobierno, la inteligencia una fuerza social y los letrados tienen acceso a los negocios.

Sin embargo, a medida que se descubren nuevos caminos para llegar al poder, oscila el valor del nacimiento. En el siglo XI, la nobleza era de un valor inestimable; se compra en el siglo XIII; el primer ennoblecimiento tiene lugar en 1270, y la igualdad llega por fin al gobierno por medio de la aristocracia misma.

Durante los setecientos años que acaban de transcurrir, a veces, para luchar contra la autoridad regia o para arrebatar el poder a sus rivales, los nobles dieron preponderancia política al pueblo.

Más a menudo aún, se vio cómo los reyes daban participación en el gobierno a las clases inferiores del Estado, a fin de rebajar a la aristocracia.

En Francia, los reyes se mostraron los más activos y constantes niveladores. Cuando fueron ambiciosos y fuertes, trabajaron para elevar al pueblo al nivel de los nobles; y cuando fueron moderados y débiles, tuvieron que permitir que el pueblo se colocase por encima de ellos mismos. Unos ayudaron a la democracia con su talento, otros con sus vicios. Luís XI y Luís XIV tuvieron buen cuidado de igualarlo todo por debajo del trono, y Luis XV descendió él mismo con su corte hasta el último peldaño.

Desde que los ciudadanos comenzaron a poseer la tierra por medios distintos al sistema feudal y en cuanto fue conocida la riqueza mobiliaria, que pudieron a su vez crear la influencia y dar el poder, no se hicieron descubrimientos en las artes, ni hubo adelantos en el comercio y en la industria que no crearan otros tantos elementos nuevos de igualdad entre los hombres. A partir de ese momento, todos los procedimientos que se descubren, todas las necesidades que nacen y todos los deseos que se satisfacen, son otros tantos avances hacia la nivelación universal. El afán de lujo, el amor a la guerra, el imperio de la moda, todas las pasiones superficiales del corazón humano, así como las más profundas, parecen actuar de consuno en empobrecer a los ricos y enriquecer a los pobres.

En cuanto los trabajos de la inteligencia llegaron a ser fuentes de fuerza y de riqueza, se consideró cada desarrollo de la ciencia, cada conocimiento nuevo y cada idea nueva, como un germen de poder puesto al alcance del pueblo. La poesía, la elocuencia, la memoria, las muestras de ingenio, los destellos de la imaginación, la profundidad del pensamiento, todos esos dones que el Cielo concede al azar, beneficiaron a la democracia y, aun cuando se encontraran en poder de sus adversarios, sirvieron a la causa poniendo de relieve la grandeza natural del hombre. Sus conquistas se agrandaron con las de la civilización y las de las luces, y la literatura fue un arsenal abierto a todos a donde los débiles y los pobres acudían cada día en busca de armas.

Cuando se recorren las páginas de nuestra historia, no se encuentran, por decirlo así, grandes acontecimientos que desde hace setecientos años no se hayan orientado en provecho de la igualdad.

Las cruzadas y las guerras de los ingleses diezman a los nobles y dividen sus tierras; la institución de las comunas introduce la libertad democrática en el seno de la monarquía feudal; el descubrimiento de las armas de fuego iguala al villano con el noble en el campo de batalla; la imprenta ofrece iguales recursos a su inteligencia; el correo lleva la luz, tanto al umbral de la cabaña del pobre, como a la puerta de los palacios; el protestantismo sostiene que todos los hombres gozan de las mismas prerrogativas para encontrar el camino del cielo. La América, descubierta, tiene mil nuevos caminos abiertos para la fortuna, y entrega al oscuro aventurero las riquezas y el poder.

Si, a partir del siglo XI, examinamos lo que pasa en Francia de cincuenta en cincuenta años, al cabo de cada uno de esos periodos, no dejaremos de percibir que una doble revolución se ha operado en el estado de la sociedad. El noble habrá bajado en la escala social y el labriego ascendido. Uno desciende y el otro sube. Casi medio siglo los acerca, y pronto van a tocarse.

Y esto no sólo sucede en Francia. En cualquier parte hacia donde dirijamos la mirada, notaremos la misma revolución que continúa a través de todo el universo cristiano.

Por doquiera se ha visto que los más diversos incidentes de la vida de los pueblos se inclinan a favor de la democracia. Todos los hombres la han ayudado con su esfuerzo: los que tenían el proyecto de colaborar para su advenimiento y los que no pensaban servirla; los que combatían por ella, y aun aquellos que se declaraban sus enemigos; todos fueron empujados confusamente hacia la misma vía, y todos trabajaron en común, algunos a pesar suyo y otros sin advertirlo, como ciegos instrumentos en las manos de Dios.

El desarrollo gradual de la igualdad de condiciones es, pues, un hecho providencia, y tiene las siguientes características: es universal, durable, escapa de la potestad humana y todos los acontecimientos, como todos los hombres, sirven para su desarrollo.

¿Es sensato creer que un movimiento social que viene de tan lejos, puede ser detenido por los esfuerzos de una generación? ¿Puede pensarse que después de haber destruido el feudalismo y vencido a los reyes, la democracia retrocederá ante los burgueses y los ricos? ¿Se detendrá ahora que se ha vuelto tan fuerte ante adversarios tan débiles?

¿A dónde vamos? Nadie podría decirlo; los términos de comparación nos faltan; las condiciones son más iguales en nuestros días entre los cristianos, de lo que han sido nunca en ningún tiempo ni en ningún país del mundo; así, la grandeza de lo que ya está hecho impide prever lo que se puede hacer todavía.

El libro que estamos por leer ha sido escrito bajo la impresión de una especie de terror religioso producido en el alma del autor al vislumbrar esta revolución irresistible que camina desde hace tantos siglos, a través de todos los obstáculos, y que se ve aún hoy avanzar en medio de las ruinas que ha causado.

No es necesario que Dios nos hable para que descubramos los signos ciertos de su voluntad. Basta examinar cuál es la marcha habitual de la naturaleza y la tendencia continua de los acontecimientos. Yo sé, sin que el Creador eleve la voz, que los astros siguen en el espacio las curvas que su dedo ha trazado.

Si largas observaciones y meditaciones sinceras conducen a los hombres de nuestros días a reconocer que el desarrollo gradual y progresivo de la igualdad es, a la vez, el pasado y el porvenir de su historia, el solo descubrimiento dará a su desarrollo el carácter sagrado de la voluntad del supremo Maestro. Querer detener la democracia parecerá entonces luchar contra Dios mismo. Entonces no queda a las naciones más solución que acomodarse al estado social que les impone la Providencia.

Los pueblos cristianos me parecen presentar en nuestros días un espectáculo aterrador. El movimiento que los arrastra es ya bastante fuerte para poder suspenderlo, y no es aún lo suficiente rápido para perder la esperanza de dirigirlo: su suerte está en sus manos; pero bien pronto se les escapa.

Instruir a la democracia, reanimar si se puede sus creencias, purificar sus costumbres, reglamentar sus movimientos, sustituir poco a poco con la ciencia de los negocios públicos su inexperiencia y por el conocimiento de sus verdaderos intereses a los ciegos instintos; adaptar su gobierno a los tiempos y lugares; modificarlo según las circunstancias y los hombres: tal es el primero de los deberes impuestos en nuestros días a aquellos que dirigen la sociedad.

Es necesaria una ciencia política nueva a un mundo enteramente nuevo.

Pero en esto no pensamos casi: colocados en medio de un río rápido, fijamos obstinadamente la mirada en algunos restos que se perciben todavía en la orilla, en tanto que la corriente nos arrastra y nos empuja retrocediendo hacia el abismo.

No hay pueblos en Europa, entre los cuales la gran revolución social que acabo de describir haya hecho más rápidos progresos que el nuestro. Pero aquí siempre ha caminado al azar.

Los jefes del Estado jamás le han hecho ningún preparativo de antemano; a pesar de ellos mismos, ha surgido a sus espaldas. Las clases más poderosas, más inteligentes y más morales de la nación no han intentado apoderarse de ella, a fin de dirigirla. La democracia ha estado, pues, abandonada a sus instintos salvajes; ha crecido como esos niños privados de los cuidados paternales, que se crían por sí mismos en las calles de las ciudades y que no conocen de la sociedad más que sus vicios y miserias. Todavía se pretendió ignorar su presencia, cuando se apoderó de improviso del poder. Cada uno se sometió con servilismo a sus menores deseos; se le adoró como a la imagen de la fuerza; cuando en seguida se debilitó por sus propios excesos, los legisladores concibieron el sorprendente proyecto de destruirla en vez en vez de procurar instruirla y corregirla y, sin querer enseñarla a gobernar, no pensaron más que en rechazarla del gobierno.

Así resultó que la revolución democrática se hizo en el cuerpo de la sociedad, sin que se hiciera en las leyes, en las ideas, las costumbres y los hábitos, el cambio que hubiera sido necesario para hacer esa revolución útil. Por tanto tenemos la democracia, sin aquello que atenúa sus vicios y hace resaltar sus ventajas naturales; y vemos ya los males que acarrea, cuando todavía ignoramos los bienes que puede darnos.

Cuando el poder regio, apoyado sobre la aristocracia, gobernaba apaciblemente a los pueblos de Europa, la sociedad, en medio de sus miserias, gozaba de varias formas de dicha, que difícilmente se pueden concebir y apreciar en nuestros días.

El poder de algunos súbditos oponía barreras insuperables a la tiranía del príncipe; y los reyes, sintiéndose revestidos a los ojos de la multitud de un carácter casi divino, tomaban, del respeto mismo que inspiraban, la resolución de no abusar de su poder.

Colocados a gran distancia del pueblo, los nobles tomaban parte en la suerte del pueblo con el mismo interés benévolo y tranquilo que el pastor tiene por su rebaño; y, sin acertar a ver en el pobre a su igual, velaban por su suerte, como si la Providencia lo hubiera confiado en sus manos.

No habiendo concebido más idea del estado social que el suyo, no imaginando que pudiera jamás igualarse a sus jefes, el pueblo recibía sus beneficios, y no discutía sus derechos. Los quería cuando eran clementes y justos, y se sometía sin trabajo y sin bajeza a sus rigores, como males inevitables enviados por el brazo de Dios. El uso y las costumbres establecieron los límites de la tiranía, fundando una clase de derechos entre la misma fuerza.

Si el noble no tenía la sospecha de que quisieran arrancarle privilegios que estimaba legítimos, y el siervo miraba su inferioridad como un efecto del orden inmutable de la naturaleza, se concibe el establecimiento de una benevolencia recíproca entre las dos clases tan diferentemente dotadas por la suerte. Se veían en la sociedad desigualdad y miserias, pero las almas no estaban degradadas.

No es el uso del poder o el hábito de la obediencia lo que deprava a los hombres, sino el desempeño de un poder que se considera ilegítimo, y la obediencia al mismo si se estima usurpado u opresor.

A un lado estaban los bienes, la fuerza, el ocio y con ellos las pretensiones del lujo, los refinamientos del gusto, los placeres del espíritu y el culto de las artes. Al otro el trabajo, la grosería y la ignorancia.

Pero en el seno de esa muchedumbre ignorante y grosera, se encontraban también pasiones enérgicas, sentimientos generosos, creencias arraigadas y salvajes virtudes.

El cuerpo social, así organizado, podía tener estabilidad, poderío y sobre todo, gloria.

Pero he aquí que las clases se confunden; las barreras levantadas entre los hombres se abaten; se dividen las propiedades, el poder es compartido, las luces se esparcen y las inteligencias se igualan. El estado social entonces se vuelve democrático, y el imperio de la democracia se afirma en fin pacíficamente tanto en las instituciones como en las conciencias.

Concibo una sociedad en la que todos, contemplando la ley como obra suya, la amen y se sometan a ella sin esfuerzo; en la que la autoridad del gobierno, sea respetada como necesaria y no como divina; mientras el respeto que se tributa al jefe del Estado no es hijo de la pasión, sino de un sentimiento razonado y tranquilo. Gozando cada uno de sus derechos, y estando seguro de conservarlos, así es como se establece entre todas las clases sociales una viril confianza y un sentimiento de condescendencia recíproca, tan distante del orgullo como de la bajeza.

Conocedor de sus verdaderos intereses, el pueblo comprenderá que, para aprovechar los bienes de la sociedad, es necesario someterse a sus cargas. La asociación libre de los ciudadanos podría reemplazar entonces al poder individual de los nobles, y el Estado se hallaría a cubierto contra la tiranía y contra el libertinaje.

Entiendo que en un Estado democrático, constituido de esta manera, la sociedad no permanecerá inmóvil; pero los movimientos del cuerpo social podrán ser reglamentados y progresivos. Si tiene menos brillo que en el seno de una aristocracia; tendrá también menos miserias. Los goces serán menos extremados, y el bienestar más general. La ciencia menos profunda; pero la ignorancia más rara. Los sentimientos menos enérgicos, y las costumbres más morigeradas. En fin, se observarán más vicios y menos crímenes.

A falta del entusiasmo y del ardor de las creencias, las luces y la experiencia conseguirán alguna vez de los ciudadanos grandes sacrificios. Cada hombre siendo análogamente débil sentirá igual necesidad de sus semejantes; y sabiendo que no puede obtener su apoyo sino a condición de prestar su concurso, comprenderá sin esfuerzo que para él el interés particular se confunde con el interés general.

La nación en sí será menos brillante, o menos gloriosa, y menos fuerte tal vez; pero la mayoría de los ciudadanos gozará de más prosperidad, y el pueblo se sentirá apacible, no porque desespere de hallarse mejor, sino porque sabe que está bien.

Si todo no fuera bueno y útil en semejante estado de cosas, la sociedad al menos se habría apropiado de todo lo que puede resultar útil y bueno, y los hombres, al abandonar para siempre las ventajas sociales que puede proporcionar la aristocracia, habrían tomado de la democracia todos los dones que ésta puede ofrecerles.

Pero nosotros, al abandonar el estado social de nuestros abuelos, dejando en confusión, a nuestras espaldas sus instituciones, sus ideas y costumbres, ¿qué hemos colocado en su lugar?

El prestigio del poder regio se ha desvanecido, sin haber sido reemplazado por la majestad de las leyes. En nuestros días, el pueblo menosprecia la autoridad; pero la teme, y el miedo logra de él más de lo que proporcionaban antaño el respeto y el amor.

Me doy cuenta de que hemos destruido las existencias individuales que pudieran luchar separadamente contra la tiranía; pero veo que es el gobierno el único en heredar todas las prerrogativas arrebatadas a las familias, a las corporaciones o a los hombres. A la fuerza, alguna vez opresora, pero a menudo conservadora, de un pequeño número de ciudadanos ha sucedido, pues, la debilidad de todos.

La división de las fortunas ha disminuido la distancia que separaba al pobre del rico; pero, al acercarse, parecen haber encontrado razones nuevas para odiarse, y lanzando uno sobre el otro miradas llenas de terror y envidia, se repelen mutuamente en el poder. Para el uno y para el otro, la idea de los derechos no existe, y la fuerza les parece, a ambos, la única razón del presente y la única garantía para el porvenir.

El pobre ha conservado la mayor parte de los prejuicios de sus padres, sin sus creencias; su ignorancia, sin sus virtudes; admitió como regla de sus actos la doctrina del interés, sin conocer sus secretos y su egoísmo se halla tan desprovisto de luces como lo estaba antes su abnegación.

La sociedad está tranquila, no porque tenga conciencia de su fuerza y de su bienestar, sino, al contrario, porque se considera débil e inválida; teme a la muerte ante el menor esfuerzo; todos sienten el mal, pero nadie tiene el valor y la energía necesarios para buscar la mejoría; se tienen deseos, pesares, penas y alegrías que no producen nada visible, ni durable, como las pasiones de senectud que no conducen más que a la impotencia.

Así abandonamos lo que el Estado antiguo podía tener de bueno, sin comprender lo que el Estado actual nos puede ofrecer de útil. Hemos destruido una sociedad aristocrática y, deteniéndonos complacientemente ante los restos del antiguo edificio, parecemos quedar extasiados frente a ellos para siempre.

Lo que acontece en el mundo intelectual no es menos deplorable.

Estorbada en su marcha o abandonada sin apoyo a sus pasiones desordenadas, la democracia de Francia derribó todo lo que se encontraba a su paso, sacudiendo aquello que no destruía. No se la ha visto captando poco a poco a la sociedad, a fin de establecer sobre ella apaciblemente su imperio; no ha dejado de marchar en medio de desórdenes y de la agitación del combate. Animado por el calor de la lucha, empujado más allá de los límites naturales de su propia opinión, en vista de las opiniones y de los excesos de sus adversarios, cada quien pierde de vista el objetivo mismo de sus tendencias, y mantiene un lenguaje que no concuerda con sus verdaderos sentimientos ni con sus secretas aficiones.

Así nace la extraña confusión de la que somos testigos.

Busco en vano en mis recuerdos y no encuentro nada que merezca provocar más dolor y compasión que lo que pasa ante mis ojos. Al parecer se ha roto en nuestros días el lazo natural que une las opiniones a los gustos y los actos a las creencias. La simpatía que se observaba entre los sentimientos y las ideas de los hombres ha sido destruida, y se podría decir que todas las leyes de analogía moral están abolidas.

Se encuentran aún entre nosotros cristianos llenos de celo, cuya alma religiosa quiere alimentarse de las verdades de la otra vida. Son los que lucharán sin duda a favor de la libertad humana, fuente de toda grandeza moral. El cristianismo que reconoce a todos los hombres iguales ante Dios, no se opondrá a ver a todos los hombres iguales ante la ley. Pero, por el concurso de extraños acontecimientos, la religión se encuentra momentáneamente comprometida en medio de poderes que la democracia derriba, y le sucede a menudo que rechaza la igualdad que tanto ama, y maldice la libertad como si se tratara de un adversario, mientras que, si se la sabe llevar de la mano, podrá llegar a santificar sus esfuerzos.

Al lado de esos hombres religiosos, descubro otros cuyas miradas están dirigidas hacia la tierra más bien que hacia el cielo; partidarios de la libertad, no solamente porque ven en ella el origen de las más nobles virtudes, sino sobre todo porque la consideran como la fuente de los mayores bienes, desean sinceramente asegurar su imperio y hacer disfrutar a los hombres de sus beneficios. Comprendo que ésos van a apresurarse a llamar a la religión en su ayuda, porque deben saber que no se puede establecer el imperio de la libertad sin el de las costumbres, ni consolidar las costumbres sin las creencias; pero han visto la religión en las filas de sus adversarios, y eso ha bastado para ellos; unos la atacan y los otros no se atreven a defenderla.

Los pasados siglos han contemplado cómo las almas bajas y venales preconizaban la esclavitud, mientras los espíritus independientes y los corazones generosos luchaban sin esperanza por salvar la libertad humana. Pero se encuentran a menudo en nuestros días hombres naturalmente nobles y altivos, cuyas opiniones están en oposición directa con sus gustos, que elogian el servilismo y la ramplonería que nunca conocieron por sí mismos. Hay otros, al contrario, que hablan de la libertad como si sintiesen lo que hay de santo y grande en ella, que reclaman ruidosamente a favor de la humanidad derechos que ellos siempre despreciaron.

Descubro también a unos hombres virtuosos y apacibles, a los que sus costumbres puras, sus hábitos tranquilos, su bienestar económico y sus luces intelectuales colocan naturalmente a la cabeza de las masas que los rodean. Llenos de amor sincero por la patria, están prontos a hacer por ella grandes sacrificios: sin embargo, la civilización encuentra a menudo en ellos adversarios decididos; confunden sus abusos con sus beneficios, y en su espíritu la idea del mal está indisolublemente unida a la de cualquier novedad.

Muy cerca veo a otros que, en nombre del progreso y esforzándose en materializar al hombre, quieren encontrar lo útil sin preocuparse de lo justo, la ciencia lejos de las creencias, y el bienestar separado de la virtud. Se llaman a sí mismos los campeones de la civilización moderna, y se ponen insolentemente a la cabeza, usurpando un lugar que se les presta y del que los rechaza su indignidad.

¿En dónde nos encontramos?

Los hombres religiosos combaten la libertad, y los amigos de la libertad atacan a las religiones. Espíritus nobles y generosos elogian la esclavitud, y almas torpes y serviles preconizan la independencia. Ciudadanos decentes e ilustrados son enemigos de todos los progresos, en tanto que hombres sin patriotismo y sin convicciones se proclaman apóstoles de la civilización y de las luces.

¿Es que todos los siglos se han parecido al nuestro? ¿El hombre ha tenido siempre ante los ojos como en nuestros días, un mundo donde nada se enlaza, donde la virtud carece de genio, y el genio no tiene honor; donde el amor al orden se confunde con la devoción a los tiranos y el culto sagrado de la libertad con el desprecio a las leyes; en que la conciencia no presta más que una luz dudosa sobre las acciones humanas; en que nada parece ya prohibido, ni permitido, ni honrado, ni vergonzoso, ni verdadero, ni falso?

¿Pensaré acaso que el Creador hizo al hombre para dejarlo debatirse constantemente en medio de las miserias intelectuales que nos rodean. No podría creerlo: Dios dispone para las sociedades europeas un porvenir más firme y más tranquilo; ignoro sus designios, pero no dejaré de creer en ellos porque no puedo penetrarlos, y más preferiría dudar de mis propias luces que de su justicia.

Hay un país en el mundo donde la gran revolución social de que hablo parece haber alcanzado casi sus límites naturales. Se realizó allí de una manera sencilla y fácil o, mejor, se puede decir que ese país alcanza los resultados de la revolución democrática que se produce entre nosotros, sin haber conocido la revolución misma.

Los emigrantes que vinieron a establecerse en América a principios del siglo XVII, trajeron de alguna manera el principio de la democracia contra el que se luchaba en el seno de las viejas sociedades de Europa, trasplantándolo al Nuevo Mundo. Allí, pudo crecer la libertad y, haciendo parte de las costumbres, desarrollarse apaciblemente en las leyes.

Me parece fuera de duda que, tarde o temprano, llegaremos, como los norteamericanos, a la igualdad casi completa de condiciones. No deduzco de eso que estemos llamados un día a obtener necesariamente, de semejante estado social, las consecuencias políticas que los norteamericanos han obtenido. Estoy muy lejos de creer que ellos hayan encontrado la única forma de gobierno que puede darse la democracia; pero basta que en ambos países la causa generadora de las leyes y de las costumbres sea la misma, para que tengamos gran interés en conocer lo que ha producido en cada uno de ellos.

No solamente para satisfacer una curiosidad, por otra parte muy legítima, he examinado la América; quise encontrar en ella enseñanzas que pudiésemos aprovechar. Se engañarán quienes piensen que pretendí escribir un panegírico; quienquiera que lea este libro quedará convencido de que no fue ése mi propósito. Mi propósito no ha sido tampoco preconizar tal forma de gobierno en general, porque pertenezco al grupo de los que creen que no hay casi nunca bondad absoluta en las leyes. No pretendí siquiera juzgar si la revolución social, cuya marcha me parece inevitable, era ventajosa o funesta para la humanidad. Admito esa revolución como un hecho realizado o a punto de realizarse y, entre los pueblos que la han visto desenvolverse en su seno, busqué aquél donde alcanzó el desarrollo más completo y pacífico, a fin de obtener las consecuencias naturales y conocer, si se puede, los medios de hacerla aprovechable para todos los hombres. Confieso que en Norteamérica he visto algo más que Norteamérica; busqué en ella una imagen de la democracia misma, de sus tendencias, de su carácter, de sus prejuicios y de sus pasiones; he querido conocerla, aunque no fuera más que para saber al menos lo que debíamos esperar o temer de ella.

En la primera parte de esta obra, intenté mostrar la dirección que la democracia, entregada en América a sus tendencias y abandonada casi sin freno a sus instintos, daba naturalmente a las leyes, la marcha que imprimía al gobierno y en general el poder que adquiría sobre los negocios de Estado. He querido saber cuáles eran los bienes y los males producidos por ella. He investigado qué precauciones utilizaron los norteamericanos para dirigirla, qué otras habían omitido, y emprendí la tarea de conocer las causas que les permiten gobernar a la sociedad.

Mi objetivo era dibujar en la segunda parte la influencia que ejercen en América la igualdad de condiciones y el gobierno democrático, sobre la sociedad civil, sobre los hábitos, las ideas y las costumbres; pero comienzo a sentirme con menos ardor para la realización de tal designio. Antes de que yo pueda acabar la tarea que me había propuesto, mi trabajo se habrá vuelto casi inútil. Algún otro deberá mostrar pronto a los lectores los principales rasgos del carácter norteamericano y, ocultando bajo un ligero velo la gravedad de los cuadros, prestar a la verdad encantos con los que yo no habría podido adornarla.

No sé si logré dar a conocer lo que he visto en los Estados Unidos de América, pero estoy seguro de haber tenido un sincero deseo de hacerlo, y de no haber cedido más que sin darme cuenta a la necesidad de adaptar los hechos a las ideas, en lugar de someter las ideas a los hechos.

Cuando un punto podía ser restablecido con ayuda de documentos escritos, tuve cuidado de recurrir a los textos originales y a las obras más auténticas y más estimadas. He indicado mis fuentes en notas, y cada uno podrá verificarlas. Cuando se ha tratado de opiniones, de usos políticos, de observaciones de costumbres, he buscado el consultar a los hombres más ilustrados. Si acontecía que la cosa fuera importante o dudosa, no me contentaba con un testigo, sino que no me determinaba más que sobre el conjunto de los testimonios.

Aquí es preciso pedir al lector que me crea bajo mi palabra. Yo he podido a menudo citar en apoyo de lo que afirmo la autoridad de muchos nombres que le son conocidos, o que al menos son dignos de ello; pero me guardé de hacerlo. El extranjero conoce a menudo dentro del hogar de su huésped importantes verdades, que éste confía tal vez a la amistad. Se siente libre de hablar con él por un silencio obligado. No se teme su indiscreción, porque está de paso. Cada una de esas confidencias era registrada por mí apenas la recibía, pero no saldrán jamás de mi cartera. Prefiero perjudicar el éxito de mis relatos, antes que añadir mi nombre a la lista de viajeros que devuelven penas y molestias en pago a la generosa hospitalidad que recibieron.

Sé que, a pesar de mi cuidado, nada será más fácil que criticar mi libro, si alguien piensa alguna vez criticarlo.

Los que quieran mirarlo de cerca encontrarán, me figuro, en la obra entera, un pensamiento fundamental que enlaza, por decirlo así, todas sus partes. Pero la diversidad de asuntos que he tenido que tratar es muy grande, y quien pretenda oponer un hecho aislado al conjunto de los hechos que cito, una idea separada al compendio de estas ideas, lo podrá lograr sin esfuerzo. Quisiera tan sólo que se me haga el favor de leerme con el mismo espíritu que ha presidido mi trabajo, y que se juzgue el libro por la impresión general que deje, como me he decidido yo también, no por tal o cual razón, sino por la mayoría de las razones.

No hay que olvidar tampoco que el autor que quiere hacerse comprender está obligado a llevar a cada una de sus ideas a todas sus consecuencias teóricas, y a menudo hasta los límites de lo falso y de lo impracticable; puesto que, si es a veces necesario apartarse de las reglas de la lógica en las acciones, no podría hacerse lo mismo en los relatos, y el hombre encuentra casi las mismas dificultades para ser inconsecuente en sus palabras, como las encuentra de ordinario para ser consecuente en sus actos.

Concluyo señalando yo mismo lo que un gran número de lectores considerará como el defecto capital de la obra. Este libro no se pone al servicio de nadie. Al escribirlo, no pretendí servir ni combatir a ningún partido. Ni quise ver, desde un ángulo distinto del que los partidos sino más allá de lo que ellos ven; y mientras ellos se ocupan de la mañana, yo he querido pensar en el porvenir.[25]

---

[25] Alexis de Tocqueville. La Democracia en América. Fondo de Cultura Económica. México 2002 Pgs.139-148

Bibliografía

Dante Alighieri. La Monarquía en *Obras Completas*.
Biblioteca de Autores Cristianos.
Traducción de José Luís Gutiérrez García
Madrid, 1973

San Agustín. *La Ciudad de Dios*.
Introducción de Francisco Montes de Oca.
No menciona al traductor.
Editorial Porrúa. México, 2006

Aristóteles. *Ética*.
Versión en español y notas de Antonio Gómez Robledo.
Bibliotheca Scriptorum Graecorum et Romanorum Mexicana
Universidad Nacional Autónoma de México. 1ª edición, México, 1958.
2ª edición, 1983.
—— *Política*.
Versión española, notas e introducción de Antonio Gómez Robledo.
Bibliotheca Scriptorum Graecorum et Romanorum Mexicana
Universidad Nacional Autónoma de México. 1ª edición, México, 1963.

Francis Bacon. *Ensayos sobre moral y política*.
Colección Nuestros Clásicos.
Introducción de Thierry Brachet. Traducción de Arcadio Roda Rivas.
Universidad Nacional Autónoma de México, 1974.

Baldasar Castiglione. *Il Cortegiano*.
A cura di Bruno Maier
Unione tipografico-editrice Torinese
Turín, 1955
—— *El Cortesano*.
Traducción de Juan Boscán.
Colección Nuestros Clásicos.
Universidad Nacional Autónoma de México, 1975.

Marco Tulio Cicerón. *La república.*
Introducción, traducción y notas de Julio Pimentel Álvarez.
Bibliotheca Scriptorum Graecorum et Romanorum Mexicana
Universidad Nacional Autónoma de México, 1984.

Herodoto. *Historias.*
Introducción, versión, notas y comentarios de Arturo Ramírez
    Trejo.
Bibliotheca Scriptorum Graecorum et Romanorum.
Universidad Nacional Autónoma de México, 1976.

Thomas Hobbes. *Leviathan.*
Introducción de Crawford Brough Macpherson.
Penguin Classics. Londres, 1985.
────── *Leviatán.*
Traducción y prefacio de Manuel Sánchez Sarto.
Fondo de Cultura Económica. México, 1940. 14ª reimpresión,
    2006.

Thomas Jefferson.
The Life and Selected Writings of Thomas Jefferson.
Editado por Adrienne Koch y William Peden.
Random House. Nueva Cork, 1993.

John Locke. *An Essay concerning the true original extent and end
    of civil government.*
Great Books of the Western World. Libro 35.
Encyclopedia Britannica. Chicago,1977.
────── *Ensayo Sobre el Gobierno Civil*
Traducción de Ana Stellino.
Ediciones Gernika. México, 2005.

Nicolás Maquiavelo. *Obras.*
Versión, prólogo y notas de Juan A.G. Larraya.
Editorial Vergara. Barcelona, 1965.

Niccoló Machiavelli. *Opere.*
A cura di Ezio Raimondi.
Ugo Murzia, editor. Milán, 1983.

Charles Louis de Secondat. Montesquieu. *El espíritu de las leyes*.
Versión castellana de Nicolás Estévanez.
Editorial Porrúa. México, 2003.

Platón. *La República*.
Traducción de J.M. Pabón y M. Fernández Galiano.
Colección Nuestros Clásicos.
Universidad Nacional Autónoma de México, 1959.
—— *La República*.
Introducción y traducción de Antonio Gómez Robledo.
Biblioteca Scriptorum Graecorum et Romanorum.
Universidad Nacional Autónoma de México, 1971.
—— *Las Leyes*.
No menciona al traductor.
Editorial Porrúa. México, 1998.

Jean Jacques Rousseau. *Discours sur l'origine et les fondments de l'inegalité*.
Gallimard. París, 1965.
—— *El Contrato Social*.
Traducción de Consuelo Berges.
Editorial Aguilar. Madrid, 1970.

Alexis de Tocqueville. *La democracia en América*.
Prefacio, notas y bibliografía de J.P. Meyer.
Introducción de Enrique González Pedrero.
Traducción de Luís R. Cuéllar.
Fondo de Cultura Económica. México, 2002.

Francois Marie Arouet. Voltaire. *Cartas Filosóficas*.
Traducción de Gregorio Weinberg y Eduardo Wars Chávez.
Centro editor de América Latina.
Buenos Aires, 1968.

www.ingramcontent.com/pod-product-compliance
Lightning Source LLC
Chambersburg PA
CBHW030522020726
47494CB00004B/1204